真夜中のすべての光
上

富良野 馨

講談社
タイガ

カバーイラスト――agoera
カバーデザイン――川谷康久（川谷デザイン）

目次

第一章……7
第二章……139
第三章……225

真夜中のすべての光　上

第一章

黒

煙は出ているだろうか。

彰《あきら》はふとそう思い、待ち時間の間に外に出てみたけれど、少し前から降り出した雨はゲリラ豪雨なみの土砂降りになっていた。

傘の下から目を細めて見上げてみても、煙突の先すらよく見えない。

――古い映画や漫画なんかでは、こういう時に、煙を見て「魂が天に昇っていくんだな」なんて主人公が呟《つぶや》いてたりしたよなあ。

今もあんな風に煙が出るものなのだろうか。

こんなに激しく降っていては、昇るどころか、押し戻されてくるんじゃないか。

そう思った瞬間、足が勝手に前に出ていた。

手からするり、と傘の柄《え》が離れて、額から肩から指の先から、一瞬で全身が濡《ぬ》れそぼった。喪服とネクタイの黒が、いっそう深く濃く変わる。

見上げると雨の強さに目も開けられず、鼻筋から唇《くちびる》の先にどんどん雨がつたった。

降りてくればいい、頭の中で、そう強く叫んだ。

天になんか昇らなくていい。ここに、地上に、降りてきて、こうやって自分の全身に染《し》み込《こ》んで、そのままずっと、一緒にいればいい。

「――皐月《さつき》」

うめくように口の奥でその名を呼ぶと、後ろから「御堂《みどう》様！」と高い声が飛んで、ぐっと腕を引き戻された。

「風邪をひかれてしまいますよ。中へお戻りください」

スタッフの女性がそう言いながら彰の手の中に傘を押し込んで、ぐいぐいと背中を押して玄関へと連れ戻す。

「今、タオルを持ってきますから、どうかこちらでこのままお待ちください」

そう言って小走りに去っていく背中を、彰はぼんやりと見送った。風邪をひこうが手や足がもげようが、どうだっていいのに。自分の体のことなんて、もうどうだっていい。

彼女がいないのだから。

彼女がいない世界で自分の体がどうなろうが、そんなことはもうどうだっていいのだ。

冷房の風にひんやりと冷えた雫《しずく》がぽたぽたと落ちる体に、頬《ほお》の上だけつうっと、熱い水がつたった。

忌引の休みは十日間だった。

やらなければならない行事や手続きは山のようにあり、皐月の両親がその多くを手伝ってくれたにもかかわらず、すべてにどうにか片がついたのは休みも終わりの頃だった。成程、こういうことに忙殺されていると気持ちがそっちに持っていかれてかえって楽なのかもしれない。

合理的にできているものだ、仕事復帰を明日に控《ひか》えて、彰はそんな風に考えた。役所や銀行での堅苦しい手続きで、何だか気持ちまで四角四面に仕上がってしまったようだ。

夜も更けたリビングで、彼はテーブルの上に置かれた携帯端末をふと見やった。

――御堂皐月さんのご家族でいらっしゃいますか？　気を落ち着けて聞いてください。皐月さんが事故に遭《あ》われて、病院に搬送されました。

早口で一気に言われたその三つのフレーズだけを、今もくっきりとよく覚えている。

それから後は、記憶が曖昧《あいまい》だ。

気がつくと病院の廊下の長椅子《ながいす》に座り込んでいて、目の前の部屋の中から女性が泣き叫ぶ声がした。あれは、皐月の母親の声。

ふらりと立ち上がって部屋に入ると、ベッドにすがりついて泣いている母親の背中を、父親がなだめるように撫《な》でていた。その頰にも、幾筋も涙がつたっている。

彰は入り口に立ち尽くして、その光景をどこか他人事《ひとごと》のように眺《なが》めた。

ベッドに横たわっている皐月の顔は、紙のように白かった。

すべすべでしっとりしていて本当に綺麗《きれい》だ、そう思いながら何度も撫でた頰だった。

言葉も涙も、何一つ出なかった。

泣いたのは、ただ一度だけ。火葬場で雨に濡れた、あの一度だけだ。

あれからずっとばたばたとしていて、落ち着いて何かを振り返る、なんてこともできなかった。

耳にいつもかけている端末のリモコン——全体的にはおたまじゃくしのような形で、しっぽの部分を上に引っかけ、頭の部分を耳の穴に入れて装着する——のつるの部分を指で撫でると、テーブルの上の端末が起動する。

ふた昔前は「携帯電話」、略して「ケータイ」と呼ばれ、その内に「スマートフォン」へと進化したそれは、ネット回線での無料通話が当たり前となったことに加え、部屋の家電の操作や他の日常的な機能の比重が遥《はる》かに大きくなり、今ではその呼び名は一周回って「携帯端末」、略して「携端」と呼ばれるようになっていた。

大きさは様々だが、一番人気は開くと大人の両手くらいのサイズのもので、携帯時には小さく畳むことができる。リモコンは耳かけタイプが主流だが、時計やブレスレット、ネックレス型のものもあり、皐月は学生の頃からブレスレットタイプを愛用していた。

ホーム画面の中央に、大量の未読メールの通知が点滅している。

爪《つめ》の先で軽くリモコンの丸い頭を叩《たた》くと合成音がメールを読み始め、彰は体の力を抜いて目を閉じた。音は聞こえてくるけれど、内容は全く頭に入ってこない。

街で買い物をしていた皐月は、自動運転装置や安全システムを違法に改造した、無免許の飲酒運転の車に突っ込まれて命を落とした。

昔からどこかで何度も聞いたような、ありふれた事故だ。

運転手と同乗していた友人の男は、二人とも嘘《うそ》のように軽いかすり傷で済んだそうだ。

事故の後、皐月が息を引き取って、その日の夜に彰の元に警察を通じて連絡が入った。

その事故では子供を含む四人が亡くなり二人が重軽傷となったのだが、遺族の一人から、被害者の会を結成して運転手を相手に損害賠償請求をしましょう、という誘いが来たのだ。

まだ何一つまともに考えられないままに連絡先を教えてしまったけれど、それから立て続けに届いた何通ものメールには一度も返事をしていない。いや、読みすらしていなかった。そんなことにはまるで興味が起きなかったのだ。

もっと日が経《た》てば自分もそうじゃなくなるのだろうか。何もかももうどうだっていい、そういう気持ちがこの先いつか、変化する日がくるのだろうか。

けれどどう考えても、そんな気はしなかった。

仕事への復帰は、すんなりと済んだ。

二十七歳にして妻を失った彰を、周囲は最初、腫《は》れ物に触るように扱った。が、当人がまるっきり前と変わらぬ様子で仕事をこなすのに拍子抜《ひょうしぬ》けしたようで、十日もしない内に普通の態度に戻っていった。彰の会社は主に知育玩具《がんぐ》を扱っており、営業担当の彼は一日の大半を外回りですごしていて、あまり社内にいなかったせいもある。

復帰して半月程が経ったその日も、彰は淡々と午前中の仕事を済ませ、外を歩いていた。

「おう、御堂！」

すると後ろからそう声がかかったが、彰は全く反応せずに歩《ほ》を進める。

「あれ？　おい、御堂だろ？」

ぐい、と肩に手を置かれて、初めてその声が自分を呼んでいたことに気づいた。

「やっぱり。良かった、勘違いじゃなかった」

振り返った彼にそう言ってくりっとした目を細くして笑いかけてきたのは、高校と大学の同級生でサークルも同じ、二人の結婚パーティにも、そして皐月の葬式にも参列してくれた羽柴宏志《はしばひろし》だった。今は親の仕事を継いで小さな定食屋をやっているのだが、今日は休みなのか、ジーンズにTシャツと明るいグレーのパーカーというラフな格好をしている。

「……ああ、宏志」

三テンポくらい遅れて彰が呟くと、相手の顔がわずかに曇る。

「なんか、瘦《や》せたなあ、御堂……今仕事？　昼飯《ひるめし》行かね？」

相手の言葉がどうにも頭の中に入ってこずに、「え？」と彰は顔をしかめた。

「昼飯。食ったの？」

小さく首を横に振って口を開こうとすると、間髪をいれず宏志が声を上げた。

「じゃ行こうや。あ、用事ある？」

「三坂《みつさか》百貨店に顔出しに」

予定を言うと、宏志は時計を見る。

「それ、何時から？」

「いや、アポ取ってはいないから。新しいカタログ置きに行くだけ」

「なんだ、じゃあいいじゃん。行こう。この近く、美味《うま》いラーメン屋あってさ」

肩をぽん、と叩いてさっさと歩き出した相手に、彰は声を上げた。

「ごめん、いいよ」

「……なんで」

振り返った宏志の顔は、咎《とが》めるような、けれどひどく心配げないろをしている。

「じゃ、俺待ってるよ。カタログ置きに行くだけならすぐだろ。その後に食おう」

ぐいぐいと強い調子の言葉に、彰は何も言えずにただ小さくかぶりを振った。

宏志はため息をついて両腕を組む。

「お前、仕事は大体、外回り、て言ってたよな。いっつも昼どうしてんの」

「……面倒で」

うつむきがちにぼそりと言うと、聞き取れなかったのか「え？」と宏志が眉《まゆ》をひそめながら身を乗り出してくる。

「面倒なんだ」

最初に「昼は食ったのか」と聞かれた後に言おうとしていた言葉を、彰は抑揚《よくよう》のない声で言った。それを聞いて、真向かいで宏志が一瞬絶句する。

「……え、何、じゃ、お前……昼飯、食ってないの？　ずっと？　あれから？」

あれから、という言葉が、ずしんと彰の心臓を重くした。

押し黙ったままでいると、宏志が一瞬泣きそうな顔をして、ぐしゃぐしゃ、と自分の茶色がかった髪の毛をかきまわした。

「御堂、この後時間決まってる仕事あるのか」

「え……いや」

「じゃ来い」

宏志はそう言うと彰に反論の暇を与えず、ぐい、と肩を押して道を歩き出す。

タクシーに乗せられ連れて来られたのは、宏志の実家の定食屋だった。

『本日定休日』と札がかけられた引き戸をがらがら、と開いて中に入ると、宏志は彰の腕を強く引き両肩を上から押し込むようにして、テーブルの前に座らせる。

「ちょっと待ってな」

そう言って厨房《ちゅうぼう》に入って少しもしない内、彰の目の前に大きめの汁椀《しるわん》が置かれた。

「とりあえず、それ飲んで待ってて」

見おろすと、内側が赤く塗られた黒い椀になみなみと豚汁がつがれている。湯気の向こうに油の透明で小さな粒がゆらゆらと揺れていて、上にのせられた鮮やかな青葱《あおねぎ》の隙間《すきま》から人参《にんじん》や油揚げが覗《のぞ》いて見えた。

「何やってんだよ、飲めよ」

カウンター席の奥から顔を出して怒ったような声を出す宏志に、彰は仕方なく箸《はし》入れから塗り箸を取った。

「……いただきます」

手を合わせて小さく言うと、椀を持ち上げ、ずっ、と汁をすする。

熱を持った液体が喉《のど》をすべり落ちていくのは判《わか》ったが、舌の先には何の味もなかった。

もうずっと、そうなのだ。『あれから』ずっと。

何を食べても飲んでも、何の味もしない。どれだけ食べても満腹感もなければ、何も食べなくても空腹感もなかった。そうしたら、面倒になってしまったのだ。

食べても食べなくても、自分は何にも変わらない。味がしないものを噛《か》んでいても、口が疲れるだけだ。

だからといって、勿論《もちろん》『あれから』何も食べなかった訳ではない。朝はヨーグルトを、夜には皐月の両親が手配してくれた宅配の食事をかろうじて摂取していた。

ヨーグルトは、大好物だった皐月が東北の牧場から直送で毎週送ってもらっていたものだ。皐月がいた頃にはそれにあれこれフルーツがのったり、様々なジャムやシリアルが混ざったりもしていたが、今は何も手を加えずにそのまま、ただただ真っ白い味のない物体を口に運んでいるだけだった。

別に食べなくても良かったのだけれど、皐月が手配した品を止めてしまうのも、食べずに冷蔵庫に容器がたまっていくのも怖かった。何かが、崩れてしまうようで。

夜の食事を食べるのはもっと単純に、一週間分まとめて届くので食べないと冷蔵庫がすぐに一杯になってしまうからだった。止めてしまって皐月の両親に知れたら面倒だし、捨てるのも気がひける。

本来はレンジで温めて食べるその食事を、彰は冷蔵庫から出してきた冷たいままで食べていた。どうせ、味など判らないのに余計な手間などかけたくない。

「御堂……お前、大丈夫か」

はっと目を上げると、隣にエプロンをした宏志が心配げな顔で立っていた。

「あ、ああ、悪い」

一口すすっただけで完全に箸が止まっていたことに気がつき、彰は身を起こした。と、椀を取ろうとした手を、上から宏志が押さえる。

「まずいか」

静かな声で尋《たず》ねてくる相手に、彰はとまどって小さく首を振った。

「じゃあ、美味いか」

畳みかけられた言葉に、咄嗟《とっさ》にうなずくことができなかった。

「……御堂」

ため息混じりに、宏志は彰の真横に座る。

「御堂、お前、駄目だよ、それ……そんなんじゃ駄目になるよ、御堂」

宏志はテーブルの上に置かれたままの彰の手を軽く叩いた。

「奥に布団敷いてやるから、とりあえずちょっと寝ろ。それから後のことは、またゆっくり話そうや」

──後のこと、なんてもう自分にはどうだっていいのに。

肩を抱くようにして椅子から立ち上がらせる相手の腕に素直に従いながら、彰は胸の奥で、そう小さく呟く。

「……ごめんな」

少しだけ先を歩きながら、宏志が小声で言った言葉に、え、と見ると、こちらを振り向かないまま、

「ずうっと、気にかかってたんだけど……今は逆に放っておいた方がいいのかな、と思ってた。ほんと、ごめん」

と続ける。

その心底から悔恨のこもった声にも、彰はただ「全然宏志のせいなんかじゃないのに、一体何を言ってるんだろう」程度の気持ちしか動かなかった。

小学校の終わりから中学の半《なか》ばにかけて彰は立て続けに二親を病気と事故で失った。

父方の祖父母は当時既に亡く、母方の祖父母はもうずっと先に離婚していてどちらも新しい家庭を持っていたので、彰は父親の弟夫婦に引き取られることになった。

だが転勤族だった叔父夫婦と性別も歳も違う子供二人とはそれまでろくに交流がなかったので、そこでの生活はどうしても他人行儀で息の詰まるものにならざるを得ず、彼は寮のある高校に進学することを選んだ。

生命保険を含めた親の遺産で学費や生活費は賄えたのに、高校時代のそれは叔父達が全部、負担してくれた。それだけで充分、彰は叔父夫婦に感謝している。

皐月の事故の時には、叔父夫婦はカナダの研究所に勤務していた。そこからわざわざ来てもらうには及ばない、彰がそう固辞したので、葬式もその後の諸々《もろもろ》も、彼の面倒をみてくれたのは皐月の両親だった。

だからこの時も宏志が連絡を取ったのは、彰の叔父ではなく皐月の両親の方だった。

その日の内に二人はすっ飛んできて、あれこれと彰の世話を焼いた挙句、病院で「鬱《うつ》病《びょう》一歩手前だ」という診断をもらうと、瞬《また》く間に病気休暇の手続きを取り付けてきた。

彰はそのすべてを、流れる川のようにただ見ていた。

彼が意志らしいものを見せたのは、「しばらく自分達の家で療養したらどう」と皐月の両親に誘われた時だけだった。二人がどうなだめてもすかしても彰はうなずかず、両親の方が先に音を上げたのだ。

何かあったらすぐに連絡して、そうしつこい程に何度も言って二人が帰っていくと、家の中がまた、しん、と静まり返る。

殆《ほと》どものを感じなくなっていた頭の中に、それでもほっとしたような気持ちが漂った。

病院で出されたいくつもの薬を機械的に口に含むと、彼は夢のない眠りに落ちた。


薬を飲み出して一週間程で、彰の頭の中のかちかちに凍《こお》った部分がじんわりと溶け始めてきた。

それまでは布団に入っても三時四時まで眠れず、かといって何か別のことをする気力も起きず、ただ仰向けに横たわって呆然《ぼうぜん》と天井を見つめているだけだったのに、薬を服用するようになってからはすとんと寝つけるようになった。病院で処方された亜鉛の錠剤のおかげか、少しずつ味覚も回復してきている。

その変化を彰は信じ難《がた》い気分で自分の中から眺めていた。

自分がこんな風になってしまったのは、皐月を突然、理不尽に失ったからだ。それは実に因果《いんが》のはっきりとした事象であって、にもかかわらず、「因」の衝撃や重さは何一つ変わらないのに、錠剤数個で「果」の方が消えてしまうだなんて。

たかが薬でこんなになって、自分は薄情なのか、彰はうっすら、そんなことまで考えた。

このまま元の自分に戻ってしまうのは辛《つら》い気がして、薬をやめようか、とさえ思ったけれど、ああして無感情のただ中にいようが感覚を取り戻そうが、皐月がいない、その事実には何の変わりもない、と気づいて惰性で薬を飲み続ける。

皐月の両親は彰にひとり暮らしを続ける条件として、週に一度、必ず宏志の店に顔を出すことを約束させた。その時にまた元の様子に戻っているようでは、今度こそ二人の家にひきずっていかれてしまう。結婚してから三年弱、皐月とすごしてきた2LDKのこのマンションを彰は離れたくなかった。

食事時には宏志の店はいつもそこそこ混《こ》んでいて、まだあまりごちゃごちゃしたところにはいたくない、と思う彰を気遣《きづか》って、昼営業と夜営業の間の休憩時間に顔を出すといい、宏志はそう言ってくれた。

遅い昼飯を食べ、他愛《たわい》ない話をして、夕飯を弁当箱に詰めてもらって帰る。

勿論、断る宏志達に押しつけるようにして毎回代金は払っていたけれど、それにしたって彼の友情には頭が下がる思いだった。

――なのに時々、それをひどく重たく感じる。

喉の辺りにどんどん何かがたまっていって、首の皮膚が伸びて重たく垂れ下がっていくような、宏志の店に向かっていると時々そんな奇妙な感覚を覚えた。

それは休みを取り始めてからひと月近く経った、十月も半ばの風の涼しい日だった。

宏志から店に来る前に買い物を頼まれていた彰は、駅前の百貨店に足を向けた。すると、百貨店の前に立っている、丈《たけ》の短い派手な揃《そろ》いのワンピースを着たいかにもキャンペーンガール的な女性達の一人に、ぱっとチラシを差し出される。

「ただいまキャンペーンで割り引き中です。バーチャルワールドで素敵なリゾートを楽しんでみませんか?」

押しつけるように渡されたそれを断るのも面倒で、適当に畳んでシャツのポケットに突っ込みながらも彰はとりあえず中へと急ぐ。

エレベーターに乗って、何とはなしにそれを取り出して眺めてみた。

『「パンドラ」で手軽なバカンス体験を! 一周年記念キャンペーン中!』

チラシの一番上にはそんなキャッチコピーが躍っていたが、彰はそれ以上内容の説明を読まずにくしゃっと丸めかけ——ふっと、その手を止める。

何かが、気になった。

もう一度開いて、下の方の細かい文字に目を落としてみる。

『仮想世界であなたも未来のバカンスを楽しんでみませんか?』

『この研究は未来への投資です!』

ぱっとそんな文字が目に入って、なおも読み進めようとすると、チン、と音が鳴ってエレベーターの扉が開いた。早足で降りながら、彰はチラシを畳み直してポケットに突っ込む。後で家に帰ってからゆっくり眺めよう。

そして夕刻、家に帰ると彰はチラシの隅《すみ》にあったコードを携端で読み込み、部屋を暗くして壁の一面に取り込んだ動画を投影させた。

明るい音楽と共に、五つ星ホテルのフロントにいそうな、髪と化粧をぴっちりと整えたいかにも知的な雰囲気の女性が、口角をきゅっと吊《つ》り上げた笑顔で現れる。

『「パンドラ」一周年記念キャンペーンにようこそ！』

女性は高くもなく低くもない絶妙に明るいトーンの声と淀《よど》みない口調で、『パンドラ』について映像を交えながら説明を始めた。

『パンドラ』は、つまりはコンピュータ内にある仮想の世界でバカンスを楽しむ、というアトラクションだった。名称は「パーソナル・ドリーム・ライフ」から付けたのだという。そしてその基幹システムには、元は脳機能の改善の為につくられた巨大仮想市街が利用されている、そう説明は続けられた。

「……え？」

そこまで聞いて、はっと気がつく。――そのシステムには、聞き覚えがある。

彰は目の前で進んでいく映像を放ったらかして、携端で検索を始めた。そしてその仮想市街を構築した研究所の歴史を解説しているサイトを見つけ、説明を読む。

もともとそれは、関東のとある大学が始めた研究がきっかけだった。

事故や病気で意識障害を起こし、自発呼吸はあったり目は開いていても意識が全くない、いわゆる「寝たきり」状態が長く続く患者に対し、脳に直接アクセスができないか、という発想がその研究の基《もと》だった。神経に電気を流したり映像や音楽を聞かせる治療は昔から行われていたが、それとは違い、患者の脳内に直接コンタクトを取ろうというものだ。

意識状態が極度に低下している状況は全身麻酔と同様、通常の睡眠とは異なる為、基本的に夢は見ていない。が、当時の研究者達は「患者の脳内に夢を創《つく》り出し、そこに割り込む」ことで意思の疎通や意識の回復、更には回復時の脳のリハビリをはかれるのではないか、と考えたのだ。

様々な手段が模索された後、あるゲーム好きの研究者が思いついたのが「脳を仮想空間に接続させる」方法だった。つまりこちら側で「夢の空間」を用意して、そこに脳をリンクさせる、という発想である。

研究が進む中、プロジェクトは大学内にとどまらず産学官の連携による脳機能総合研究所の創設へと発展した。そこで参入してきたのが、リアルな仮想空間は治療目的のみならず将来的に巨大なレジャー産業に繋《つな》がると踏んだ、ある大手グローバル企業だ。そこから世界各国の優秀な研究者や開発者が派遣されたおかげで、飛躍的に仮想空間と脳とを繋ぐ技術が発展した。その状況を見た政府が、この技術を日本の看板として世界に打ち出したいと、多くの資金を提供するようになったのだ。

そして年々、本来の治療についての方向よりも仮想空間と人工知能の研究の方に重きが置かれるようになり、そんな中で一年前にオープンしたのが『パンドラ』だった。そもそもの仮想市街空間の研究費用の捻出《ねんしゅつ》と、『パンドラ』内での人々の行動や反応を研究に利用するのが目的らしい。

いきさつがすっかり頭に入って、彰はまだ終わらない壁の映像に目をやった。そんなものがオープンしていて、もう一年も経っていたなんて、自分も皐月も全然知らなかった。

皐月の名が頭に浮かんだことで、過去の記憶が脳内にあふれ返ってくる。

彰の手が素早く動き、『パンドラ』公式サイトの申し込みページを開いた。

『パンドラ』を利用するにはあれこれと手続きが必要だった。身分証明の提出は勿論、説明会に参加した上で、様々な審査に通って初めて利用可能となるのだそうだ。

少し尻込《しりご》みしかかったが、彰はぐっと息を詰め、「申し込み」のボタンを押した。

説明会の前の晩は、薬を飲んでいたのに殆ど眠れなかった。

服を着替えながら、緊張で心臓がどくどく波打っているのが自分で判った。この感じ、就活の面接以来だ、と一瞬思って、いや、違う、と思い直す。

皐月にプロポーズするんだ、そう自分で決めた、その日の朝も、こんな風だった。

ずきり、と胸に直接的な痛みが響いて、その感覚があまりに久しぶり過ぎて、妙な懐《なつ》かしさすら感じる。

会場はそれ程広くないホテルの宴会場だった。

入り口で携端の申し込み画面を見せると、名札とパンフレットを渡される。

「会場内では携端はご使用いただけませんのでご了承ください」

受付の女性の言葉に耳のリモコンと手の中の携端を鞄《かばん》にしまい込む。コンサートや映画館でも、携端の撮影機能やネット接続がジャミングされるのは今どき普通のことだった。

二十数名程の席の大半はもう埋まっていた。

そもそも二十歳未満は申し込めないこともあって、座っている多くは三十代、それからもう少し上の世代ばかりだった。カップルらしき男女や友達同士で来ている人が多く、一人なのは彰を含めても半数以下だ。

一つ息をついてパンフレットをぱらぱらとめくると、最後のページに「以下のような方にはご体験をお断りしております」という但し書きがあるのを見つけた。

・二十歳未満の方
・妊婦の方
・生理中の方
・心臓疾患をお持ちの方
・血圧に異常のある方
・重篤な呼吸器疾患をお持ちの方

・体内に精密機械を埋め込まれている方
・閉所恐怖症の方
・その他、特定の疾患をお持ちの方
・健康診断にて弊所の定めた基準値を満たされなかった方
・前回『パンドラ』を利用されて後、七日未満の方
・以前に『パンドラ』内にて行動規範に違反する行動をとられた方

——その十二項目を見返しながら、この「特定の疾患」に精神的なものも含まれるのか、「健康診断」の中に性格テストも入っているのか、そんなことを彰は考える。

それにしても、「行動規範」とは果たしてどのようなものなのか、そう思って他のページにも目を走らせようとすると、辺りが少しざわついた。はっと目を上げると、明るい薄めのグリーンのスーツを着た背の高い女性が壇上に姿を見せていた。

「皆さん、本日は『パンドラ』説明会にお越しいただきありがとうございます」

女性はそうにこやかに挨拶《あいさつ》をした。

「本日は約三十分をかけまして、『パンドラ』について説明をいたします。その後、ご体験を希望される方には残っていただき、ご登録と健康診断のご予約をお願いいいたします。すべてが終了するのは午後二時頃となる予定です」

彰を含め、全員が小さくうなずくのを見渡して確認すると、彼女は軽く手を挙げる。

すると会場が暗くなって、正面に映像が映し出された。

『それでは「パンドラ」で皆さんがどんな体験ができるのかをご説明いたしましょう！』

音楽と共に、美しく夕陽《ゆうひ》に照らされた山や青く輝く湖の空撮映像がいくつも画面を流れていく。その説明の多くは先日見た動画と重なってはいたが、彰は改めて熱心にそれを聞いた。

『パンドラ』の仮想空間には三つのバカンスゾーンが用意されている。一つは山のリゾート、そして空のリゾート、もう一つは夜のリゾートだ。

山のリゾートはアルプスをモデルとした登山や鉄道の旅が楽しめる。空のリゾートは、ハンググライダー、パラグライダー、スカイダイビング、バンジージャンプなどのいわゆるスカイスポーツを楽しむことができる空間だ。夜のリゾートは、カジノを中心とした、クラブやバーなどの遊びが楽しめる街となっている。

『「パンドラ」でのご体験なら、高山病や悪天候、次の日の筋肉痛の心配もなければ、空のスポーツでの事故の不安、カジノで大損をしたりバーで思いも寄らぬ高額料金の請求をされたり、ひどい二日酔いに苦しんだりすることもありません。すべてがリアルでそれでいてリアルなリスクはゼロ、それが「パンドラ」のリゾートの最大の利点です』

自信に満ちた笑顔を浮かべて、画面の中で女性は続ける。

『「パンドラ」にアクセスされる際には、このような専用カプセルの中にお入りいただくこととなります』

画面の中には繭《まゆ》のような形をした大きなカプセルがあって、そこに全身にぴったりとした黒地に青いラインの入ったタイツをまとった別の女性が笑顔で横たわっていた。目元をコードの通ったアイマスクで覆《おお》い、口と鼻に薄く透明なマスクを装着している。髪はぴったりとした水泳帽のようなもので覆われていて、耳にはヘッドホンに見える機械、手には手袋、足には厚いブーツ。それ等にも皆、コードが繋がれている。

蓋《ふた》が閉まると、中の様子がCGで表示された。

『このカプセルはいわゆるフローティング・タンクとなっていて、当研究所が開発した安全な液体で満たされることにより、外部との感覚遮断を行い「パンドラ」へのアクセスをより快適なものにいたします。勿論、酸素マスクにより呼吸には全く問題はございませんのでご安心ください』

言葉と共に、カプセルの断面図の画像内に液体が満たされ、そこに描かれた女性の体がぷかりと浮いた。

『「パンドラ」内でどんなことが可能か、それはぜひ皆様が実際にご体験ください。今後の研究が進むことで、「パンドラ」での楽しみ方はより広く、より深く広がっていくこととなるでしょう。その一歩にぜひ皆様のご参加とご協力を！』

音楽が終わって映像は消え、会場内が明るくなった。ぱらぱら、と聴衆からまばらに拍手が起きて、彰も慌てて小さく手を叩く。

「ありがとうございました」

女性が壇上に戻ってきてぺこりと頭を下げる。

「それでは、先程の映像をご覧になって、『パンドラ』ご体験を希望されるお客様は、このままお席にお残りください。なお、料金につきましてはサイトに記載された通りですが、お手元のパンフレットにも料金表の用紙がはさんでありますので今一度ご確認くださ い。ご体験を希望なさらない方はご退出いただいて結構です」

女性の淡々とした説明に、皆一斉にパンフレットをめくり出す。既にサイトはチェック済みだったが、彰も念の為もう一度それを見た。

一回の利用料金は三つ星のレストランでお酒抜きでディナーを食べるくらいの値段で、初回はそれに保険金と装備代が上乗せされている。ただ、今回は一周年記念キャンペーンとかで、かなりの割り引き価格となっていた。二度目以降の利用には回数券を使用することもできるようだ。

やがて会場には彰を含めて、七割程の人数が残った。

「それでは、ただいまより配付します電子ペーパーに必要事項をご記入ください。末尾にアンケートがございますので、よろしければご協力をお願いします」

手元に配られたそれに画面の指示通り名札を当てると、説明会の申し込みの時に申告していた名前や連絡先や生年月日が自動入力される。彰はそれに、付属のペンで健康診断の受診場所や日付の希望、アクセスポイントの希望などについて記入していった。

すべての項目を埋めて右下の端《はし》の『次へ』ボタンをペン先でクリックすると、アンケートが現れる。

性別や職業、それから独身か既婚かの問いに、彰は一瞬ペンを止め、少し考えてから「独身」をクリックする。

『パンドラ』のことをどこで知ったか、最も体験してみたいゾーンはどれか、などの一般的なアンケートによくある問いに答えていって、最後の問いでまた手が止まった。

――七年前に実施された『仮想都市開発プロジェクト』の実験に参加されましたか?

はい/いいえ
息の音が深くなるのを耳の裏で感じながら、彰はじっとその質問を見つめた。


健康診断は、ごくごく普通の、ありきたりの内容だった。身長に体重、視力、聴力、血液と尿の検査、心電図、エトセトラ、エトセトラ。

会場は民間の健診センターで、フロアには『パンドラ』とは関係のない、一般の健診を受けに来た人達も混ざっているようだ。

それが終わると別階に通されて、かなり豪華な昼食が待っていた。どうやらこれは、一日を費やして検査を受ける客側へのサービスらしい。

脂や塩気の濃いものはまだいささか喉につかえたけれど、彰は少し無理をしてその食事をすべて平らげた。あまり残してしまって「健康状態が良くないのでは」と思われるのを懸念したのだ。そうは言っても、ほんの数週間前だったらこんな食事は二口三口も喉を通らなかっただろう、と思うと自身の回復ぶりに彰は内心で舌を巻く。

それは勿論、薬のおかげが大きいけれど、それよりも更に大きく自分の精神に影響を及ぼしているのはこの『パンドラ』のプロジェクトだ、そう彰は自分で判っていた。

説明会の後に病院に行って「薬を減らしてほしい」としっかりとした口調で語る彰に、医者はいぶかしみながらも少し軽めの薬を出してくれた。そして更に一週間後、健康診断の直前での通院では「一度睡眠薬をやめてみましょうか」と言われた程に体調は回復していた。睡眠薬をやめ、今出されている程度の薬だけならそれ程大したものではなくて、これなら『パンドラ』の審査にもさして影響しないだろう、彰はそう期待していた。

午後の最初には、会議室のような場所で性格診断のテストがあった。内容は大学や会社でのメンタル診断に使われるような一般的なもので、その後、別室に案内されて、問診までここで休憩するよう伝えられる。

彰が呼ばれたのは六番目だった。

案内の男性の言葉に従って番号のふられた問診室の一つに入ると、ずいぶん薄くなった白髪に瘦せ気味の、人の好《よ》さそうな白衣の男性の医者が、机の向こうからぺこりと頭を下げて手で椅子を勧めてきた。

彰は「お願いします」と小さく頭を下げ、それに腰をおろした。

「えーと、ざっと拝見しましたところ、健康状態に特に問題はなさそうですね」

机の端に置かれたモニタと手元のタブレットを交互に見ながら、医者はそう言った。

「こちら、斉藤《さいとう》クリニックというのは、これ、いつから通われて?」

通っている心療内科の名前を不意に言われて、彰は背中を叩かれたような気分になる。

「……そう、ですね、あの、ひと月半程前から、です」

我ながら硬い声だ、そう思いながら告げたのに、医者は何でもないような顔と声で「ああ、そうですか」と言って、タブレットの画面を叩いた。

「これは、何か、あれですか、気持ちがしんどくなるようなことでも? あ、別にいいんですよ、おっしゃらなくてもね、そこまで個人的なことはね」

おっとりとした口調でそう言われて、彰は一瞬考えてから「ちょっと、仕事で。忙し過ぎるのと、人間関係が」と言うと、医者はこちらを見ないまま大きくうなずく。

「そうですか、そうですか。いや、多いですよ今そういう方はね。皆さん同じです。よく言うでしょ、風邪みたいなものって。そういうもんですね。見ましたところ、お薬も軽いものですしね、問題ないでしょう」

「ありがとうございます」

こちらを力づけるようなそのおおらかな話しぶりに、思わず口元からほっとした息がもれるのを抑えられないまま頭を下げると、医者がちらりとこちらを見て微笑《ほほえ》んだ。

「いいですよ、そういう方が『パンドラ』を使われるというのはね。将来的にはそっち方面の治療にも利用できるんじゃないかとか、そういう研究もね、考えてますんでね」

「研究……」

思わず呟くと、医者は柳の葉のような目をくるんと大きく開けて、手をぶんぶんと振ってくる。

「いや、これは失礼なことを言いました。申し訳ありません」

「あ、いえ」

彰は急いで小さく首を振った。気になったのはそこではない。

「あの、『パンドラ』のお仕事、もう長いのかと思いまして。中は実際どんな風なのかなあ、って」

「ああ、そうでしたか」

医者は見るからにほっとした顔つきになって、また細い目に戻った。

「いや、まあ実はわたしは、こちらはそれ程長くはないんですけどね。勤めてた大学病院を退職した後、三年程前にお誘いいただいた、という訳なんです」

「そうなんですか……それじゃ、『パンドラ』の元の仮想市街のことは、あまりご存じないのですか？」

「え？　ああ、そういえば御堂さん、前の実験にご参加でしたね」

彰が更に突っ込んで質問すると、相手がまた画面を一瞥《いちべつ》してそう言ったのにぐっと緊張したが、医者は何故《なぜ》かにっこりと微笑んだ。

「じゃあね、驚きますよきっと。あの頃とはもう、仮想空間の技術が段違いですからね」

何とも嬉《うれ》しそうなその顔に緊張を解かれながら、彰はこの気の好い相手にならいろいろと聞けるかもしれない、と姿勢を正す。

「あの、それじゃ今回の『パンドラ』は、前のあの街とは全然別につくられたもの、なんですか？」

「いえ、そういう訳ではないですよ。中でちゃんとね、繋がってます。『パンドラ』で取れたデータをあちらにも反映させたいので」

タブレットを机の端に置いて、すっかり世間話モードで医者がそう言うのに、「繋がってるんですか？」と思わず彰の声が大きくなった。

「ええ。あ、でもね、市街地と『パンドラ』とは壁で区切られていて、行き来はできないようになってるんですよ。なんて言いますかね、元の都市の端に付け足すような感じで、ぐるっと壁を巡らせて、その中につくってあるんですね」

医者はそう説明しながら胸ポケットからペンを出し、傍《かたわ》らのメモ用紙を破って一つ円弧を描くと、その線の外側にぼこっと半円を描《か》き足《た》した。

「……そう、なんですか」

彰の声がわずかに落ちたのに気づかず、医者はにこにこと笑った。

「ああ、でも、わたし、肺に病気がありましてね。『パンドラ』の仕事をしてるのに、入ったことがないんですよ、『パンドラ』。だから皆さん、羨《うらや》ましくてね」

その屈託のない笑顔のままそんなことを言われて、彰ははっと我に返った。見た目は明るく元気そうなのに、人にはそれぞれの事情があるものだ。

「あっと、すみません、つい無駄話が長くなってしまいましたね。ええと、はい、ひと通り拝見しまして問題ございませんので、『パンドラ』体験にご参加いただけるということで。よろしいでしょうか？」

「え、ええ。勿論です」

ちら、と時計を見た医者が急に早口になってひと息にそう言ったのに、彰は反射的に背筋をぴんと伸ばしてうなずいた。当然、異論などない。

「ありがとうございます。そうしましたらですね、この後、体験の際にお使いいただくウェアのサイズを合わせますので、全身の３Ｄ計測をしていただきます」

「え、オーダーメイドなんですか？」

驚いて聞くと、医者は笑って首を振る。

「いえ、さすがにそこまでは。大まかなサイズの把握と、ウェアの下に着る下着は、衛生面もありますのでお一人ずつに用意しますからその為の計測です。それに頭にかぶる帽子も、個人個人の骨格にぴったり合っている必要がありますからね」

成程、と彰は納得して、気の好い医者に深々と一礼すると部屋を出て計測に向かった。

すべてを終えて外に出るとまだ夕方の六時頃だったが、十一月の陽はもう完全に落ちていて辺りは真っ暗だ。無防備に開いていたコートの襟元に吹き込む風が冷たくて、彰はぶる、と身を震わせて歩き出す。

数歩歩いて、何気なく振り返ると、空に月が出ていた。

目を細めて、それを見上げる。

もうすぐだ。

行くんだ、あの『パンドラ』へ。

――皐月のいる、あの街へ。

皐月・1　君の為にできること

宏志と彰は、高校で出逢《であ》った。

彰の高校の選択の第一条件は「寮があること」で、その上に自分の偏差値や叔父の家からあまりにも遠方でないなどの条件を加味すると、候補は三ヵ所程しか残らなかった。将来的なことも考えて、その中から東京に一番近いところを選んで進学した。そこでクラスメートとして知り合ったのが宏志だったのだ。

入学したその日に彰はくじ引きでクラス委員に選ばれて、しばらくして宏志が季節外れのインフルエンザで学校を休んだ時に、担任から彼の為に授業の補佐をするよう頼まれた。根が真面目《まじめ》な彰は授業の内容を上手《うま》く要約して彼に伝え、次のテストで宏志の点数は二割近くアップした。それに宏志は勿論、両親も大感激して、彰をしばしば店に招くようになったのだ。「お礼だから」といつも代金は受け取ってもらえなかった。

高校の寮は、夏休みは部活の関係もあって開いていたが、冬休みには閉寮される。高一の秋に叔父夫婦は転勤で一家揃《そろ》ってアメリカに移住してしまったので、当初はウイークリーマンションでも借りてしのごうか、と思っていた彰を宏志が家に誘ってくれた。

いくら何でも年末年始という家族的な時間の中に他人の自分が二週間近く居座るのは、と渋《しぶ》る彰を、宏志は半ば強引に自宅に引っ張っていった。

店に入るとあらかじめ宏志から話を聞いていたのか、母親が「はい、これ着けて！」とエプロンを投げて寄越して、訳も判らない内、彰は店員として働かされていた。

嵐《あらし》のような数時間が過ぎた後、夕食を出されて「いい働きっぷり。合格！」と宏志にそっくりの大きな瞳《ひとみ》を細めて微笑む母親と、「うちは年末は大晦日《おおみそか》まで、年始は四日からがっちり働いてってくれよ！」と豪快な笑い声を立てる父親に、彰は両親を亡くしてから初めて、「ああ、自分はここにいてもいいんだ」とじんわりとした気持ちを味わった。

そして進路相談の時、「店の手伝いもあるから自宅から通える範囲の大学にする」と宏志が話していたのを聞き、彰も漠然と「なら自分もその範囲で決めよう」と考えた。

とはいっても、つきあいが続けられれば良かったので志望の大学名までは聞いていなかったのだが、高三になって最初に出した第一志望の受験先が学部こそ違えど同じ大学だったことに、彰は驚きと共に嬉しく思った。

二人して学力的に大きな無理はない大学だったので、春には無事二人とも合格し、晴れて同じキャンパスに通うこととなる。

彰は大学から歩いて十五分の立地に安いアパートを借りた。講義の後に宏志が立ち寄ってそのまま泊まっていくこともよくあったものだ。

そして入学して一ヵ月半が過ぎた頃、宏志が彰をサークルに誘ってきた。

そこに、皐月がいたのだ。

もともとは二人とも、そのサークル、演劇部に入ろうと思っていた訳ではなかった。宏志は高校で放送部に入っていて、一年上の先輩が同じ大学に進学していた。その彼が大学で入っていたのが、演劇部だったのだ。

新入生の勧誘を兼ねた公演で、宏志は街中の群衆役、つまりはエキストラをその先輩に頼まれた。とにかくたくさんの人ががやがやと騒いでいるビジュアルが欲しい、だから知り合いがいたら何人でも連れてきてくれ、そう言われて宏志は彰を引っ張り込んだのだ。

出番そのものは確かに短く人数も多くて目立つこともなく、それ自体は楽な仕事だったけれど、先輩が「飯奢《おご》るから」とちゃっかり頼んできた荷物運びや後始末の力仕事にまで彰達はつきあわされることとなった。

皐月もそのエキストラのひとりだった。演劇部の正式な部員だった同じクラスの友人に頼まれたのだと、手伝いの合間に教えてくれた。

フルネームは遠野《とおの》皐月。文学部の英文学科で、すらりとした体つきにふわりとボリュームのある黒髪のショートヘア、丸みを帯びた瞳とはきはきと話す声が印象的だった。

「力仕事なら全然いいけど、舞台はもう勘弁」と言って笑う姿に、「舞台映えしそうなのに、もったいないな」と彰は密《ひそ》かに思ったものだ。

先輩はそれからも度々、宏志と彰に手伝いを頼むようになった。その都度、学食の安い定食ではあったが本当に奢ってくれたので、空いている時間は二人ともその頼みを引き受けていた。そうやって何度か通う内、そこで皐月に再会したのだ。

「ちょっと手伝ってみたら意外と面白くて。『裏方だけでいいなら』って約束して入部しちゃった」と皐月は舌を出して笑った。そして「二人もこれだけ来てるならもう入っちゃえば？」と。

顔を見合わせる彰達に、「それ自分も賛成」と、当の先輩以外の上級生も言い出して、二人はなしくずしに入部することとなった。人前で演技なんてとんでもない、と思っていた彰は「絶対に裏方のみ」と条件をつけてだったたが。そもそも生活費はバイトで賄っていたので、台詞《せりふ》を覚えたり稽古《けいこ》をしたり、なんて余裕はない。

けれど皐月がやっている道具関係の仕事には興味がわいた。そもそも彰は、理工学部でプロダクトデザイン専攻なのだ。

物の形を忠実に再現するのではなく、客席側から見た時のことを考えて色や形をデフォルメしたり、演者が持ちやすいように滑《すべ》り止めを付けたり持ち手の形を工夫したり、そんなアドバイスをしている内に彰と皐月はよく話すようになっていった。

けれども彰にとってそれは、宏志に対して抱く「友情」とさして変わらない感情で、宏志に「お前等つきあっちゃえばいいのに」と言われても、いっそぽかんとするくらいだった。どちらかと言うと女子と話すのが不得手な彰にとって、皐月は向こうからはきはきと話しかけてくれることと、論理が明快で理屈がきちんと通ることで、会話していて気持ちの良い友人、という感覚だったのだ。

それは多分、向こうにとっても同じだったと彰は思っている。

彼女はいつも、しゃきしゃきとした態度で彰と対峙《たいじ》していて、そこに男女の感情は全く見てとれず、それが逆に彰にはとても好ましく感じられた。きっとこのままずっと「良い友達」としていられる相手、それが彰の皐月に対する評価だったのだ。

それに彰は内心で「自分は恋愛に向いてない」とずっと考えていた。

宏志には中学時代からの彼女がいたのだが、高三の夏休み直前というなかなか微妙な時期に「バイト先で好きな人ができた」とあっさりふられてしまったのだ。

その時の宏志のやつれようはひどいもので、隣にいると、彼のまわりだけ空気の色が黒っぽく暗くなって、ずしんと肩が重くなる気さえした。普段が底抜けに明るいだけに、その落差がまた雰囲気の暗さに拍車をかけたのだ。

その時の宏志の崩れようは、彰にはとても印象に残った。

「本当の恋」をして、それを失う、というのはこんなにも辛いものなのか、と。

そんな辛さに、自分は耐えられる気がしない。

こんなにも心に食い込んでしまって、こんなにも自分の人生から外せないものになってしまうだなんて、そんな恐ろしいことはとてもできない、そう。

まだ自分という人間が自分の中でも確定できていないのに、そんな大変な枷《かせ》を自分で自分にかけるなんて空恐ろしい真似《まね》、とても無理だ。

そう、思っていた。

だから今は、恋なんてしない。

そう思っていたのだ。

あの日まで。


——笛の音がする。

部室の裏で、次の舞台用のセットの木を切りながら、彰はふっと顔を上げた。

やけに懐かしい、古ぼけたような音色……ああ、これ、リコーダーだ。

「上手いね、皐月」

隣でドアをハケで塗っていた同級生も、手を止めて音の方へ顔を向けながらそう言う。

「え、これ、遠野さん？」

「うん。今度の舞台、ナマ音がさあ、欲しいんだって。部長が。そしたらあの子が、リコーダーなら持ってる、て言って」

「ああ、それで……これ、なんて曲？」

「ええと、あれよ、ほら……そう、『韃靼人《だったんじん》の踊り』」

メロディは知っていたけれどそんな奇妙なタイトルがついていたとは知らなかった、彰はそう思いながら音の聞こえてくる部室の方をもう一度振り仰いだ。

周囲で別の大道具の作業をしている仲間達も、手を止めて音に耳を傾けている。

「いい曲だなあ……」

「ね。リコーダーの音、合ってる。ナマの音で聞かせるの、正解ね」

背筋を伸ばして見上げると、陽が傾きかけた紺色の空を、烏《からす》が一羽《わ》、横切っていく。

その羽に音が乗って更に遠くに飛んでいくようで、彰は胸の中がすうっと澄んでいく心持ちを覚えた。


それは、後期試験の真っ最中の出来事だった。

さすがに試験中にはサークルも休んで、バイトも入れずに彰は勉強に専念していた。学校から成績に応じて学費軽減の措置をもらっているので、落とす訳にはいかない。

四時限目の試験の後に、食事をつくる時間を節約して明日の予習をしよう、と売店へ向かう。近道にとサークル棟の脇《わき》を横切っていくと、見覚えのある人影が走り出てくるのが見えた。

――遠野さん？

立ち止まって目で行方を追うと、皐月はその隣、今はもう使われていない、かなり古いサークル棟の外付けの非常階段を、カツカツと靴音を鳴らしながら駆け上がっていく。

そのどこか切羽詰《せっぱつ》まった様子に、彰は気になってそちらに足を向けた。

鉄骨の階段の冷たい手すりに手をかけ見上げてみたが、のぼり切ってしまったのか皐月の姿はもう見えない。

陽の落ち始めた、明かりのないその階段を、彰は用心しながらのぼった。階段の一番上は、そのまま屋上に繋がっている。

そこへ足を踏み出しかけた瞬間、「来ないで」と小さいが鋭い声がして、びくり、と彰の動きが止まった。三メートル程先に内階段からの出入り口の石段があって、そこにしゃがみ込んでいる人影が見える。

「……遠野、さん？」

その声に確かに涙の気配を聞き取って、彰は息を呑《の》みながらそう呼びかけた。

「大丈夫だから、こっちに来ないで」

すぐに返された声は、やはり確かに涙声で、彰はどうしていいのか判らずにその場に立ち尽くしてしまう。

「あの……」

「あのね、落としちゃったの」

何を言えばいいのかも判らずにかけた声を遮《さえぎ》った言葉に、彰は面食らった。

「コンタクト。急にゴミが入って、すごく痛くて、目をこすったら落ちちゃった。それで涙が止まらないの。こっちに来たら踏んじゃうかもしれないから、御堂くん下戻ってて」

ほんの少ししゃくりあげながらもしっかりとした口調でそう説明されて、彰の動揺は急速におさまった。それと同時に、さっと頭が動き始める。

「じゃ、ここで落としたの？」

「……え？」

「踏んじゃうかも、てことは、上がってきてから落としたんだよね？」

「え……え、ああ、まあ」

急にてきぱきとした口調になった彰に比べ、皐月の声は妙に曖昧な響きに変わる。

「この位置から、そこに行くまでの間に落としたんだね？」

それを全く意に介さず、彰はそう続けて。

「まっすぐ歩いた？」

「……多分」

「そう」とうなずいて、彰はその場にしゃがみ込んだ。

「御堂くん？」

「そこ、動かないで」

彰はポケットから家の鍵《かぎ》を取り出すと、キーホルダーに付けた小さなライトを点灯させた。

「コンタクトの大きさから考えて、ここからその位置まで、一辺十五センチくらいのグリッドを横九マスくらいで一つ一つつぶしていったら、踏まずに、確実に見つかるから。だから遠野さんは動かずにそこにいて」

そう言いながら、彰はセメントの上にさっと目線を走らせていく。

「御堂くん……」

「大丈夫。俺、目はいいから。心配しないで」

ライトの光を動かしながら顔を上げずに言うと、皐月が身じろぎする気配がした。

「……ごめん」

そして唐突に放たれた言葉に、彰はえ、と顔を上げる。

「ごめん、嘘」

「……えっ？」

全く事態が摑《つか》めずにすっとんきょうな声を出すと、皐月が肩を動かして大きく息をついた。

「嘘。わたしも視力、結構いいんだ」

地面に片膝《かたひざ》をついたまま言葉もなく皐月を見つめると、その視線に困ったように、皐月はわずかにうつむいた。

「……泣いてる、って、思われるのが嫌で」

――どきん、と彰の心臓が大きく打った。

「あっ……」

すっくと立ち上がると、どうしていいのか判らずに頭をかく。

「えっ……えっと、あの、こっちこそごめん、あの……それじゃ」

我ながらしどろもどろに言葉を繋いで、とにかく一刻も早くこの場を立ち去ろう、と身を翻《ひるがえ》しかけると、「御堂くん」と小さい声が、その動きを止めた。

彰は一度大きく深呼吸して、覚悟を決めると相手に向き直る。

皐月はしゃがみ込んだまま、泣き笑いのような顔でこちらを見上げた。

「嘘ついて、ごめん。……良かったら話、聞いてくれる？」

今度は心臓が喉の奥からせりあがってくるような感覚を覚えつつ、彰はこくり、とうなずいた。

「……この子。茶太《ちゃた》、ていうの」

皐月の隣に並んで座って差し出された画面には、白みが強い茶色の柴犬《しばいぬ》の仔犬《こいぬ》と頬を寄せ合って、弾《はじ》けるような笑顔を浮かべている五歳くらいの女の子が写っていた。

その笑顔には、はっきりと今の皐月の面影《おもかげ》がある。

「うち、わたしが四歳の時に、父親、脱サラしてね。それまでは大手の製パン会社にいたんだけど、独立して自分のパン屋、地元の石川にオープンしたの。でも当たり前だけど最初はなかなか、上手くいかなくて」

彰に向かって話す、というより独《ひと》り言《ごと》のような口調で呟きながら、皐月は手首に着けた金の細い鎖のブレスレットの青い雫形のリモコンに、規則的に指を動かした。

その度に現れる写真には、すべて先刻《さっき》の柴犬の姿がある。

「両親とも夜も昼も時間を惜しんで働いて、わたしはその間、近所の父方の祖父母の家に預けられてて。引っ越してきたから近所に友達もいなくて、祖父母が気の毒に思って、この子、飼い出したの」

彰の目の前を流れる写真の中で、少しずつ仔犬も子供も成長していく。

「両親や祖父母が自分を大事に思ってくれてることは判ってたし、どっちも大好きだった。でもそれはやっぱり、子供が親を好き、て気持ちで、でもこの子はわたしにとって、対等な『親友』だったの」

中学校の制服を着て、卒業式なのか花束《はなたば》を持った皐月の隣にぴたりとくっついてお座りしている柴犬の姿がかわいくて、相手の声のトーンにもかかわらずつい彰の口元に笑みが浮かぶ。それをちらりと見て、皐月の口元にもさびしげな笑みが横切った。

「ずうっとね、こうやって、一緒に……一人で留守番できるような歳《とし》になっても、この子に逢いたいからこっちの家に行ってね。結局散歩は毎日わたし。受験の時にはちょっと控えなさい、て言われたけど、絶対受かるから、て言って」

次は高校の入学式なのか、満開の桜がつらなった川縁《かわべり》で、制服を着た皐月が犬のリードを引いている。

「親と喧嘩《けんか》したり、学校や友達のことで悩んだり……他の誰にも言えないような悩みも全部、この子に話すと落ち着いて考えることができた。こっちが落ち込んだり泣いたりしてるとね、ちゃんと判るんだよね。きゅうきゅう鼻鳴らして体くっつけてきて、慰めようとしてくれてるの、ちゃんと伝わるの」

言葉の最後が震えて、ぽとん、と画面の上に雫が落ちた。

彰ははっと息を呑んで、つい相手の横顔をまともに見てしまう。頬をひと筋、涙がつたっているのに気づいているのかいないのか、皐月は食い入るように画面を見つめていた。

「……もう、駄目なんだって」

息をきゅっと吸い込みながら、皐月が呟く。

「もうね、そもそも、歳だから……あちこち悪くして、最近は散歩にも行けなくて。それでもね、トークかけて顔映してもらって声かけると、寝てても絶対起きてこっち見るの。もう目も殆ど見えないのに。名前を呼ぶとね、不思議そうに匂《にお》いかいで、鼻鳴らして……『どうして触れないの』って顔して、じいっとこっち、見てるんだ」

ぽたぽた、と立て続けに画面に落ちる涙を、彰は見おろす。

皐月と一緒でなく犬だけが単独で写っている写真は、きっと殆ど彼女が撮ったのだろう、そう感じられた。カメラに向けられた黒くつやややかに輝く瞳に、撮り手に対する全幅の信頼と愛情がはっきり、見てとれて。

「多分、今夜……明日までもつかどうか、って」

軽く洟《はな》をすすって、皐月は携端のスイッチを切った。

いつの間にか辺りはすっかり暗くなっていて、急な暗闇《くらやみ》に彰はとまどう。

「……判ってるんだ、帰ればいいって」

その闇の中から、皐月の硬い声がする。

「試験なんか放り出して帰る。それが絶対、人として正しいって判ってる。でも」

すぐ隣にいる筈《はず》なのに、その声は何故かひどく遠いところから聞こえる気がする。

「明日の一限のテスト、絶対、落とせない。あの先生、試験出なきゃ絶対に単位くれないから。そしたら学費軽減、なくなっちゃうから」

彰は暗闇の中で目を見開いた。うすぼんやりと、相手の輪郭《りんかく》が見えてくる。

「高校に入ってから、父さんしばらく、体壊してた時期があって。その間お店は休まなくちゃいけなかったから。受験の時は、もう大丈夫だから学費のことは心配しなくていい、て言ってたけど、それでもやっぱり、軽減の話、した時にはほっとした顔してて」

暗さに慣れてきた視界の中で、長いため息をついて髪を耳にかける皐月の横顔。

「夜行バス、行きはあるけど、帰り、一限に間に合うのはなくて……だから、無理。帰れない」

一度きゅっと唇を噛みしめると、皐月は両膝の上に額を落とした。

「あんなに待ってるのに、帰れない。……わたし、ひとでなしだ」

その言葉と同時に、彰はすっくと立ち上がった。

「行こう」

「……え？」

目の前に立った彰を、皐月はどこかぼんやりとした瞳で見上げる。

彰はさっと自分の携端のリモコンを叩いて時刻を確認した。

「すぐ行こう。石川のどこ？　住所、判るよね？」

「え、え……」

「駅前のレンタカー屋で車借りて行こう。それで、一限に間に合うように帰ればいいよ」

「あの、御堂くん」

てきぱきと語る彰に、皐月は混乱しきったまなざしと声を向けた。

「何言って……無理だよ、そんな」

「え、どうして？」

一方、相手の言葉の意味が全く判らず、彰はきょとんと目を丸くする。

「今五時だから、石川のどこかにもよるけど、日付変わる前には着けるよ」

まるで当たり前のようにそう話す彰に、皐月は片手を振った。

「だって、そんな……そもそもわたし、免許持ってないもの」

なんだ、自分で行くつもりだったのか、と彰は得心して大きくうなずく。

「運転は俺がするから」

「……え？」

皐月の声が一オクターブは跳ね上がる。それを、彰は自分の運転に対してだと取った。

「いや、大丈夫。大丈夫だから。免許取ったの高校の時だし、大学入ってからずっとバイトで運転してるし。最近の車の運転アシスト、すごく性能よくて。居眠りしたら起こしてくれるし、めったなことでは事故らないし、心配しないで」

諄々《じゅんじゅん》と説き聞かせようとする彰に、皐月がいよいよ混乱極まった様子で頭を振った。

「あの、そうじゃなくって……どうして御堂くんが、そんなことしてくれるの」

彰としては全く思ってもみなかった相手の言葉に、軽くのけぞる。どうして、って、そんなこと当たり前なのに。

「だって、これが最適解でしょ？」

「えっ？」

「だって遠野さんは今夜中に絶対にその子に逢わなきゃ。で、絶対に明日の一限のテストも受ける。バスや電車では無理。車しかない。遠野さんは無免許だけど、俺は免許持ちで、運転も慣れてる。そしたらこれが、最適解じゃない？」

「だってそれじゃ、御堂くんにあんまり負担が」

「多分向こうに数時間はいられる。その間仮眠させて。俺、明日は試験、二限目からだから、遠野さん送った後も少し寝られるし。遠野さんは移動中に寝ればいいでしょ」

もはやすっかり言葉を失った様子で、皐月はただただ、彰を見上げる。

その視線に気づかず、彰はもう一度時計に目をやった。

「ああもう、時間もったいないよ。早く」

焦る気持ちも手伝って、そう言いながら無意識に差し出した手を、皐月は数秒見つめて、そうっとそこに指をのせる。

そのひいやりとした手触りに、彰ははっと我に返って一瞬で顔が熱くなるのを感じた。

ゆっくりと皐月の指に力が入って、手が握られる。

更に爆発的に頬に血がのぼるのを感じながら、彰はそれを隠そうと、ぐい、と殊更に勢いよく相手の体を引っ張り上げた。きちんと立ち上がったのを確認してぱっと手を離す。

「御堂くん」

恥ずかしくて相手の方を向けずにいると、皐月が腰から体を折って、深々と頭を下げた。

「ありがとう。……どうか、よろしくお願いします」

その姿にと胸をつかれて、彰はのぼった血が一瞬で下がるのを感じる。

それと同時に、さっと頭が切り替わった。

「うん、任せて。……行こう」

車を借りてまずコンビニに寄ってパンやコーヒーを買い込むと、皐月がカゴを奪うようにして「ここはわたしが払う」と言ってきた。

「え、いいのに」

彰が面食らって言うと、皐月はそれを防ぐようにオートレジの読み取り台にカゴを置き、強く首を振る。

「駄目。あと、ごめん、レンタカーとか高速とかガソリン代とか、分割払いでもいいかな」

「ええ……別に、それもいいのに」

本当に何のてらいもなく素でそう言うと、買ったものを袋に詰めて歩き出しながら、皐月が大きな目を更にまん丸くして彰を見た。

「なんでそうなるの。そんなのおかしいでしょ」

「いや、だって……今俺、お金結構余裕あるし。年末年始、配達とか引っ越しとかやりたがらない人多いから、手当、いつもより付くんだよ。かなり儲《もう》けたよ」

「だから、そういうことじゃなくって……」

どこか呆《あき》れたような口調で言いながら、ごくわずかにくすんと皐月の唇の端に笑みがもれたのに、彰はほっと嬉しくなる。一体相手が何を気にしているのかはよく判らないが、今日初めて笑ってくれた、それがたまらなく嬉しかった。

「……まあもういいや。とにかく払うから」

「いいのになあ」

「御堂くん、変わってる」

車に乗って、袋からコーヒーを出して手渡しながら、やはり呆れ声で皐月が言った。

「え？　どこが？」

「全部。……大体、年末年始ずっとバイトって、家帰らなかったの？」

「ああ、俺、実家ないもの」

「え？」

「親死んだから。中学の時は叔父さんちにいたけど、仕事でアメリカ行っちゃって」

エンジンをかけて車をスタートさせながら、彰は相手の様子に全く気づかないまま、何気なしに続ける。

「高校の時は寮だったから、年末年始は宏志の家にいたんだよ。……あ、宏志んち、知ってる？　飯屋なんだけど。まだ行ったことなかったよね、今度皆で行こうよ。どの定食にも豚汁付いてくるんだけど、それがすごく美味いんだよ」

「――ごめん」

すっかり陽気に話していたのに、突然隣からひどく重たい響きの声がして、彰は意表を突かれた。運転しながらも急いでちらりと横目で見ると、膝の上に紅茶のボトルを置いたまま、皐月が硬い目をしてうつむいている。

「え、ええっ、何……あっ、もしかして遠野さん、豚汁嫌い？」

相手のその態度の理由が咄嗟には判らなくて、けれど次の瞬間、はたと思いついてそう言うと、皐月がぱっと顔を上げた。真っ黒い瞳がリスのように大きく見開かれている。そのまなざしに、彰は自分でも理由が判らないまま更に慌てた。

「あっ、やっぱり？　ああ、あの、確かあるよ、お吸い物とかも。……えーと、うん、確かに若い女の子が行くような店じゃないけど、でもね、ほんと何でも美味《おい》しいんだよ」

必死に言葉を繋ぐと、皐月がぱちぱち、と音がしそうな程大きく瞬《まばた》きをして、それから軽く背を折って吹き出した。

「ええっ……」

「……もう、ほんと……もう、御堂くんて、ほんと」

あたふたしている彰を尻目に、皐月はひとしきり声を上げて笑った。顔を上げると指先で目尻《めじり》の雫を拭《ぬぐ》って、にっこり、と、唇の端まではっきりとした笑みを浮かべる。

「ほんと、変わってる」

その泣き笑いのような笑顔に、彰は何故だか、喉の奥がきゅっと狭くなるのを感じた。

皐月の祖母の家に着いたのは、日付の変わる二十分程前だった。

到着前に皐月は祖母に連絡を入れていて、着いた時には玄関まで出迎えに来てくれていた。祖父は皐月が高校の時に亡くなったそうで、家には今は祖母と犬だけなのだという。

相手が何度も深々と頭を下げるのに、彰は何とも面映《おもはゆ》い気持ちで頭を下げ返した。

犬は子供の頃から皐月が使っていた部屋で寝ているから、と言われ、皐月は小走りに奥へと消えていく。

その背中を見送ると、ふう、と我知らず大きなため息が出た。良かった、間に合った。

「……本当に、申し訳ありません」

と、隣からまた何度も聞いた言葉が繰り返されて、見るとただでさえ小柄《こがら》な皐月の祖母が背中を深く丸めて頭を下げている。

「いえ、あの、もういいですから」

「いつもはあんな、わがまま言って人に無理させたりする子じゃないんですよ。むしろ人に気を遣って、我慢ばっかりするような子で。それがこんな無茶……ほんとに、よほど逢いたかったのね」

彼女の言葉を聞いて、彰の口元にかすかに笑みが走った。ああ、本当に来て良かった。

「身内が言うのも何ですけど、根が本当に優しい子なの。だから、あなたにはこんな無理させてしまいましたけど、どうかあの子に、愛想《あいそ》尽かさないでやってくださいね」

「そんなこと」

即否定すると、相手の瞳が丸くぴかっと輝いて——その意味は判らないまま、あ、やっぱり似てる、と彰は内心で思った。

「遠野さんはいい友人です。サークルでもすごく皆に信頼されてるし、自分もいろいろ、助けてもらってますから」

「……ゆうじん？」

その瞳に何か返したくて力強くそう言うと、相手の口から少し調子の外れた声がもれる。

「はい。いつもお世話になっております」

そう言って頭を下げると、彼女はぱちぱち、と目を瞬《しばた》いて、「ああ……そうなんですか」と、かくかく小さく何度かうなずいて軽く頭を振る。

「ええと……ああそうだった、奥に、お布団用意してありますから、少しおやすみになってくださいね」

「あ、ありがとうございます」

少しでも横になれるのは本当に心底有り難くて、ぱっと顔を輝かせてまた頭を下げると、少し首を傾《かし》げながらも彼女はふっと、微笑んだ。


目が覚めるのと同時に、傍らに人の気配を感じた。

一瞬で頭が覚醒《かくせい》して、さっと顔を動かして見やると、部屋の隅に皐月が膝を抱《かか》えて座ってこちらを見ている。

「遠野さ……」

「良かった、悪いけどそろそろ起こさなくっちゃ、て思ってたとこだったの」

彰が上半身を起こすと、皐月も立ち上がった。

彼女がここにいる。犬の傍《そば》ではなく。ということは、つまり。

「おばあちゃんに声かけてくる。御堂くん、洗面所の場所、判るよね」

彰が何か言う前に、皐月はそう言って部屋を出ていってしまった。

——でも、声はもうすっかり乾いている。

起き上がって服を着替えて布団を畳むと、洗面所でざぶざぶと冷たい水で顔を洗う。

良かったんだ、きっと、これで。

ごしごしとタオルで顔をこするように拭《ふ》き上げると、短い睡眠だったにもかかわらず、しゃっきりと頭の奥まで冴《さ》えてくるのを感じた。

廊下に出ると、玄関の上がりかまちに皐月とその祖母が立っている。

「本当に、孫がお世話かけました。これ、お夜食に。召し上がってください」

中身は判らないがずしっと重い紙袋を手渡されて、彰はかえって恐縮した。

「すみません、夜中にこんなお手間取らせて」

「何をおっしゃいます、この子のわがままにつきあわせて、こんな夜中に車で帰らせるだなんて」

言いながら彼女は横目でちらっと皐月を睨《にら》んだ。

「本当なら泊まっていってほしいのに……あの、またぜひ改めていらしてくださいね」

「もういいから、おばあちゃん。また連絡する」

普段は特にこちらに来る用事はないんですけど、彰がそう言う前に、皐月が少しふくれっ面《つら》をして割って入った。

「はいはい、もう、ほんとこの子は自分のことばっかり……」

愚痴《ぐち》モードに入りかかった祖母の肩を軽く叩いてから、皐月は一度、ぎゅっと彼女の体を抱きしめた。

「急にごめん。でも逢えて良かったし、嬉しかった。ありがとう、おばあちゃん」

「……皐月」

抱きしめてくる孫の肩を、祖母がぽんぽん、と叩き返す。

「おばあちゃんも、さみしくなっちゃうね……元気出してね」

「もう、ほんとにこの子は……」

うっすらと涙声になった相手をもう一度ぎゅっと抱きしめて、皐月は体を起こした。その瞳にも、ぼやっと水の膜が張っている。

「それじゃ、行くね。春休み、帰るから」

「はいはい。気をつけて帰ってね。……御堂さん、本当にありがとうございました」

祖母と孫のやりとりをほのぼのとした気持ちで見ていると、急に頭を下げられて、彰は慌てて頭を下げ返す。

「いえ。あの、責任持って送り届けますから」

もう一度頭を下げると彰は皐月に続いて、家を後にした。

——車を走らせ始めて程なく、ちらっと隣を見ると皐月は斜めに頭を傾けて眠り込んでいた。

少し車内の暖房の温度を上げながら、胸の内側一杯に程よい温かさのお湯のような安堵《あんど》が満ちるのを感じて、唇の端にふっと笑みが浮く。このまま向こうに着くまで眠れば、睡眠時間としては充分だろう。

高速をしばらく走っていると、小腹が減って、トイレにも行きたくなってきた。

時間に余裕はあるし、少し休憩しよう、と思いサービスエリアに入ると、皐月を起こさないよう気をつけながらトイレに行って、自動販売機で熱い緑茶を買う。

車に戻って後部座席に乗ると、皐月の祖母がくれた紙袋を覗いてみた。キーホルダーのライトを袋の中に突っ込んで見てみると、アルミホイルの包みとタッパーに、割り箸と紙おしぼりの袋がいくつか入っている。

包みの一つを開いてみると、一つずつラップにくるまれたおにぎりが入っていて、その上に貼《は》られた付箋《ふせん》に『鮭《さけ》』と書いてあった。他も覗くと『おかか』『梅』とある。

何だか妙に嬉しくなってきて、彰はくすんと笑った。

「……あれ、御堂くん?」

と、助手席から寝ぼけた皐月の声がする。

「あ、ごめん、起こした?」

「ううん……あれ、なんで後ろ?　ここどこ?」

「ああ、サービスエリア。ちょっと腹減ったし、休憩しようと思って。ごめん、寝てなよ」

「そうなんだ……わたしも食べようかなぁ。あ、でもその前にわたしもお手洗い、行ってこよう」

「あ、外寒いよ」

車内灯をつけて、後部座席に置かれた皐月のコートとバッグを差し出しながら言うと、顔半分で振り返って受け取った彼女が目を細めて笑う。

その顔に彰は、軽く心臓が縮んだ気がした。

「ありがとう。……ちょっと時間かかるかも、御堂くん、先に食べててよ」

「あ、うん」

その動揺を押し隠してうなずくと、皐月は車を降りていった。

彰は小さく息をついて、タッパーを取り出して中を覗き込む。

大きい方には唐揚げと卵焼きとほうれん草のゴマ和《あ》え、小さい方にはウサギの形に切られたリンゴとプチトマト。まさに絵に描いたような「遠足のお弁当」だ。

彰はまたわくわくする気持ちを覚えながら、おしぼりで手を拭いて鮭のおにぎりを一つ手に取りラップをはがした。海苔《のり》がしっとりと張り付いたおにぎりを、上からぱくり、と頰張ると、口の中一杯に、ほんのりと塩の利いたご飯の味と香りが広がる。

その瞬間に、胸の奥で何かがごとり、と音を立てて動いた。

彰の動きが止まる。

――あれ……あれ、これ、何だっけ？

歯と舌の間を、ねちっとした海苔の切れ端と一緒にほろりと崩れて歯に当たるご飯の一粒一粒、その感触が心の奥底の何かをぐいっとこじ開けていた。

手で握られた、わずかに塩気の利いたご飯が口の中でほぐれる感覚。

その何かをつきとめたくて、止まっていた口を動かして何度か咀嚼《そしゃく》して飲み込むと、背骨にびり、と電撃のような感覚が走った。

ああ……そうだ。

おにぎりを手にしたまま、また彰の動きが完全に止まる。

久しぶり、なんだ。

手元のおにぎりの、上の部分がかじられたお米の粒の間にほんのりとピンク色の鮭のフレークが覗いているのを、彰はまじまじと見つめた。

コンビニや、スーパーで買ったものじゃない、誰かが手で握ってくれたおにぎりを食べるのは……久しぶり、だったんだ。

母さんが死んで以来。

中学には給食があったし、何かの行事でお弁当だったりした時も、たまたまだったが、おにぎりではなかった。高校は寮の食堂だったし、宏志の店でもおにぎりは出たことがない。大学に入ってからは自炊だったけれど、昼は大抵学食だったし、家で自分でご飯をわざわざおにぎりにしようなんて、考えたこともなかった。

だから久しぶりだった。

久しぶり過ぎて、すっかりこの感覚を忘れていた。

固くもない、ゆるくもない、お米の粒同士がぴたぴたっとどこか数点だけでくっついていて、それが噛んだ途端にほろほろと口の中でほどけていくこの感覚を。

「――え?」

ズボンの膝にぽとり、と何かが落ちたのが視界の中に映って、彰は思わず小さな声を上げた。それは合間をおかず、更にぽたぽた、と落ちていって、ズボンに小さな染みをつくる。同時に、頬が濡れているのをはっきりと感じた。

「え……え?」

片手におにぎりを持ったまま、彰は混乱した。

その液体が涙、であって、それが自分の目から落ちている、という事実はすぐに認識することができた。けれどその理由に至っては、全く理解することができない。

勝手にこぼれていく涙をどうすることもできないまま、彰は手の中のおにぎりと落ちる雫とを交互に見た。

三角形の先がかじられた、食べかけのおにぎり。

こんな状況でも、口の中、頬の内側の端の方で、脳に「美味しかった、もっと食べたい」と訴えかけてくる感覚。

——ああ、判った。

その「食べたい」という気持ちと同時に、答えが降ってきた。

もう食べられないからだ。

母親のつくるおにぎりを、自分はもう食べることができない。

そうはっきりと自覚したのに、奇妙な心持ちがした。

そんなことは知っているのに。もうずっと昔から、そんなことは知っていた。

母親は彰が中二の時、外出先でエスカレーターの誤作動での事故に巻き込まれて死んだ。その数年前に父親は病気で亡くなっていて、母子二人、大変なこともあったが毎日つとめて明るく楽しく暮らしていた、その中での突然の出来事だった。

その衝撃は相当なものだったけれど、既に父を失う、という経験をしていた彰には、「自分の生活の中から父が消えたように、今度は母が消えたのだ」という思考がすぐに構築された。だから自分はちゃんと判っている、そう思っていたのだ。

自分の両親は亡くなった、それを自分ははっきり理解し、咀嚼できている、そう思ってずっと生きてきた。

それなのに。

手の中のおにぎりが、ずん、と重たくなっていく。

彰は浅く呼吸をしながら、それを見つめた。

——もう、食べることができない。

知らなかった。

「失う」というのは、こういうことなのだ。

一度おさまりかけていた涙が、またぽたぽた、とこぼれた。

亡くなった、消えてしまった、失った、それを自分は知っている、そう思っていた。

でも違った。

それは頭で「こうだと思っている」だけだった。

こんな風にはっきりと、それが腑《ふ》に落ちたことは、今まで一度もなかった。

自分はどこか「長い不在」のようにそれを捉《とら》えていたのかもしれない、そう思った。

ただの「不在」であるなら、いつかは戻る。

けれど違った。それ等はもうすべて完璧《かんぺき》に、峻厳《しゅんげん》に失われてしまったのだ。

父と母、それぞれの死の報《ほう》を聞いた時も、お葬式の時も、納骨の時も、自分は本当は「二人の死」を認めてはいなかった。

今やっと、判った。

今本当に、二人は自分の中で死んだのだ。


「――あぁ、外寒かった！」

と、突然バタン、と後部座席のドアが開いて、一瞬の冷気と共に皐月が車に乗り込んできた。

「嬉しい、おばあちゃんのご飯、久しぶ、り……」

両手をこすりあわせながら、わずかに鼻の頭を赤くしてそう明るく続いた皐月の言葉が、すうっと細くなって消えて。

「……え、えっと……御堂、くん？」

大きな目で、皐月がまじまじと彰を見つめる。

「あ……ああ、うん、ごめん」

なおもぽたぽた、と頰を雫がつたうのをどうしたらいいのか判らないまま、彰はひょこっと肩をすくめて。涙は止められなかったけれど、こうなった理由がはっきりと自分の中で判ったことで、彰の精神はすっかり落ち着いていた。

だから頰を涙がつたってはいても、声はまるでいつもと変わらない、平静なものになっていて、それに皐月はまたぱちぱち、と目を瞬く。

「うん、ちょっと、自分でもびっくりした。おにぎり食べたらさ、あ、なんか、久しぶりだと思って」

隣で驚いている皐月に、どうってことはないんだ、と判ってほしくて、彰は殊更に淡々とした声で説明を続けた。

「すっかり忘れてたんだけど、誰かが握ってくれたおにぎり食べるのって、中学の時に母さんが亡くなる前につくってくれて以来だったんだよね」

少しこちらに身を乗り出しかけていた皐月の動きがぴたりと止まる。

「それでびっくりしたんだ。だからどうってことない、気にしないで、遠野さん」

そう話している間に、自然に涙がおさまった。彰はほっとして、手の甲でぐい、と頰に残るそれを拭うと、また一口おにぎりを頰張る。

「うん、美味い」

自然と口元に笑みが浮かぶのを感じながら、残りを一気に食べ切って。

「塩気絶妙。ほんと、料理上手なんだね、遠野さんのおばあちゃん」

一度指先をおしぼりで拭いながらそう言うと、彰はまた笑った。

その一連の動作を、皐月はやはり身じろぎ一つせずにじっと見つめている。

「──御堂くん」

そしてすう、と一つ息を吸うと、少し低い声で名を呼んだ。

その声の真剣さに、彰はと胸をつかれて相手を見直す。

皐月は瞬き一つせずまっすぐに彰を見ると、しっとりと桜色をした唇を開いた。

「わたし、何でもする」

そしてそこから、そう言葉が放たれた。

「わたし、御堂くんの為になら、何だってするよ」

彰は呆気《あっけ》にとられて、目の前の皐月を見直した。

皐月は冗談めかした様子など何一つない、真剣そのものの顔でそれを見つめ返す。

「茶太、目が悪かった、て言ったよね」

それからいきなりそんな話が始まって、彰は更に面食らった。

「でも鼻や耳はそんなに衰えてなくてね。先刻、わたしの部屋、扉開けたら、部屋の奥のストーブの前からこっちに向かって、ずるずる毛布からはい出してきてて」

話しながら、皐月の瞳がほんのりと潤《うるお》いを含む。

「もうちゃんと立てないくらい足も悪いのに、ずりずりはいずって、しっぽ振りながら……急いで駆けよって毛布巻き直して抱っこしたら、心底嬉しそうにきゅうきゅう鼻鳴らして、わたしの手や顔、ぺろぺろなめてきて」

皐月はきゅっと両手の指を膝の上で組んで、一瞬目を伏せた。

「座って、膝の上に抱いたら、もう殆ど見えてない筈なのに、一心な目でこっち見上げてきて……不思議ね、仔犬の頃は勿論子供の顔してて、それからやんちゃで腕白な顔になって、大人になって少し落ち着いて、歳とってからはいかにもお爺《じい》ちゃん、みたいなおっとりのんびりした顔つきになって……なのに最期は、また子供の顔に戻ってた」

瞳の潤《うる》みはますますくっきりしてきたのに、その唇にはほんのりと微笑みが浮かぶ。

「ずっしり、全体重預けて、安心したみたいに目を閉じて、くうくういびきかいて眠り始めて……背中をずうっと撫でてたら、いつの間にか、部屋の中がしいんとしてて、自分の息の音しかしなくなってて」

すっ、と息と共に言葉が切れて、頬をひと筋、涙がつたった。

彰は声も出せずに、それを見つめる。

「わたし、考えもしなかった」

皐月の瞳が動いて、彰の目を捉えた。

「考えもしなかったんだよ、御堂くん」

ほんのわずかに上半身をこちらに傾けて、皐月は強い口調で語る。

「昨日の夕方、ほんの何時間か前には、自分がこんなところにいて、こんな風に茶太を膝の上にのせてるだなんて、考えもしなかったんだ」

皐月の頬の上を涙が幾筋もつたって、それが彼女の膝の上やシートの上にぽたぽたと落ちるのを彰は声もなく見た。

「諦《あきら》めてたから。だって無理なんだもの、しょうがないじゃない、て自分に言い訳して、全部諦め切ってたから」

きつい口調でそう言って、一瞬唇を噛む。

泣いているのに声は全く震えず濁《にご》りもせず、まっすぐに彰の耳に届いてくる。

「──わたし、何でもするよ」

そして皐月は、またそう言った。

「これから先、御堂くんが何か困って、助けが必要だったり、誰かに話聞いてほしかったり、ううん、そんな大げさなことじゃなくても、どんな小さなことでも、わたし御堂くんの為になら何だってする」

彰の胸の中心を、まっすぐ細い剣が貫《つらぬ》いた。

「この先一生、御堂くんの頼みなら何だって聞く。どんなことでも。内臓全部あげたっていい。何だって、するよ」

彰は自分の肺の中で空気がぱんぱんに膨《ふく》れ上がって、喉がつかえるような心地を味わいながら、こちらをひたぶるに見つめる皐月を見返した。

——ああ、初めてだ。

熱く沸騰した頭の隅で、そう考える。

父親も母親も、きっと自分に万一のことがあったら身を投げ出して助けてくれる、そう当然のように信じていた。でもその二人がいない今、そんな人間はこの世にもう誰もいないのだ、そう思っていた。だけどそれは、仕方のない、ことなのだと。誰かの為に身を投げ出せるなんて、親子以外でそうそうある筈がない、それなのに。

皐月の瞳を見返すと、目の奥がじんと熱くなってきて、彰はわずかに目を細めた。

まるっきりの、他人なのに、こんなことを言ってくれたのは……目の前のこのひとが、初めてだ。

自分はこのひとに、いかほどのこともした訳ではないのに。

ぐっと詰まった喉を何とか内側から押し広げて、彰は音を立てて細く息を吸う。

目の前で皐月の瞳が、初めてどこか不安げに揺らいだ。

「——ありがとう」

やっとそれだけ言うと、その瞳がぱっと輝いて、頬にほんのりと赤みがさす。

顔のまわりまでふわりと明るくなるようなその表情に、彰は心を、丸ごと奪われた。

Café Grenze のシーニュ

体験日の前の晩はなかなか寝つけず、やっとうとうとしても何度も目が覚めた。

施設は意外にも見た目は普通のビルで、更衣室で担当者の説明を受けながら専用ウェアに着替えると、広めの個室に案内された。部屋の真ん中にはプロモーションの映像で見た繭に似た真っ白いカプセルが横たわっており、周囲にも様々な機械が置かれて、まるで検査室のようだ。最初に指先から血液を採取されたのも、病院を連想させた。

「『パンドラ』入室直後に、内部にいる係員の者から利用説明がございます。内部でのゲストの行動は逐一《ちくいち》モニタなどはしておりませんので、どうぞ我々のことは気にせずお好きにお過ごしください。心電図や血圧などの体調面について問題が出た場合は、センサーからすぐこちらに通知がきますのでご安心を」

「……判りました」

中での行動はリアルに監視される訳ではないのか、と彰はそれを胸に刻み込んだ。それから担当者が、コードが何本も接続された帽子や手袋、マスクやヘッドホンなどを次々装着させてくるのを、着せ替え人形みたいだと思いながらおとなしく従う。

「では、開きます」

低くモーター音がして、ぷしゅっ、とカプセルの蓋が開いた。中には七分目くらいまで透明の液体がゆらりと揺れていて、ちょうど人間がリクライニングシートに横たわった時のような形に底がへこんでいる。

「お入りください。――冷たくはありませんから、ご心配なく」

そう言って手で示された先、カプセルの端に小さな踏み台が付いているのを見て、彰はうなずいて段にのぼると、とぷん、と液体に足の先をつけた。それから恐る恐る、へこみに腰をおろしてみる。

『――御堂さん、聞こえますか？』

と、耳元でそう担当者の声がして、彰はこくりとうなずいた。

『ではこちらを。これで最後です』

言葉と共に差し出されたアイマスクをつけると、目のまわりにぴたりと吸いつく。

『手を貸しますので、横になってください』

暗闇の中、そう声がして肩に手が置かれ、背中を支えるようにして彰を横たわらせる。

『息苦しいとか、どこか痛いとか、何か問題はありますか？』

少し間をおいて聞こえてきた声に小さく首を振ると、『もしパンドラ内で体験を中止されたい、と思われましたら、フルネームに続けて「体験中止」と声に出して言ってください』と言われて、彰はまたうなずいた。

『では、「パンドラ」で素敵なバカンスをお楽しみください！』

するとと、声が突然、耳元ではなく頭の中心で弾けたような感覚がして――

――目の前に下から黄色みを帯びた光でライトアップされた、大きな彫刻が建っていた。

「え……」と無意識に声に出しながら、彰はまじまじとそれを見つめる。

頭の上は完璧な星空。そして真正面には、噴水の中にボッティチェリの『春』の絵のヴィーナスと三美神、フローラを刻んだ巨大な大理石の群像があった。その向こう側にちらりと、細かな電飾で飾られた、けれど何故かどぎつさは感じられない、二十世紀初頭のヨーロッパをイメージさせる古めかしさをたたえた石造りの大きな建物が覗いている。

まじまじとそれを見上げて、ゆっくりと目をおろすと自分の手や体が目に入った。着ている服は、コートを着ていないことを除いて朝と同じだ。スニーカーの下には、年季の入った風合いの石畳が見える。

思わず耳や頭に触れてみたが、先刻身につけたばかりのヘッドホンや帽子は跡形もなく消えていて、いつも通りに髪の毛や皮膚の感触がする。

深く呼吸すると、わずかに湿り気を帯びた、夜の空気の匂いがした。

「――御堂、彰様ですね」

と、突然隣から声をかけられて、彰は文字通り飛び上がった。

「すみません、驚かせましたか」

ひどく気の毒そうな声音で言われて見直すと、パステルグリーンに薄く柔らかな黄色のラインが入ったツーピースを着た、髪を夜会巻きにきっちりと整えた同年代くらいの女性が深く頭を下げてくる。

「ああ……いえ、あの」

まわりの古びた雰囲気とはまるで違う、すっかり浮いて見える相手のその姿を上から下まで眺めながら、一歩引いた体勢で彰もぺこりと頭を下げた。

「本日は『パンドラ』の初めてのご利用、まことにありがとうございます」

すると、隅から隅まで業務用、といった完璧な微笑みをたたえて、相手がまた小さくお辞儀をする。

「私《わたくし》は本日ご案内を務めます、ヨシナダと申します。よろしくお願い申し上げます」

彼女はてきぱきとした口調でそう言うと、小脇に抱えていた茶色い革製の書類ケースを正面に取り出した。手にはぴっちりと白い手袋がはめられている。

「こちら、おつけください」

ケースの中からヨシナダが取り出したのは、普段彰が使っている携端のリモコンと殆ど見た目の変わらない物体だった。

「基本的な操作は、普段お使いのリモコンと同じです。ただ、携端本体そのものは不要となっております。……起動してみてください」

受け取って装着しながら、相手の言葉にどういう意味だろう、といぶかしげに思いながらも、耳にかかったつるの部分を手前から奥につうっとなぞってみる。

「……うわ」

と、ちょうどお腹《なか》の辺りから少しだけ上、空中に、ぶうん、という音と共に携端のそれと全く同じホーム画面が現れ、彰は軽くのけぞった。

「画面の端を、親指と人差し指でこう、つまむようにしていただきますと好きな位置に移動ができます。お試しください」

言われた通りにしてみると、本当に画面がすいすいと好きな位置に動いたのに、彰は思わず「すごい」と歓声を上げた。よくよく見ると、画面の向こうにうっすらと奥の風景が透けて見えている。

「歩行中には自動的に画面は消えますのでご注意ください。メールの読み上げや音声通話、マップのナビゲーション機能などは、歩行中でも使うことができます」

「え、メール、できるんですか？」

ヨシナダの言葉に、彰は驚いた。確か事前の注意事項で、内部からのネット接続はできないと聞いていたが。

「勿論、内部の人間同士のみですよ。事前にお知らせしている通り、申し訳ありませんが外部との通信は遮断いたしております」

　くい、と唇の端を吊り上げて微笑んで、ヨシナダはあっさりと言った。

「こちらの画面は御堂様が普段お使いの携端のものを模《も》しております。リモコンにはそれぞれシリアル番号がふられておりまして、それがアドレスや通話番号となり、この『パンドラ』内で知り合われた方と教え合っていただければ、内部でのみご連絡ができるようになっております」

　もう一度画面を見直すと、確かにホーム画面には、メールやトークのアプリ、設定、「緊急コール」と書かれた赤い受話器のアイコンはあったが、実際の自分の携端に入っているアプリのアイコンは一切なかった。

　並んだアイコンの中に「マップ」とあるのを指さして「これは？」と聞くと、手ぶりでクリックするよううながされ、指先で空中のそれをタップしてみる。と、ホーム画面が消え、同じ位置に横二十センチ、縦十五センチ程のサイズの新しい画面が開いた。

「こちらが『パンドラ』、ナイトゾーンの全体マップとなります」

　ヨシナダがどことなく誇らしげに胸を張ってそう言って、彰は画面をまじまじと見た。

「画面中央、赤く点滅しているのが御堂様の現在位置です。全景との切り替えはこちらのボタンで。基本的にログイン場所は毎回、この広場となりますのでご留意ください」

　現在位置を拡大してみると、マップの真ん中には『プリマヴェーラ広場』と記された丸い広場があり、中心に噴水、そしてそのすぐ横に赤い光が点滅している。向こうに見えた大きな電飾の建物には、緑の点と共に『セントラルカジノ』の名があった。

地図を動かすと、広場を中心として放射状に道路が延びているのが判る。ただ、その道路同士を繋ぐ道は特に規則性もなく、ところどころは行き止まりのようだ。街の端の部分はなめらかではなく、ごつごつと出っ張ったり引っ込んだりしている。

「建物にある緑の点はカジノ、青の点はバーやスナック、黄色の点はキャバレーや劇場的な施設です。他に映画館や図書館などもございますので、どんな施設があるかお知りになりたい場合は、マップの下、施設カテゴリ一覧のアイコンをクリックしてください」

「映画館って、ここでですか？」

驚いて聞き返すと、相手はやはり心得顔で微笑んでうなずいた。

「皆さん、どうしてわざわざここに来てまで、と思われるようですが、本当にお好きな方は一度体験されるとリピーターになられることが多いですよ。特に映画やオペラなどは実際の施設と変わらない環境で、最もお好みの席で、お好きな演目を、ご自身やお連れ様以外の観客を不感知状態にして鑑賞することが可能です。これがなかなか、評判が良くて」

「ああ……成程」

ヨシナダの説明に、彰は納得してうなずいた。仮想空間というからにはそういうことも可能な訳だ。そりゃ、劇場貸し切りで好きなオペラを見るなんて、最高の贅沢《ぜいたく》だろう。

「それから、内部では自由にお着替えいただくことが可能です」

ヨシナダはそう言いながら、指を伸ばしてマップの一部を拡大してみせる。

「こちらが洋服店及び美容室で、お洋服やヘアスタイルなどをお好みにご変更いただけます。基本的にあまり強いドレスコードは設けておりませんが、やはり皆様に雰囲気をお楽しみいただきたいので、カジノやオペラではそれなりの服装をお願いしております」

「すごいですね……」

彰はもはや、ため息混じりにそう呟くことしかできない。健康診断の時の医者が「驚きますよ」と言っていた意味がよく判った。

「ご満喫いただければ幸いです」

ヨシナダは目をきゅっと細めて小さく頭を下げる。

「まずは、街のあちこちを歩かれて全体の雰囲気をお摑みいただければ。もし何かお困りの点がございましたら、白い点の施設がお客様のサポートを承《うけたまわ》るところとなっておりますので、お近くの場所にお立ち寄りください。また、お渡ししたリモコンの連絡先には、私の番号が登録してございます。いつでもお呼び出しくださいませ」

ヨシナダはすらすらとひと息にそう言うと、一歩後ろに下がって、膝と背筋がぴんと伸びた見事な姿勢で慇懃《いんぎん》なお辞儀をしてみせた。

「それでは、『パンドラ』ナイトゾーンをお楽しみください」

体を戻してそう言うと、くるりと綺麗に身を翻して立ち去っていこうとする。

「あ、ちょっと待ってください」

その背につい声を上げると、全くブレのない美しい半回転で彼女はこちらに向き直った。

自分で呼び止めておきながら、彰は少し、ためらった。

ヨシナダは全く表情を崩さず、彰の言葉を待っている。

「……あの、あなたは……ヨシナダさんは、……人間、なんでしょうか?」

ためらいためらい、言葉を繋ぐと、くすんだ赤色の口紅の塗られた唇が、きゅうっと三日月の形に吊り上がった。

「――すべてのお客様が、同じ質問をなさいます」

その唇が開かれて、わずかに白い歯を覗かせながら出てきた言葉に、彰は何故かひどく狼狽《ろうばい》する。

「あの、すみません、失礼なことを言いまして」

「いいえ」

思わず頭を下げる彰に、満面の笑みをたたえてヨシナダは小さくかぶりを振った。

「多くのお客様がやはり同じようにおっしゃいますが、その質問が『失礼』だと考えられる理由が、私共にははっきりといたしません」

はっと顔を上げ、彰は真正面から「彼女」を見た。

その視線を、やはり微笑みで相手はまっすぐに受け止める。

――私共。

「私はこの『パンドラ』の為に開発された人工人格です。『パンドラ』には、それぞれのゾーンごとに少なくとも四桁《けた》の人工人格が存在し、お客様のサポートを全力で務めております。――どうぞ、ご存分にお楽しみを」

ヨシナダはくっきりとした声でそう言うと、再び美しく頭を下げて、石畳にかつかつと靴の音を響かせながら夜の街へ消えていった。


一回の『パンドラ』の体験時間は四時間となっており、映画やカジノで時間を無駄にはできないし、今日はざっくり街の全体を把握するにとどめておこう、そう彰は思った。特に街の一番端の部分がどうなっているのか、それを確かめたい。突然行き止まりになって終わるのか、それとも扉や門のようなものがあったりするのか。

石畳にうっすら青色がかったガス灯めいた灯《あか》りが映る街並みは、確かに古いヨーロッパの雰囲気に似ていた。夜風の涼しさはあったが冷えはなく、梅雨が明けた頃の爽《さわ》やかな晩のようだ。

どこかから夜の青みをすうっと撫で切るようにバイオリンの音が聞こえてきて、角を曲がると、ゴッホが描いた夜のカフェに似た黄色い光を放つ店のテラス席で、痩せたタキシードの男が弓を運んでいる。

ラフマニノフのヴォカリーズだ。

席には十数人の男女が座って、うっとりとそれを聴いていた。

「いらっしゃいませ。お席、ご用意いたしましょうか」

と、黒髪を今どきぴっちりとオールバックに固めたウェイターに笑顔で声をかけられ、彰はたじろぐ。

「あ……あ、いえ、結構です」

小さく手を振ると、彰は歩き出した。適当に角を曲がりながら、ちらりと目だけで振り返る。

……あの人もやっぱり、人工人格なのかな。

まだどきどきと心臓が打っている胸の中で、そんなことを考える。

街を歩いていると、あちこちのバーやカフェでくつろぐ人々の姿が窓越しに見えた。ダンスホールにビリヤード場、ダーツバーもある。街角には楽器を奏《かな》でる人達がいて、時には道端《みちばた》できちんと正装した男女が肩を寄せて踊っている。それを眺める人々や、窓の中に見える楽しげな様子のカップルを見つつ、彰は夜道を歩き続けた。

皆、とても充足した顔つきをしている。

それなりのお金を払って仮想空間を訪れる、というからには、皆もっとこう、猛烈に遊び倒すぞ、といった意気込みで参加しているのだとばかり彰は思っていた。

だが空や山のリゾートゾーンではまた話が違うのかもしれない、とも思う。空のリゾートでダイビングやハンググライダーを楽しまない訳にはいかないし、山のリゾートでは徒歩にしろ電車にしろ、山に登るまでに時間を取られる。

だから、このゾーンを選んだのだ。ただ街をぶらついているだけでも誰からも不審に思われない、そういう場所だから。

地図を見ずに、適当に、それでもだんだんと街の端に近い方向、そして人がなるべく少なそうな方へと歩いていく。

その内に、外を歩いているのは彰ひとりになった。

窓の中の人々を見ながら歩いていると、奇妙な感覚にとらわれてくる。

それは学生の頃、夜が更けてから帰宅した時の感じに似ていた。辺りにはもう自分以外誰もおらず、しいんと静まり返り、道沿いの家やアパートの窓から灯りがもれていて。

そんな時ふっと、判らなくなるのだ。どこに向かって歩いていけばいいのか、どこまでこうやって歩いていけばいいのか、それが判らなくなる。足はあくまでもふわふわと軽くて、一晩中だって歩いていられる気がするのだけれど、でも行き先は判らない。

知らない道ではないのに、夜の闇の中で、ふっと行き先も帰る場所も判らなくなる。

こうして歩き続けていると、自分の中身が平たく透明になって体をはみだして、どんどん闇の中に広がって薄くなってそのまま消えていくんじゃないか、そんな気がする。

この先にあるのは、本当に自分の家なのか。帰る場所なんか本当はないんじゃないか。

行き先なんか、なかったんじゃ。

「——あ」

突然進む道がなくなって、彰は立ち止まった。

進んできた道は丁字路になっていて、目の前は建物だ。

マップを開いてみると、まさにそこは街の端だった。最初の広場から北北東方向に、あちこち回り道はしたけれど、直線にすると一キロ半くらい歩いた辺りだ。端にあたるところはすべて建物になっていて、丁字路の左右に分かれた道はしばらく進んだ辺りでどちらも曲がっていて先は見通せない。

もう一度マップに目を落とすと、目の前の店がカフェだと判った。古いヨーロッパの街並みにあるような石造りの店先の、古びたモスグリーンの扉の上に円形の木の看板が吊りさがっている。看板には色褪《いろあ》せた赤茶色の地に小さく緑のポットの絵が描かれていて、その下に半円形に『Café Grenze』と金文字が並んでいた。

壁には小さな出窓があったが、内側にはいくつも観葉植物の鉢が置かれていて中はよく判らない。そもそも店の中はずいぶんと暗くて、開いているのかも不明だ。

けれど彰は、何となく吸い込まれるようにその扉に手をかけていた。

ぎい、と扉はあっけなく開く。

「……こんばんは」

心なしか小声になりながら、彰はその中へと足を踏み入れた。

厨房部分も含めて十畳ちょっとの、小さな店だ。BGMなどは特になく、ただ、こち、こち、と柱時計の振り子の音だけがする。

すぐ左手にオレンジ色の明かりを放つ鉄製のライト。入って右手のカウンターにはガレの『ひとよ茸《たけ》』のランプが灯り、マスターらしき白髪混じりの背の低い髭《ひげ》の老人が立っていて何かを磨《みが》いていた。左には壁沿いに三つ、壁から伸びた低いランプと二人掛けのテーブルがあり、濃茶色の木枠に深緑のビロードの張られた椅子が置かれている。

そして一番奥、彰の身長程もありそうな大きな柱時計の真横の席で、若い女性がひとり、こちらを向いた側の椅子に座って本を読んでいた。

「いらっしゃいませ」

圧倒されながら店内を眺め回していると、不意に声をかけられて彰は我に返った。カウンターの中の老人が手を止めてこちらに向き直っている。

「良ければ、お好きなお席へどうぞ」

コントラバスのような深みのある響きの声で言われて、彰は少し躊躇《ちゅうちょ》しながらも、覚悟を決めて店内へと足を踏み入れた。カウンターの老人の向かい、曲げ木の背もたれのついた、赤ビロードの張られた背の高い丸椅子に腰をおろす。

「どうぞ」

老人の差し出したメニューブックは革張りで、看板と同じ、赤茶色の地に緑のポットの絵と共に、店名が金文字で刻印されている。ぱらりと開くと、コーヒーや紅茶、ケーキのメニューが並んでいた。数は少なかったが、ブランデーやウイスキーもある。

彰はメニューに目を走らせて、「Einspänner」と書かれた文字を指さした。「アインシュペナー」と読みがながふられていて、カッコ書きで「生クリームののったコーヒー」と記されている。自分はあまり飲んだことはないが、皐月は好んでよく飲んでいた品だ。

「かしこまりました」

老人は頭を下げて冷蔵庫から生クリームのパックを出すと、縦長の金属のピッチャーに入れてハンディホイッパーで泡立て始めた。ずいぶんと本格的だ、と彰は内心で感心する。どうせ仮想空間なのだから、できあがったものをぽん、と出してくれればいいのに。

雰囲気を楽しんでほしい、そうヨシナダが言っていたのを彰は思い出した。つまりはこういうことなのだろう。

老人は泡立ったクリームを一度冷蔵庫に戻して、サイフォンを使ってコーヒーを淹《い》れ始めた。アルコールランプの、色のくっきりと分かれたオレンジと青の炎が、ゆらゆらと揺れている。カウンター越しにその熱がはっきりと感じられ、この仮想空間は一体どこまで精巧にできているんだろう、と彰は改めて驚いた。

コポコポと音を立てて沸くフラスコのお湯を見ながら、彰は老人を見た。彼は真面目な顔でサイフォンを見つめてタイミングをはかっている。

この人も……人工人格、なのだろうか。

状況的には間違いなくそうなのだろうけど、それはにわかには信じ難かった。どこからどう見ても、古き良き喫茶店を長年守り続けたマスターの顔だ。

彰は小さく息をついて、ちらっと奥の女性を見た。彼女は彰が入店した時から一度も彼のことを見ようともせずに、カップを前に、文庫本に目を落としている。

年齢はよく判らない、十八、九と言われればそうも見えるし、けれど奇妙に歳を取っている雰囲気もある。ふわりとした黒髪を肩より数センチ上でまっすぐに切っていて、杢《もく》ブルーの柔らかそうなスウェット生地《きじ》の、少し膨らんだ八分袖《そで》のワンピースを着て、一度も陽に当たったことがないんじゃないか、と思ってしまう程色が白い。

仮想空間という最先端の場所でわざわざ文庫本を読んでいるのも、一体何の本なのかも気にはなったが、表紙は見えない。

「どうぞ」

と、声がして彰はそちらに引き戻された。目の前に両手でひと抱えくらいの、ずんぐりとした大ぶりの二重グラスがカウンターに置かれている。上にはたっぷりと生クリームがのっていた。

彰は何故だか緊張しながら、グラスに手を伸ばした。持ち上げて、恐る恐る唇をつけると、ひやりとした生クリームの感触と共に口の中に甘さが一杯に広がる。

味……するんだ。

思い切ってグラスを傾けてみると、冷えたクリームの下側から熱くざらりと甘いコーヒーが口の中に入ってくる。

濃くて、どっぷり甘くて、熱くて、冷たい。

「……美味しい、です」

思わず口に出して言うと、ほんの一瞬、女性が本から目を上げて彰を見た。

「恐れ入ります」

老人はにこりともせずに、慇懃に小さく頭を下げる。

彰はもう二口程飲んでグラスを置くと、思わずふう、と大きな息をついた。緊張がほどけると急に全身から力が抜けて、気分がリラックスしてくる。

彰はもう一度、店の奥に目をやった。本当の喫茶店なら一番奥にはトイレがあったりするものだろうが、女性の背後は窓も何もない壁で、その隣は柱時計があるだけだ。その更に隣はカウンター扉で、カウンター内はやはり壁だった。

扉はない。

彰はまたため息をついた。

深く息を吐《は》き出した次の瞬間、店の扉が勢い良く音を立てて開いた。

老人と彰だけが同時にそちらを見る。

「いやあ、どうも」

二人に同時に見られて、その当人は恐縮したように頭をかきながら中へと入ってきた。

五十代くらいの、少し白髪の混じり始めた小太りの男性だ。

「よっこいしょっと」

誰も何にも言わない内に彰の隣に座ると、「あ、コーヒーね」と老人に言いつけた。

「かしこまりました」

慣れているのか、特に詳しいことを聞きもせずに、老人はまたコーヒーを作り始める。

「ワタシこの店、初めて来ましたよ」

そして相手は、明らかに彰に向かってそう声をかけてきた。

「おひとり？　いやあ、渋いご趣味ですねえ」

彰が呆気にとられていると、男は勝手に、どんどん自分のことについて話し始めた。

もう何度も『パンドラ』を利用していることや、このゾーンが一番好きで、セントラルカジノも面白いが、街中にあるちょっとした店でポーカーやルーレットを楽しむのが最高だとか、殆どあいづちを打つ間もなく喋《しゃべ》ってくる。

それでもようやく「自分は初めてなのでよく判らなくて」と彰がはさんだ言葉に、相手はやっと反応した。

「……へえ、今日が初めて。ぇ、じゃ他は全然、寄られてないんですか」

彰がうなずくと、男はちらちら、と目線を左右に動かして、突然ぐっと身を寄せ、肩を抱くようにしてぱん、と叩いた。

「よし、じゃ案内しますよ。行きましょう」

男は彰の返事を待たずに、肩を引っ張って強引に椅子からひきずりおろす。

「えっ？　あの、いえ、僕は」

「まあまあ、ここは任せてください。……マスター、ごちそうさま」

結局一滴も飲んでいないのに調子のよい声で男は言って、彰を強引に扉の外に引きずっていく。

「あ、あの、ごちそうさまでした」

彰が何とか首を回してそう言うと、老人は頭を下げた。視界の隅に、奥の席の女性が本を完全にテーブルに置いてじっとこちらを見る姿がよぎる。

「……あの、ほんとに結構ですから」

店の外に連れ出された彰は、大きく腕を振って相手の体を振り払った。

「ああ、すみませんね、失礼なことしちゃって。ほんとに申し訳ない」

男はまた落ち着きなく左右を見ると、両手を合わせて頭を下げてくる。その様子に奇妙なものを感じて、ちょっとむっとしていた彰の気持ちがいぶかしさに変わった。

「あのですね。アナタ、先程、カジノが目当てじゃないようなことおっしゃってたじゃないですか。なら、あのう……そのね。良かったら、なんですけど、チップを……お譲りいただけないかと、思いまして」

「ああ……え、でも、そんなことできるんですか?」

ようやく相手の意図が判ってきて、彰は納得した。まあそれくらい、別に構わない。

「できますよ」

彰が嫌がっていないことが伝わったのか、急に勢いを取り戻して身を乗り出してくる。

「カップルで来たりなんかしたら、お互いに融通したりしますからね。そういう機能がついてるんです、ちゃんと」

早口で言いながら自分の携端の画面を出したのとほぼ同時に、背後から突然、かつんと靴音がしたかと思うと「榊原義男《さかきばらよしお》さんですね」と声がした。

「ひっ」と男の喉から小さく音がもれる。

彰も振り向くと、扉の前に、奥で本を読んでいた女性が無表情に立っていた。履いているのはオランダの木靴の形に似た濃茶色の革靴で、ガス灯の下で、灰色がかった瞳がきら、と光っている。

彰が驚いて目をぱちぱちさせている隣で、男は彰の背中に隠れようとするかのように身を縮めた。

「前回お伝えしましたこと、お忘れではありませんよね？」

訳の判らない彰とかなり怯《おび》えている男の前で、女性は淡々と続ける。声は顔と同じ、全くの無感情で、ナビのアナウンスみたいだ、と彰は思った。

「いや、あの、でもね？　でも、合意ですから」

男が彰の後ろから顔を出して、懇願《こんがん》するかのように言う。

「ね？　ね、そうですよね、アナタ」

後ろから袖を引かれて、彰はますます驚いて顔をそちらに向けた。男は「頼みます」と言わんばかりに片手でこちらを拝んでいる。

「ならこの方のお名前をおっしゃっていただけますか」

と、女性が手の平で彰を指し示すのに、男はぐっと言葉に詰まってしまった。

……名乗れば、いいのか、いや、でもこのタイミングではどう見ても遅いよな。

ますます縮こまってしまった男性と無情に突っ立った女性とを交互に見て、彰は内心で呟いた。どうも先刻の「チップを要求する」という行為に問題があるのは見当がついたが、ここで自分が「譲りますよ」と言ったとしても、それでは済まない話のようだ。

「それでは前回申し上げました通り、規定の対処をいたします」

「いや、あの！　本当に、この通り、もう次からは……」

両手を合わせて頭を下げ、そのまま膝をついて土下座しようとしていた男に向かって女性がすっと右手を伸ばし、くい、と指先を軽く上に曲げ――と、次の瞬間、男の姿は跡形もなく消えていた。

「……え？」

ひくっ、と思わず彰の喉が鳴り、一歩後じさる。

今にも地面に両膝をつこうとしていた姿は、もはやどこにもない。

思わず左右を見渡したが、そこにあるのは街灯に照らされたただの石畳だけだ。

「大変お見苦しいところをお見せして申し訳ございません」

事態が全く理解できてない彰に向かって、女性は綺麗に腰から体を折ると頭を下げた。

「あの……あの、今の、男性の方は、どこへ」

「規約によりご退場いただきました」

当然のことだと言わんばかりの淡々とした調子で、女性はそう答える。

「規約って一体……あの、事情を、説明いただけませんか」

「承知いたしました」

また小さく頭を下げると、彼女はわずかに左右を見る。

「ここでいたしましょうか。それとも先程の店に戻られますか？」

その提案に彰は軽くたじろいで、同様に左右を少し見て、「じゃ、店で」と答えた。いろいろ聞きたいことがあったし、先刻あんな中途半端《ちゅうとはんぱ》な状態でお店を出てしまったのも気になっていた。

「かしこまりました、では」

くるりと身を翻して入り口に向かう彼女の背を、彰は慌てて追いかけた。


「チップを融通する、という行為自体に問題がある訳ではないのです」

最初に彼女がいた席と同じテーブルで、今度は向かい合って彰は座っていた。

女性は、シーニユ、とだけ名乗った。

改めて間近で見てみても、年齢はよく判らない。化粧っけのない肌の澄み具合や、飾りけのない、どこか野暮ったい感じすらするもったりとしたワンピース姿はやはり十代か、とも思えたし、けれど表情のない瞳や平淡な口調のかもし出す重みのある雰囲気は、もしかしたら自分より歳上なのかも、とまで思わせるところがあった。

彰の前に置かれた口の広い紅茶用の白磁のカップからは、アールグレイの香りがする。先刻こってりしたものを飲んだから今度はさっぱりしたものが欲しい、とお願いした彰に、マスターが出してくれた品だ。

「榊原様は『パンドラ』をご利用されて最初の頃に、パブで他のご利用者の方と意気投合なさいました。その際に一緒にカジノを使われ、先にチップがなくなった榊原様に、その方が少し譲って差し上げたのです」

彼女の前には何も置かれておらず、先刻読んでいた本もそこにはなかった。手元にバッグのようなものは何もなく、店内に本棚らしきものもなかったので、一体あの本はどこにいったのだろう、と彰はちらりと思う。

「次回からしばしば、中で知り合われた方に同様にチップをいただくことが重なり、そのご依頼がだんだんと強引になってきたので、融通された相手の方から『パンドラ』に対し苦情が出まして」

「……成程」

「初回のように、本当に個人的に親しくなられて、相互の完全な了解の下であればこちらも特に咎め立てはいたしません。ですが名前も知らない初対面の相手にチップを要求するようなことは目にあまる行為ですので、次回同じことをなさった場合は強制退場の上、今後の『パンドラ』のご利用をご遠慮いただく旨、お伝えしてありました」

「ずいぶん、厳しいんですね」

思わずそう言ってしまうと、彼女はわずかに首を傾げた。

「同じことをなさらなければ良かっただけの話です。行動規範に違反されれば『パンドラ』はご利用いただけない、それは事前にお伝えしてある通りですから」

彰の脳裏に、説明会で見たパンフレットの内容が甦《よみがえ》った。しかし、ということはやはり、中での利用者の行動は逐一チェックされている、ということなのだろうか？

「あの、行動規範というのはどのようなものなんですか？」

「ごくシンプルに申し上げれば、『すべてのお客様に快適に「パンドラ」をお楽しみいただける環境をつくる為の節度ある態度』のことです」

彼女の言う「シンプルさ」が全く伝わらず、彰は首をひねった。

「例えば仮想空間だから、といって物を壊されたり、大声で怒鳴《どな》られたり、他人に暴力をふるわれたり。問題でしょう」

「ああ、それはまあ、確かに」

「基本的に、外の世界で好まれない行動はここでも好まれません。大勢の人間が快適にこの場所を楽しまれる為には、『仮想空間だから何をしてもいい』という発想は大きな問題を生じさせます」

彼女の言うことはもっともで、彰はうなずいた。

「複数の人間が存在する世界ではそれが現実であろうと仮想空間であろうと、一定の常識と良識が不可欠である、ということが『パンドラ』を通じて人々の間に理解されていくのが研究所の目標でもあります。その為、多少の厳しい処置も致し方ありません」

「よく、判りました。ありがとうございます」

彰は小さく頭を下げ、お茶を口に運んだ。紅茶は渋みが殆どなく、すっと喉を通る。

「じゃ貴女《あなた》は、榊原さんの行動を監視する為にここに先回りされていたんですか？」

「いいえ」

ひっかかったことの一つを聞くと、あっさりと相手は首を横に振った。

「この店にいたのは偶然です。ただ、榊原様が来られた際、その情報は『パンドラ』のセンターから届きましたが」

「利用者の行動は中ではモニタされていない、と聞きましたが」

「はい」

つい追及するような口調になってしまうのに、彼女はやはり平然とそれを受け止める。

「ただ、榊原様の場合は今までの問題がありましたのと、今回のご利用で最初にカジノに寄られ、チップをすべて使ってしまったという報告があり、また違反行動を起こされる可能性が高い、ということで全スタッフに注意喚起の連絡がまわっておりました」

「そうなんですか……」

「普段はお客様の行動のリアルモニタや会話のチェックなどは一切いたしておりません。

収集している情報は、性別や年齢、個人参加とそうでない場合などで施設の利用の仕方にどう違いが出るのか、各施設の利用時間の差、そのような行動の分布のデータです。ご利用者様のプライバシーを侵害するようなことはありませんので、ご安心ください」

「そうは言っても、あの……シーニユさんも、やはり人工人格なのですよね？」

カップを置いて、少しためらい気味に彰は尋ねた。ヨシナダには「失礼だと思う理由が判らない」と言われたが、それでもやはり気にはなる。

どうしてだろう、と素早く考えて、その理由の一つに「そうじゃなかった場合に失礼だから」というものがあると思い至った。つまりは向かいの相手が人工人格なのかそうでないのか、自分には決定づけられない程に自然だ、ということだ。

「はい。とうにお判りかと」

だがその向かいで、こともなげに相手はうなずく。

「それから、『さん』は不要です。敬語も結構ですから」

「いや、でも……はい」

少し言いよどんでから、彰はうなずいた。ヨシナダといい彼女といい、確かにそういうことを気にするようには見えない。

「あの、つまり、シーニユ、も、システムの一部な訳だから、今のこの会話も結局はサーバ内に記録される、ということですよね？」

結局いきなりタメ口は叩けず、彰は中途半端な丁寧語で尋ねた。

「私共は、蜜蜂《みつばち》に似ています」

それにいきなりシーニユが返した言葉に、彰は訳が判らず瞬く。

「この、一つ一つの人工人格が、いわば働き蜂です。飛び回り、蜜を集めて巣に運びますが、その際に女王蜂にいちいち『この蜜はここからどの方向にどれだけ飛んだところにあるどの木に咲いた、上から何番目の花から取ってきたものか』という報告はしません。そんなことを全員がしていたら、女王蜂側の処理が追いつかないからです」

「……成程」

最初は訳が判らなかったが、ひと通り聞くと意味がよく判って、彰は深くうなずいた。

「巨大な蜂の巣、それ自体がシステムの脳ですが、一匹一匹の働き蜂もそれぞれに自分達だけの脳を持っています。巣と蜂とは繋がってはいますが、すべてを共有している訳ではないのです」

「うん、よく判った。君は説明が上手だね」

「そういう褒められ方をしたのは初めてです」

彰が心の底から褒めたのに、シーニユは驚きも喜ぶ様子もなく淡々と返した。

「え、そう？」

「そもそも、今のようなことを利用者の方に尋ねられたのも初めてですが」

「そうなんだ……」

ちょっと意外に思いながらも、まあ、でもそうかもしれない、とすぐに思う。モニタはしていない、と自分も最初に言われているし、一度そう言われればそうなんだろう、と思って、後は何の気兼ねもなく遊ぶだろう。

自分は目的が違うから。

内心の思いに沈み込みかけてはっと我に返って目を上げると、向かいからシーニユが薄い唇をつぐんで、灰色の瞳でこちらをじっと見ている。

彰は胃の底にぐっと力を込めて背中を伸ばした。何か勘づかれているのだろうか。

だがシーニユは特に何を言うでもなく、表情を変えるでもなく、ただじっと座っているだけだ。

何となく居心地が悪くなって、彰はわずかに身じろぎした。

……このままこうやって、何十分でもこの姿勢で座ってこっちを見ていられるのかな。

胸の内で、そんなことを思う。

それを気まずいとかどうとか、そんな風には……思わないんだろうか。

「……あの、じゃ、中にいるスタッフさんって、全員人工人格なのかな」

結局沈黙に負けて、彰はふっと思いついた質問をした。

「いいえ」

そのブランクを全く気にしていない様子で、即座にシーニユは首を振る。

「ごく少数ですが、利用者の方と同様の方法で『パンドラ』内にいる人間のスタッフがおります。人工人格のスタッフだけでは対処できない事態が発生した場合に必要ですので」

「それは……見分け、のようなものはつくのかな」

予想外の話を聞いて、彰は話に本腰を入れることにした。それは知っておく必要がある。

「見た目に区別はありません」

だがさっくりとそう言われてしまって、彰は途方に暮れた。

「ええと、じゃあ、どうすれば判るのかな？　聞けば答えてくれるの？」

「御堂様がスタッフの見分け方をお知りになりたい理由は何でしょうか」

質問に質問で返された上、それが答えに詰まるものだったので、彰は言葉を失った。それは勿論、人間のスタッフに、自分がここに来ている目的を知られたくないからだ。

「いや、うん……ほら、やっぱりさ、外では言えないような話をしちゃって、その相手が実は現実界の人だった、なんて、ちょっと恥ずかしいしね」

口からでまかせに適当なことを言ってみたが、シーニユは全く疑う様子もなく素直にうなずいた。

「当然のことですが、中に入るスタッフは特に厳しい選別をしています。守秘義務も課せられておりますから、中でのお話が外にもれることは確実にないことをお約束できます」

「ああ……うん、そうだよね」

自分の「人に言えない話」はそういうことじゃないんだけどね、彰は内心で続けた。人間のスタッフに知られれば、きっと先刻の男性のように「強制退場」させられる話だ。

「私共はお客様に、『パンドラ』内で夢のような時間を楽しんでいただく為に存在しています。ですから、案内係などの特定の担当を除いて、どのスタッフが人工でどのスタッフが人間か、そもそもスタッフなのか利用者なのか、ということも、基本的には判らないようにふるまうよう指示されています」

「え、でも君は」

「今回は榊原様のことがあったので、あの行動でスタッフだということは明示されたに等しいと判断しました。それが御堂様に判明しているなら、特に一般人のようにふるまう必要はないかと」

「まあ……そうか」

しかし、ということはあの男性がいなかったら、彼女は普通の客としてあの場にい続けたのか。もし何気なく話しかけていたら、「普通の会話」をする彼女が見られたのかもしれない、そう思うと少しもったいないことをした気もした。

「……今からでも、普通に話してくれていいんだけど」

「既にスタッフで、かつ人工人格だと判明しているのに、お客様に対してそのようなふるまいをする必要があるでしょうか？」

真顔で首を傾げてそう言う彼女に、彰は内心で白旗をあげた。まあそれもそうだ。

「うん、あの、じゃせめて『様』はやめてくれないかな。『さん』くらいで」

「判りました」

うなずくシーニユを見ながら、とはいえこうして確実に「人工人格」で、かつ店員のように特定の職業についている様子ではない、つまりは街を自由に動ける相手と初回で知り合えた、ということは自分の目的の為には幸運だった、彰はそう思った。今の会話だけでも中の状況がある程度判ったし、今後も縁を繋いでおきたい。

「シーニユはいつもこの店にいるの？」

「いいえ。でも、よく来ます」

「この店、好きなんだね。いい店だよね」

彰がそう言うと、常に合間をおかず反応を示していた彼女の言葉が一瞬だけ止まった。

「好きであるかどうかは不明です」

ほんの〇・五秒程度の沈黙の後にすぐ返ってきた言葉に、今度は彰の動きが止まる。

「え、どういうこと？」

「これが『好き』であるのかどうか、判別ができない、ということです」

相手の言葉の意味が全く判らず、どう聞き返すべきなのかも判らずにいると、耳元のリモコンがチチッ、とかすかな音を立て、『ご利用時間が残り一時間となりました』とソフトな合成音声が告げてきた。

「すみません、せっかくのお時間を浪費させてしまいました」

リモコンの音は現実界では自分以外には聞こえない筈なのに、彼女はそう言って素早く立ち上がる。

「本日が初回のご利用でしたね。ナイトゾーンにはまだまだ様々な楽しみ方がありますから、ぜひもっとあちこちの場所を覗かれてみてください」

「いや、ここでもっと君の話を聞きたい」

思わずそう言うと、彼女はまた一瞬だけ口をつぐんだ。

「お客様がお金でお買いになった時間を、私共が無駄に使う訳にはいきません。まずはもっと、このナイトゾーンを楽しまれてください」

そしてそう続けられたのに、彰は返す言葉を失った。シーニユの話し方は淡々と、そしてきっぱりとしていて、それは今までと全く変わらなかったけれど、今の言葉にはどこか「拒絶」に近いものがある、そう感じたのだ。

「……判ったよ」

仕方なくうなずいて、彰も立ち上がる。

「じゃ、次来た時に、また話をさせてもらってもいいかな」

「判りました」

断られるか、と思ったけれど、意外にも即うなずかれて彰は拍子抜けした。どうもやはり、「普通の女の子」とは勝手が違う。

「ええと、じゃ、連絡先を登録したらいいのかな」

リモコンに触れようとすると、シーニユはわずかに顎《あご》を動かして「登録しました」と言った。

「え、そうなの？　あ、じゃあ、また次、来た時に」

「はい」とうなずく相手に軽く手を振ると、彰は店の出口に向かった。見送るつもりなのか、シーニユも後からついてくる。

「ありがとう。ごちそうさまでした」

カウンターの向こうで黙々と銀器を磨いているマスターに頭を下げると、「またのお越しをお待ちしております」と相手も頭を下げ返した。

店を出ると、シーニユが扉の前で立ち止まる。
二、三歩歩いて、彰は振り返った。
「それじゃ」

軽く片手を上げると、彼女はお辞儀を返してきた。

「あの、もう一つだけ聞いていいかな」

その姿に忘れていた問いを思い出して、彰は声を上げる。

「君の、名前……シーニユ、って、どういう意味？」

彼女はほんの少しだけ首を傾けて――さらり、と髪がその動きについて揺れる。

「しるし、です」

「え？」

「フランス語です。しるし、とか、きざし、などを意味します」

彰は何度か瞬いて、そのまっすぐな立ち姿を見た。

感情の表れないまなざしで、彼女は彰を見返す。

「……いい名前だね」

小さく言うと、彼女は無言で、頭を下げた。

その姿が長く、彰のまぶたの裏に残った。

皐月・2　夜を走る

「ねえ御堂くん、それっておかしくない?」

先日の古いサークル棟の屋上への階段を彰に続いて上がりながら、皐月は少し不満そうな声を下から投げかけた。

「え、なんで?」

「だって、そんなの……そんなこと、頼みの内に入らなくない?」

「そんなことないよ」

今度は彰が、振り向き様に異議をとなえる。

「どんな頼みだって聞いてくれる、て言ったじゃない、遠野さん」

「そうだけど……」

皐月は不承不承、といった態度で軽く唇をとがらせながらも後についてくる。

「あれから、最初に思いついたんだよ」

試験が終わってサークル棟に向かって、ふとその学舎が目に入った時には、彰はもうそれを皐月に頼もう、と心に決めていた。

あの屋上で、あの笛の音を聴かせてほしい、と。

屋上に出ると、彰はうんっ、と両手を広げて背をそらした。冬の空はもう陽が傾き始めていて、鈍《にぶ》い灰色の小さい雲の向こうに鮮やかなオレンジ色の光が覗く。

「綺麗……」

後から上がってきた皐月が、風に吹かれた髪を片手で押さえながら呟いた。

「ほんと。いい眺めだよね、ここ」

「まあ……でも、だからって」

ちょっと肩をすくめると、皐月は彰の横を通り過ぎて屋上の柵《さく》の前に立つ。

「なんか改まってこういうのって、恥ずかしいんだもん」

「リサイタル、特等席で聴くんだよ。凄《すご》い贅沢だ」

にこにこしながらそう言う彰に、空の反射のせいなのかどうなのか、わずかに赤い頬をして皐月はまた肩をすくめた。

彰はこの間皐月が座っていた、内部からの出入り口の石段に腰をおろす。

一つ大きく息をつくと、皐月はコートを脱いで柵に無造作にかけ、片手に持っていたリコーダーをすっと構えた。

——空に向かって、音が放たれる。

『韃靼人の踊り』だ。

音がなだらかに波打って、高く澄み渡りながら空へ上がっていくのを、彰は驚異の面持ちで眺めた。リコーダーの音は時にカンと硬く、時にざあっとかすれて柔らかく、曲の導入部から有名なメロディのラインへと連なっていく。ところどころに入る装飾音がくるりと輪を描いて、その後へと続いた。

こちらに横顔を見せた皐月は殆ど目を閉じていて、笛の吹き口に触れている唇がほんのりと桃色に湿って光る。風に髪と睫毛《まつげ》が揺れて、迷いなく素早く動く指が、その風を紡いでいるようだ。

……綺麗だ。

先刻皐月が呟いた言葉を、おそらく全く違う意味で彰はそっと口の中で呟いた。

陽はいよいよ傾いて、空気までもがすっかり強いオレンジ色に輝いている。

そこにまっすぐ、音が吸い込まれていく。

皐月の髪や指先や肩口に、ちらちらと炎のように光の粒がきらめいた。

この世界には……こんなに綺麗なものが……本当に、あるんだ。

それを全身で受け止めていると、不意に心が鞭《むち》を打たれたように震えた。

音も空気もその姿も、目の前のすべてが完璧に美しく、そして……儚《はかな》い。永遠にとどめておけたらいいのに、否応《いやおう》もなく流れ去っていく。

曲の終わりが近づいてくると、打たれた心臓がその鞭で締め上げられる気がする。

ああ、失ったんだ。

自分のいる此処《ここ》と皐月のいる其処《そこ》とをまるで別世界のように見つめながら、彰は先日、レンタカーの中で気づいた思いが再び、いや、あの時よりも遥かに鮮烈に胸に突き刺さるのを感じた。

自分は本当に、様々なものをこの世で失ってきた。とてつもなく、大きなもの達を。

なのにそれを、ずっと見ないで生きてきた。

まさにその時、その瞬間に感じた気持ちを、素早くその場で刈り取って、最初っから何にもなかったようにして生きてきた。たくさんのものを失って、それからはもう、そもそも手に取らないようにして生きてきた。

それはとても、楽な生き方だった。

けれどもこんな風に、痺《しび》れる程に心を震わせられることも何一つなかった。

こんな鮮烈な美しさがこの世にあることも、ずっと知らずにいた。

——知っては、いけないからだ。

西の方角がじわりと青黒みを増し始めた空を、彰は目を細めて見つめる。

何故なら美しいもの達は皆、儚く失われるものだから。こうして激しく心を打つ程の存在を失うことは、たまらなく辛いから。

すうっ、と音を立てて彰は息を吸い込んだ。

ずっと幸せだと思っていたのに。

早くに両親を亡くしたこと、それ自体は不運だけれど、でも助けてくれた叔父夫婦はいた、高校生活は長い合宿のようでとても楽しかった。親友と呼べる相手もできて、その両親もいつでも自分を温かく迎えてくれて、大学生活は順調で体調も万全、サークルやバイトも楽しく、それなりの蓄《たくわ》えもあって懐《ふところ》に心配はない。

どこからどう見ても何一つ問題のない、順風満帆の人生だ。これで不満を言ったらきっと罰が当たる。

——なのに、穴がある。

心の一番下に、底なしの穴がずぼんと空いている。

その暗い奥の方は、ノーチラス号を吸い込んだ大渦のようにごうごうと何かが渦を巻いていて——ああ、駄目だ、そこは見てはいけない。

彰の喉が、ひくりと震えた。

それはないものだ。あってはならないもの。全部、なかったことにしなければ。

目をそらせ。刈り取ってしまえ。今まで何千回と、そうしてきたように。

すう、と深く息を吸い込むと、

「——御堂くん」

と、すぐ目の前で声がした。

はっ、と顔を上げると、目の前に皐月が立っていた。

その背後には、ちらっと星の光の混ざり始めた、わずかにまだ夕映えの光を西に残した青闇の空が覗いている。

いつの間にか、曲は終わっていた。

皐月は真正面にしゃがみ込んで、彰を覗き込むように見ている。

彰はぱちぱち、と二、三度瞬いてその顔を見返した。

「えっ……え、どうしたの？」

夢から覚めたような気分でつっかえつっかえ聞くと、ごくわずかに唇の先をとがらせて心配げなまなざしを浮かべていた皐月の表情から、ふっと力が抜ける。

「何、聴いてなかっただけ？」

「え？」

「どこか調子でも悪いのかな、って……しんどそうな、顔してたから」

どきん、と彰の心臓が音を立てて打つ。

「でも、なあによ、聴いてなかったな、その態度？」

少しおどけた声で言いながら、皐月は立ち上がって腰に手を当てた。

「人がせっかく心込めて吹いてたのに、何ぼうっとしてたの？　もともと御堂くんのリクエストなのに、失礼だなあ」

言葉の内容と裏腹に、どこか安心したような明るい声で言いながら、皐月はふふっ、とかすかに声を立てて笑う。

その翳《かげ》りのない笑顔に、何故だか喉がきゅっと締まる感覚がした。

相手を見上げながら無理に細く息を吸い込むと、ひゅーっと喉が鳴る。

「……驚いたんだ」

その音混じりに何とか声にすると、皐月の瞳がきょとんとしてわずかに首が傾いた。

「あんまり……綺麗で」

そう続けると、首が更に傾く。

「空とか、音とか、それを吹いてる遠野さんの指とか、肩とか……まるで別の世界のおとぎ話を見てるみたいで、本当に綺麗で……ああ、凄いな、て思ったら、なんか感動して」

声を出し続けていると、やっと喉から力が抜けてきて楽に息ができるようになる。

「こんな綺麗なもの、初めて見たなぁ、って」

皐月はきょとんとしたまま数度瞬きして、夜目にも判る程ほんのりと赤くなった。

「それで……びっくりした」

穏《おだ》やかな目でその姿を見つめながら、彰は胸の内で言葉を付け足す。

びっくりして……怖く、なった。

こんなものを目の前にしていたら、自分は自分の底にある、あの暗い底のない大渦をも見なければならない。多分そこと向き合わずにこの美しさを自分の人生に存在させ続けるのは、不可能なことなのだ。

本能的に、それが判った。

だから。

「ありがとう、遠野さん」

彰は立ち上がると、腰の辺りを手でぱん、と払った。

「え？　え、どういたしまして」

軽く頭を下げる彰に、皐月はバネ仕掛けの人形のようにぴょこんとお辞儀をし返してくる。その姿がかわいらしくて、勝手にくすん、と笑みがもれた。

「本当にありがとう、遠野さん」

もう一度言って片手を差し出すと、相手は目をまん丸にしてそれを凝視する。その姿勢のまま待っていると、はたと気づいたように皐月は恐る恐る、片手を伸ばしてきた。

ごく軽く、ほんの少し、指先だけの握手を交《か》わす。

けれどその感触は、彰の指をぢりっ、と焦《こ》がした。

彰は微笑んで、皐月に背を向け、歩き出す。

空はもう完全に夜の手に落ちて、星がちかちかと瞬いている。

——だから、もう……彼女にはこの先、何一つ、頼まない。

「——何かあるなら、言ってほしいんだ」

二月終わりのとある夜遅く、バイトから帰ってきた彰をまるで待ち伏せのようにして宏志は捕まえて、営業の終わった自宅の店に引っ張り込んで座らせた。

話したいことがあるからとにかくウチに来い、そう言われて強引に連れてこられた彰は、訳が判らずきょとんとする。

「ああ……悪い。まず食え」

その態度をどう取ったのか、宏志は頭を振って、彰の目の前に置いたトンカツ定食を押し出すようにして勧めた。宏志が手ずから揚げてくれたそれは、まだ熱々で切り口から香ばしい湯気が上がっている。

「ええと、じゃ、いただきます」

宏志の言っていることが全く判らないまま、彰は両手を合わせると箸を手に取る。

まずは店自慢の豚汁を一口含むと、まだ肌寒い外を歩いてきて、気づかぬ内に腹の底にたまっていた冷気が上がってきて、ぶる、と思わず肩が震えた。入れ代わりに、じわあ、と胃の中に塩気と豚の脂の甘みと温かさが染み渡る。

「……美味い」

いつもいつも思うことだけれど、改めてそう口にすると、向かいで宏志の口元がわずかにゆるんだ。

「……あのさ、黙ってられても食べ辛いから、何か言いたいことあるなら言いなよ」

真向かいで頬杖《ほおづえ》をついている宏志に、彰は口の中のものを飲み込んでからそう声をかけた。どうも、こんな状況だとせっかくのトンカツも美味しく味わえない。

「え？　いいよ、まず食えよ」

「だから、食べ辛いんだって、こんなの」

ひょい、とたくわんを口に放り込みながら、彰は唇をとがらせる。

「何か深刻な話？　言っとくけど俺の方、特に何もないよ」

彰がそう言うと、くりっとした宏志の目が細まって、疑い深そうにじろり、とこちらを睨んだ。

「ほんとかぁ？」

「ほんとだよ」

間髪いれず言い返して、彰はトンカツを箸で取る。小皿の中の、ゴマを擂《す》り入れてあるソースにちょっとつけて、ざく、と歯を入れると、まだ熱い肉の断面からじゅわっ、と甘い脂がにじみ出た。

「ほんと、絶品だなぁ、宏志のトンカツ」

思わず満面の笑みを浮かべて言うと、まだ構えていた宏志の態度がやっと崩れる。

「まあな。……何もないなら、良かったけどさ」

「ないよ」

本当に何の話か判らなかった彰は陽気に続けて、

「でも、じゃあなんでお前、最近全然サークル来ないの」

と続いた相手の言葉にむせかけた。咳《せき》が出そうになるのをこらえて、急いで豚汁でそれを飲み下す。

「ここんとこいつ連絡しても、ずーっとバイトバイトでさ。新歓の舞台の大道具あんのに、全然来ないじゃん」

更にお茶をぐっと飲んで、彰は息を整えた。

「……人手、足らない?」

「そういうんじゃないけどさ」

「今儲かるんだよ、すごく。引っ越しのバイト入れててさ、稼ぎ時なんだよ」

「それだよ」

彰の言葉に、宏志はまた睨んできた。

「なあ、ほんと、言ってくれよ……俺、ちょっとなら貯金あるしさ。ウチの親だって、お前が真剣に困ってるならちょっと融通するくらいは」

つとめて普通の顔で食べ続けようとしていた彰の箸が、ぴたりと止まってしまった。

「は?　何言ってんの、宏志?」

「金、困ってるんだろ?」

覚悟を決めたような顔をしてまっすぐに向き直ってくる相手に、彰は絶句した。

「学費か？　いや、でもお前、減免してもらってたよな。じゃまさか、借金？」

「いやいやいやいや」

彰は完全に箸を置いて、大きく片手を振った。

「全然。違うよ。そんなんじゃない」

「じゃなんで、そんな働き通しなんだよ。何かよっぽど、金に困ってると思うだろ」

「……そんなんじゃないって」

彰は宏志の顔を見ずに呟いて、箸を手に取り直す。

「バイト先さ、人が足りなくて、困ってるんだよ。ただでさえ仕事多い時期なのに。頼まれたら断れなくって」

我ながらもそもそとした口調で言うと、向かいではっきりと音を立ててため息をついて、宏志が大きく腕を組んだ。

「昔っからそうだよなあ、御堂は。頼まれたら断れない」

彰は反論せずに残ったトンカツを口に入れたが、冷め始めているせいだけでなく、はっきりと舌に感じる味が鈍くなっているのが判る。

「お人好《ひとよ》し過ぎるんだよ、御堂は」

ぐいぐいと歯で肉の繊維を嚙み切りながら、彰はついっと心の先が冷たくなるような感覚を覚えた。

「……そんなんじゃないよ」

また同じ言葉を口にすると、宏志が組んだ腕をテーブルにのせて身を乗り出してくる。

「そうでなきゃ断れるだろ。こんな毎日毎日、夕飯も食わずに遅くまで働かされてさ」

「別に無理はしてないって」

目を合わせずに、ひたすら食事を続けながら彰は言い返した。

「そうかなあ……まあ、とにかく一度、顔くらい出せよ。皆心配してるし。あ、遠野さんも気にしてたぞ」

いきなりのその名に、飲み込みかけていたものがぐっと喉に詰まる。

「メールも大した返事来ないし、忙しいのにトークかけるのも悪い気がするし、って。問題ないなら、なんかちゃんとした連絡してやれよ」

彰は答えずにお茶を飲み干して、湯呑みをぐい、と宏志に向かって突き出した。

「なんだよもう……ほんと、来いよ。皆心配してんだぞ」

呆れたような声で言いながら、宏志はそれでも空の湯呑みを受け取って立ち上がると、カウンターの上に置かれたポットのお茶を注ぎに行く。

「……判ったよ」

彰はぼそっと答えて、最後のトンカツを口の中へと押し込んだ。

宏志の店を出ると、外の寒さが改めて身にしみた。白い息を吐いて、ぶる、と肩を震わせると、コートの衿《えり》をかきあわせて彰は駅へと歩き出す。

——遠野さんも気にしてたぞ。

宏志の言葉に、足の裏が地面から浮き上がりそうな、それでいて胃の底はずんと重たくなるような、矛盾した感覚を覚えた。

あれからどうにも、皐月の顔を見辛くなってしまった。だから仕事が次から次へとあるのをいいことに連日バイトを入れまくって、それを言い訳にサークルに顔を出さなかったのだ。

皐月からは、最初の頃は頻繁にメッセージがきた。内容はごく短い『明日は来られるかな』『今日はこんな物を作ったよ』程度のもので、彰はそれに、やはり短い、簡単な文を返した。しばらくバイトで忙しいから行けそうもない、作業が順調で良かった、など。

毎回そんな風に返し続けているとそれもだんだんに減ってきて、彰はほっとした。

今はまだ、皐月の顔を見たくなかった。気持ちがすっかり凪《な》いで、平坦《へいたん》になるまでは。

今あの顔を見たら、あの声を聞いたら、また大きく気持ちが動いてしまう。そしてまた、自分の中の大きな穴と向き合わなくてはならなくなる。

彰ははっ、と大きく息を吐いて、駅の改札へと入った。タイミングよくやってきた電車に乗ると、空席はあったが座らずに扉にもたれて窓の外の景色が走り出すのを眺める。

——お人好し過ぎるんだよ。

また耳元に宏志の言葉が甦って、彰は小さく喉の奥で「違うよ」と呟いた。

自分はお人好しだから、人の頼みが断れないんじゃない。

夜の街の灯りを流し見ながら、彰は目を細める。

断る理由が、ないからだ。

誰かに何かを頼まれた時に、それを断ってまで優先させたい何かが、自分にはない。もっと大事にしたいもの、もっと必要だと思うもの、そういうものが自分には何一つないのだ。頼まれたことを断ってまで執着するようなものが、自分にはない。

何かにしがみつくようなことなどせずに、何かを深く突き詰めることもせずに、ずっと目線を別のところへ向けて薄っぺらく生きてきた。

自分は所詮《しょせん》、その程度の人間なのだ。

息をつくと、扉のガラスがうっすらと曇った。

――わたし、何でもするよ。

皐月の声を思い出し、無意識にぎゅっと、爪が食い込む程強く手を握りしめてしまう。

違うよ、遠野さん。

ガタガタン、と音を立てながらホームに走り込む電車の揺れに、彰は足を踏みしめて。

自分はそんな人間じゃない。

君にそんな風に言ってもらえるような、大層な人間じゃないんだ。

――わたし御堂くんの為になら何だってする。

だからそんな莫迦《ばか》な誓いは要らないんだよ、遠野さん。

ぎゅっと目を閉じると、あの時の真剣な皐月の瞳が一瞬浮かんで、すっと消えた。


自分でも小さい男だな、と思ったが、皐月が春休みで帰省したと他のメンバーから小耳にはさんで、ようやく彰はサークルに顔出しすることができた。数日舞台の準備を手伝って、皐月が戻ってくるらしい日の直前にまたバイトを立て続けに入れる。

ほんと、小さいな。

何かを振り切るように、毎日汗水流して働きながら、彰はひとりごちた。

だけど、新学期は目の前だ。新入生だってどんどん勧誘しなくちゃならない。そうしたら否応なしに、連日彼女と顔を合わせることになる。

だからそれまでに、自分のこの心の波立ちに、ケリをつけないと。

朝から晩まで働いて、帰るやいなや風呂《ふろ》に入って泥のように眠る、そうやって日々を過ごす内、神経が麻痺《まひ》して頭が空になってきて落ち着いてくる。

これなら大丈夫。きっと次に会う時には、今まで通り、穏やかに、一定の距離を保《たも》った「良き友人」として、また前のように気持ちの良い時間を過ごすことができる。

彰がやっと、そう自分に思うことができるようになった、それはまさに三月が終わる、その日の夜だった。

『……もしもし、御堂くん？』

お風呂から上がってTシャツと下着を身につけて、ちょうどそのタイミングで洗面台に置いたリモコンから鳴ったトークの通知を何気なくスピーカーホンで受け、そこから聞こえてきた声に彰は絶句した。

え、だって呼び出しアナウンス、未登録の番号って言ってたよな？

片手でリモコンを持ち片手でまだ濡れている髪をタオルでこすりながら洗面所を出て、こたつの上に放ってある携端の画面を見おろす。単発のバイトがあればどんどん依頼ください、とあちこちの仕事先で頼んでいたので、全く知らない相手からいきなり連絡がくることはここのところ割とよくあった。だから何の躊躇もなく、出てしまったのだ。

『あれ、これ……御堂、彰くんの、番号でしたよね？』

言葉の出ない彰に、リモコンから皐月のとまどったような声がして――その声がひどくがさついているのと、背後がやけにうるさいことに、彰は初めて気がついた。

複数の男性のものらしき大声と、それから……サイレン？

「どうしたの」

それに気づいた瞬間、口から声が飛び出していた。

『あ、良かった、合ってた』

彰の声が切羽詰まったのと逆に、皐月の声が心底ほっとした響きに変わる。

『慌ててたから、携端もリモコンも、部屋に置いてきちゃってて。他の部屋の人の、貸してもらったの。番号は、ほら、こないだおばあちゃんがお礼に何か贈る、て言って聞いてたじゃない、あれ思い出して、先にそっちにかけて聞いたんだ』

すっかり安心しきった声で言いながら、軽く咳《せ》き込《こ》むのに彰はますます焦る。

「ねえ、だからどうしたの」

重ねて尋ねながら携端の映像を入れてみたが、向こうのカメラはオフになっていた。

『あ、うん、ごめん。あの、ちょっとね。声が、聞きたかっただけなんだ』

どきん、と彰の心臓が跳ねた。

「……本当に、どうしたの、遠野さん」

耳の裏で激しく脈の打つ音を聞きながら、彰は深呼吸して気持ちを落ち着けつつ尋ねる。

『あの、びっくりしないでね、わたしはね、どこも何ともないんだけど……アパートが、火事になって』

「――――」

すうっ、と両のこめかみの辺りから血が下がって、視界の明度がはっきりと下がる。

『親には連絡して、すぐ来てくれる、て言ってるんだけど……数時間はかかるから、なんか、ちょっと……心、細くて』

皐月の声が、吸い込まれるように小さくなっていく。

『そしたら、なんかね……御堂くんの声が、聞きたく、なって』

「今どこ」

急に剣のように鋭くなった彰の声に、皐月が『え？』ととまどった声を上げた。

「遠野さん、今どこなの。病院？」

『あ、ううん、だからほんと、何ともないの』

「今どこなの」

矢継ぎ早に放たれる彰の言葉に、皐月は一瞬、口をつぐんで。

『……アパートの、前』

「判った。行くから」

『え？　え、御堂くん？』

呼びかける皐月の声を無視して、彰はトークを即座に切った。無意識にタオルとリモコンを投げ捨てて、洗面所に脱ぎっ放しのジーンズをはいてベルトを締め、玄関へと走る。

スニーカーに素足を直接押し込んで、扉の脇のフックから自転車の鍵を取ると、彰は家の鍵すらかけずに部屋を飛び出した。


殆ど立ちこぎで、風を切って走った。

左右に体が揺れる度に、まだ肌寒い三月終わりの夜の闇に、白い息が跳ねる。

上は長袖のTシャツ一枚で、髪はまだ濡れてかすかに蒸気を放っていたけれど、寒さは全く感じなかった。

全力でこいでいるから、それだけではなく、心臓がどくどくと脈を打っている。

頭の奥の奥の方、まだほんのわずかに理性が存在している、その小さい部分でだけは、ちゃんと判っていた。

そもそもああやって、普通にトークをかけてきている。背後の音から、消防車は来ているんだろうけど、本人は病院にすら行かずにその場にいる。つまりは彼女は、全くの無傷、完璧に無事なのだ。だからこんな風に、一心に向かう必要なんかないのだ。

それなのに、止められない。

早く、速く早く、一分一秒でも早く、彼女の元にたどり着きたい。顔が見たい。声が聞きたい。指に触れたい。

そうでなければ、安心できない。

そうでなければ、失ってしまう。

論理も理屈もすっ飛ばして、そう強く感じていた。

今までと同じ。大事なものは、突然、何の前触れもなく、無造作に無慈悲に奪われる。消えて、しまう。

嫌なんだ。

それは嫌だ。

今度だけは、絶対に、嫌なんだ。

目の前の信号が赤に変わって、彰はほぞをかみながら甲高《かんだか》い音を立てて急ブレーキをかけた。停止線ぎりぎりまで前輪を詰めて、いらいらと前を通り過ぎる車の列を眺める。

——あんなに、頑張ったのに。

信号待ちで少し息が落ち着くと、ふっと頭も冷えてくる。

急に頬に当たる風が冷たくなって、奇妙に泣きたい気持ちになった。

ここ何ヵ月か、あんなに毎日毎日、頑張ったのに。機械のように働いて、体をくたくたにして夢も見ずに眠って、考えることを殺してきたのに。

自分の底に蓋をして、静かでひんやりとした透明なゼリーみたいなものだけで心を満たして、それでこの先ずっとやっていける、そう思えるようになってきたところだったのに。

全部、水の泡《あわ》だ。

睨んだ信号が、じわり、とにじんだ。

——御堂くんの声が、聞きたく、なって。

あんなトーク一本で、あんな言葉一つで……全部、水の泡だ。

アパートに近づくにつれ、野次馬らしき人の姿が多くなった。稼働はしていなかったが道沿いに何台か消防車が止まっていて、歩道は人だらけだ。

彰は自転車を降りて「すみません、通してください」と声をかけながら懸命に人の間を縫って小走りに進んだ。

「すみません……！」

言いながらぐい、と自転車を引っ張って前に出ると、急に人混みが切れた。

え、と思うと、そこはアパートの入り口で、消防服の男性に前に立ちふさがれる。

「どちらへ？　ここは今、通行止めです。向こうへ行きたいなら迂回《うかい》を」

「あの、中の者の、知人です」

自転車を摑まれて押しやられかかって、彰は慌てて声を上げる。

「アパートの前にいる、って。連絡をもらったんですけど」

「――御堂くん！」

焦りながら言い訳をしていると、奥から皐月の声がした。はっと見ると、道に面しているアパートの駐車場と駐輪場の奥から、肩に毛布をかけた皐月が小走りに駆けてくる。

その無事な姿に、膝から崩れ落ちそうになるのをすんでのところでこらえた。

「彼女？」

「いえ、あ、はい、そうです」

気が抜けたところに、親指でくい、と指して尋ねる言葉を一瞬違う意味に取って首を振り、次の瞬間、間違いに気づいて慌ててうなずく。

「そう。じゃ、いいよ。あ、危ないからまだ建物内には入らないでください」

わずかに笑みを含んだ響きで言うと、男性は彰の自転車から手を離してくれた。

「彼女心細いだろうから、しっかりついててあげてね」

ぽん、とすれ違い様に肩を叩かれて、彰は小さくうなずいて前に出る。

「御堂くん……」

両の手で毛布をかきあわせるようにしてぽつんと立っている皐月の姿があまりにいじらしくて、彰はその場に無造作に自転車を倒してぐっとその手を握った。

「え？　御堂くん、あの、自転車」

「良かった……無事で」

くるっと裏返る皐月の声を無視して、彰は両手に力を込めて。手の中の指はしっかりと固くて、その存在の確かさに心の底から安心する。

そうやって立ち尽くした彰のあまりの軽装と、額の汗と、髪の間からうっすらと湯気がたちのぼっているのに、皐月はきゅっと唇をひきしめ、一瞬、泣きそうな顔をした。

「うん、ごめん、あのね、ほんとに大丈夫なんだよ」

それから早口に言うと、皐月はくい、と握られた手を引っ張る。

「自転車、奥に停《と》めるとこ、あるから」

そう言われて彰は渋々《しぶしぶ》手を離し、自転車を押して皐月についていった。屋根付きの駐輪場の一番奥の来客用のスペースを示されて、そこに自転車を置く。自転車や車の間には他の部屋の住人らしき人達がぽつぽつといて、アパートの方を見上げている。

つられて見ると、アパートの前に消防車は横付けされていたけれど、火も煙も今はどこにも見当たらなかった。東の端、五階の部屋の辺りが黒く煤《すす》けていて、水に濡れている。

「あそこ？」

指さすと皐月が、こくりとうなずいた。

「遠野さんの部屋は？」

「うち、三階。で、逆側の端なの。だからわたしの部屋は、全然大丈夫。だけど、火事だから何も持たずにすぐに逃げなさい、て消防士さんが来て。この毛布、近所の人が貸してくれたの」

「そうなんだ……」

彰は改めて心底からほっと安堵し、力が抜ける思いがした。駐輪場の端は土留めブロックの上に生け垣がつくられていて、そのブロックの上にすとんと腰をおろす。

「御堂くん、あの……ほんと、ごめんなさい」

その前に立って、皐月は深々と頭を下げてくる。

「え、なんで？　何が？」

一方、彼女が謝る意味が全く判らず、彰はきょとんと首を傾げた。

「そんな、格好で、すっ飛んできてもらうような大事じゃなかったのに……ほんと、ごめんなさい」

そう言いながら皐月は毛布を肩からおろして、彰にかけようとする。

「え？　何、駄目だよ、遠野さん風邪ひくよ」

見れば皐月は、毛布の下は薄緑のガーゼのパジャマ姿で、彰は強く毛布を押し戻しながらも、全力で走ってきた後に一度は落ち着いた筈の心拍数が再び跳ね上がるのを感じた。

「御堂くんの方が、よっぽど薄着だよ」

彰が押し返した毛布を皐月は一度胸に抱えると、畳んでいたそれをぱっと大きく広げて、え、と思う間に彰の頭にかぶせた。そして素早く隣に座り、もぐり込むようにして自分も頭から毛布をかぶって、肩にかかったそれを手で押さえる。

「ちょ、遠野さん」

一枚の毛布の中に二人でいる格好になって、そのあまりの近さに彰が度肝を抜かれて立ち上がろうとすると、皐月が「だめ」と言葉で止めた。

「御堂くんもわたしも薄着で、わたしは御堂くんに毛布使ってほしいし、御堂くんはわたしに使ってほしいんでしょう。じゃあ二人で一緒に、暖まればいい。それならこれが、最適解だから」

毛布の下から皐月が上目遣いにきっと睨んできた、その声が涙声だったのに、彰は何にも反論できなくなる。同時に聞き覚えのあるその言い分に、ふっと口元がゆるんだ。

「……そうだね」

小さく言うと、彰は自分の肩に引っかかっている毛布を軽く引っ張って手で押さえた。

皐月は下を向いたまま、小声で話し出す。

「いきなりトーク切っちゃうから、かけ直したのに、全然出てくれなくて……どうしたのかと、思った、心配したんだよ」

「あ……」

彰は耳元に手をやって、そこに何もないのに初めて気がつく。

「ああ……置いて、きちゃったよ」

「もう、莫迦」

顔を上げずに、皐月がどん、と彰の肩を押すように叩いて。

「ほんとに……ばか」

その声が一気に崩れたと思うと、皐月は背中を丸めて彰の肩に顔を伏せ泣き出した。

「遠野さん」

いきなり泣き出されて、彰はどうしたらいいのか、激しく混乱した。あまりに混乱し過ぎて、逆に先刻までの動悸《どうき》がおさまってくる。大体この状況で、どうして彼女が泣くようなことがあるのか……ああ、そうか、怖かったのか。

「大丈夫。大丈夫だよ」

彼女心細いだろうから、と先刻言われた言葉を思い出し、背中を軽く叩く。

「部屋、火も水も来なかったんでしょ？　なら大丈夫。もう完全に鎮火してる。大丈夫。

お父さん達来るまで一緒にいるから、来たらホテルに行けば、ここで寝ないで済むし」

そう言ったのに皐月はまるで無反応で、ただただ泣きじゃくっている。

「ああ、もしかしたら引っ越さないといけないかもしれないけど、大丈夫、今まだ結構、空き部屋残ってるから。バイト先の人にいいとこあるか聞いてみる。だから何にも心配することないよ、ね？」

あれこれ考えを巡らしながら精一杯の励《はげ》ましの言葉をかけているのに、皐月はやはりそれには無反応で泣き続け、ただ彰の肩を摑んだ指にぐっと力が入った。

「……来て、くれるなんて、思わなかった」

ひくっ、と喉を震わせながら、切れ切れの声がして、彰は口をつぐんだ。

「声……今、御堂くんの声、聞いたら、きっと安心できる、落ち着ける、そう思ったから、それだけで良くて……嫌がられるかと思ったけど、でもどうしても、声だけでも、聞きたかったから」

けれど続いた言葉に、彰は度肝を抜かれる。

「え、ちょっと待って、嫌がるって、なんで」

「だって御堂くん、わたしのこと避けてた」

いきなりそうズバリと言われて、彰はぐっと言葉に詰まった。

「……と、思う。違う？」

と聞かれても、答えることができない。

皐月は彰の答えを待たずに話し始めた。

「試験の……屋上の、後から、全然サークル、来なくなっちゃって。バイト忙しいんだ、て羽柴くんも言ってたから、ただ普通にそうか、大変だな、て思ってたんだけど、わたしがこっち、いなかった時、何度か顔出してた、て聞いて……あれ、もしかしてわたしのこと、避けてるのかな、って」

ぐすっ、と洟をすすりあげながら皐月はなおも続けて。

「でもどれだけ考えてみても、避けられるようなこと、覚えがなかったから。そんなのわたしの自意識過剰で、ほんとにただ単に忙しいだけなんだ、そう自分に言い聞かせてて」

話している内にだんだん落ち着いてきたのか、皐月の声音から涙が抜けてくる。

「だから……トーク入れるの、すごく、勇気、要ったけど、でも声だけ聞けたら、って……なのに、来てくれるなんて、思わなかった」

吸い込んだ息が吐き出せなくなって、彰の肺がぱんぱんに膨らんだ。息を吐いたら、それと一緒にすべての気持ちを、吐き出してしまいそうで。

「嬉しかった」

なのに言葉と一緒に、皐月が顔を上げて彰を見た。

距離十数センチの、その近さ。

「わたしすごく嬉しかったんだよ、御堂くん」

声と一緒に、息のかかる距離。

くたりと折れたパジャマの衿の奥に吸い込まれていく、首筋のゆるやかなライン。見上げた顔の、小さくとがった顎の骨。

「御堂く……」

全力で言葉を我慢したのに、体が止まらなかった。

腕が勝手に動いてかたく皐月を抱きしめると、手で押さえていた毛布がずる、と落ちて、ドームのように二人の上にかぶさった。

は、と皐月が吐き出した息が、首の裏に湿った熱気を届ける。

「御堂、くん」

「頼みを聞いてくれる、て言ったよね」

「え?」

彰のいきなりの言葉に皐月の声が高くなり、声を聞き取ろうとしてか、わずかに身じろいだ。

「俺は、何にもないんだ」

けれど歯を食いしばるようにして話す彰に、その動きは止まる。

「俺には何にもない」

喉の奥が裏返ってぎゅっと締まるのを何とか押し広げ、彰はそう続けた。

「母親が亡くなった後少しして、友達が自分の名前の由来の話をしてた。でも俺、親にそんなこと、聞いたことがなくて……ああ、この先一生、自分はなんで『彰』なのか、判らないままなんだな、て思った」

彰の話を、皐月は押し黙ったままじっと聞いている。

「でも……大人になるにつれ、ちょっとずつ、思うことがあって……冷静に考えてみたらそんな筈絶対ないんだけど、でもそれが一番、自分にはふさわしい気がして」

彰の口元に、わずかに苦い笑みがよぎって。

「『あきら』は『諦める』の、アキラ、なんじゃないか、って」

皐月の肩がぴくり、と揺れる。

「何かを手に入れて生きるなんて、そんなことは諦めろ、って。そういう生き方がお前にはふさわしいんだ、そう言われてる、気がしたんだ」

判ってる、話しながら彰は頭の奥でそう呟く。やさしい、父だった。強くて明るい、母だった。そんなこと考えてた筈がない。判ってる、でも、それでも。

そんな風に欲張っては駄目だよ、そう言われている気がしたのだ。失《な》くすことは辛いことだから、そうやって生きていく方が楽なんだよ、と。

この先ずうっと、そうやってすべてを諦めていくんだよ。それがお前の、人生なんだよ。お前はそれしか、選べないんだよ。

「俺は、何にも持ってない。何一つ。心の奥でずっと大事に、愛《いと》しく取っておきたいような、そんな綺麗なものなんか何にもない。通り過ぎてそのまま消えたって、誰ひとり気づかない」

黙ったまま、そうっと皐月の手が上がって、彰の背に触れた。

ほんのりと汗ばんで肌に張り付いた薄いTシャツを透かして伝わる、指の確かさ。

「でも、手に入れるのも怖い」

その感触に不意に涙がこみ上げてきて、彰はぐっとそれをこらえる。

「そんなきらきらしたもの手に入れて、すごくすごく大事にして、なのにもし失くしたら、そう思ったらむちゃくちゃに怖い。足がすくむくらい怖い」

けれどこらえきれずに、片頬をすうっと涙がつたう。

「だけど」

言葉と同時に一気に涙と熱がどっと顔の上半分に上がってきて、一瞬声が詰まる。

彰はがむしゃらに息を吸い込んだ。

「だけど俺は、遠野さんが欲しい」

すっ、と皐月が息を吸う音が耳元で聞こえる。

「俺の人生に、遠野さんの存在が欲しい。この先ずっと、一緒にいてほしい」

腕の中で、皐月がゆっくりと呼吸する。

その胸の動きが、薄いシャツを通して伝わる。

頬をつたって顎から落ちる涙が、皐月のパジャマの肩に吸い込まれていくのが判って

——ああ、自分は一体、何をとち狂ったこと言ってるんだ、そう彰が正気に戻りかかった瞬間、こくん、と小さく皐月がうなずいた。

「――判った」

彰の息が止まる。

「一緒にいる。ずっと。一生。約束する」

落ちかかっていた熱が舞い戻って、一瞬でまた頭を沸騰させた。

「だってわたし、約束したもの。御堂くんの頼み、何だって聞く、って。だから大丈夫」

そして背中の手が、ぱん、と強く彰の背を叩く。

「大丈夫だよ、御堂くん」

二度三度と、回数を重ねるごとにそれは「叩く」というよりもなだめるように優しい、弾みのついたものに変わっていく。

「大丈夫。絶対だよ。大丈夫、御堂くん」

同時に何度も何度も、皐月は繰り返した。

「わたし、思うんだ」

そしてそう、言葉を続ける。

「だったら『あきら』は、『諦めない』、のアキラ、だっていいじゃない」

歯切れ良く、強い口調で皐月は言い切った。

息と一緒に、涙まで止まった。

それ程の、驚きだった。

「どっちを取るかは、御堂くんが勝手に決めていいことじゃない？　だってもう、ほんとのところは、絶対に判らないんだから」

皐月はぐい、と体を離して、両の手で彰の顔をはさんで真正面から瞳を覗き込んで。

「この前、何にもしないで諦め切ってたわたしを、御堂くんが揺さぶってくれた」

心の中心まで射貫《いぬ》くような目に、彰は息ができないままだ。

「だからわたしが決める。御堂くんの『あきら』は、『諦めない』のアキラだ」

全く揺れのない声音なのに、その瞳には涙が丸く盛り上がっている。

「今そう決めた。だから、大丈夫」

言うなり皐月は、手を離してぎゅうっと、彰の首筋に抱きついた。

……なんて、ことだろう。

煮えたぎった頭の中で、かすかに思考がよぎった。

何でもする、とあの日彼女は、言ってくれた。自分がもう誰からも得られないと思っていた、そんな特別な言葉を。それだけでも信じ難いことだったのに、また、こんな。

「大丈夫、ね？　大丈夫だよ、御堂くん」

ああ、これは……祝福、だ。

すべてを諦めて生きていこうと決めていた、そんな自分に与えられた祝福の言葉。

何回も「大丈夫」と繰り返されて、一度落ち着いた涙がまたぐうっと上がってきた。それを隠すように一度強く皐月の背中を抱いた後、肩を摑んでわずかに身を離す。

驚く程近くで、二人の目が合った。

すっぽりと毛布に覆われた、ぼんやりと暗い空間で、皐月の頬が灯りのように、ほの白く光って見える。

そこに幾筋もつたう涙。

——不意にたまらない愛しさが、彰の背骨を駆け抜けた。

「……御堂、く……」

皐月がそれ以上何かを言う前に、彰はその言葉を、唇で受け止めた。

第二章

夢を見る為の場所

——恐ろしい程久しぶりに、あの日の夢を見た。

彰はもったりと重たい体を、何とか持ち上げてベッドからはい出す。時計を見ると、もう十時を軽くまわっていた。

冷蔵庫から出した紙パックの牛乳に直接口をつけてラッパ飲みすると、唇を拭って洗面台に行き歯を磨く。十二分に眠った筈なのに、目の下には濃いクマができていた。

逆に寝過ぎだなこれは、と奥歯にブラシを突っ込みながら彰はひとりごちる。

目覚めたくなかったんだ、きっと。

皐月と初めて唇を重ねた、あの日の夢。

歯磨き粉をつけ過ぎたのか、口の中が泡だらけになってきてそれを吐き出す。

彰が皐月にプロポーズしたのは卒業して一年少し経った彼女の誕生日だった。宏志にも相談しつつ何日も考えに考え抜いての当日だったのに、いざプロポーズした時の皐月は、驚く程に無反応、というか、「それが今更何？」という態度で彰は呆然としたものだ。

いささか心外に感じつつ問いただしてみると、皐月は驚き、それから逆に怒り出した。

「だってもうとっくにしたじゃない、プロポーズ。で、わたし、『判った』て言ったよね？」と。

またしても意表を突かれて聞くと、皐月としてはあの初めてのキスの晩、あの彰の言葉をそのまま「プロポーズ」だと受け取っていたことが判った。

「え？　え、いや、あれが？」

思わず彰が言うと、皐月は更にむくれた。

「あれが、って、じゃアキくん一体どういうつもりで、女の子に『この先ずっと、一緒にいてほしい』なんて言ったの？」

「え、あ、いや……」

こう、何というかあれは、そこまで現実に足のついた意味合いの言葉ではなく雰囲気的な、と言いかけて、だがさすがの彰も今それを言うのは非常にまずい、と直前で気づいて言葉を濁す。

「だってもしお互いに別の人とつきあって別の人と結婚して、それなのに二人でずっと一緒にいる、て物理的に不可能じゃない？」

「……確かに」

「それじゃあれって、『自分とつきあって、それから結婚してほしい』て意味にしか取りようがなくない？」

「……はい、そうです」

もはや完全に言い負かされて、彰は白旗をあげた。確かに自分としては、つきあうとか結婚とかそういう世俗的なことを全部通り越して、ただただひたすら、彼女に隣に寄り添っていてほしい、と思っていた訳だけれど、現実に即すればまさにその通りだ。

「こんなにいきなり、何もかもすっ飛ばしてなんてこと言うんだこのひと、て思ったし、すごく、すごくすごく悩んだんだけど、でもわたしあの時ちゃんと、覚悟して決めたんだから。それなのに何、今更プロポーズ、って。そっちはあの時、全然そんなつもりじゃなかった、てこと？」

「いや、いや違う、そうじゃないって皐月」

必死に相手の機嫌を取りながら、こんな状況なのにどうしても唇の端に笑みがにじんでくるのを止められなかったことを、今もよく覚えている。

嬉しかったから。

あの晩の皐月のいくつもの言葉、それが皆、「彰の突然のプロポーズを受け入れた」という前提で口にしていたんだということが、思い返すとたまらなく嬉しかったから。

それから今日の日まで、彼女が一度もそれを疑うことなく、勿論断るつもりもなくすごしてきたということが、たまらなく幸せに感じられたから。

ああ、今自分は、こんなにも幸福だ。

むくれる皐月に必死にお酒やデザートを勧めながら、彰はじいんと、胸の中に熱が広がるのを感じていた。

――なのに。

吐き出した泡を流す為に出した水道の水が、いつまでもいつまでもくるくると円を描いて流れっ放しになっているのに気づき、彰ははっと我に返って水を止めた。

顔を上げると、ぼさぼさの頭にクマの浮かんだやつれた顔が自分を見返す。

彼女は、嘘つきだ。

彰はそれ以上歯を磨く気をなくして、もう一度水を出し、うがいをした。

約束は、絶対に破らない子だった。仕事や何かでどうしようもない時には必ず事前に連絡をくれたし、きっちり謝って、穴埋めも怠らなかった。何もかも真面目できちんきちんとしていて、そこも気が合った一因だった。

なのにあんな大事な約束を、守らなかった。

あれさえ守ってくれれば他の百の、千の約束を破ったって良かったのに。

なのにあの約束だけを、彼女は守らなかった。

不意に吐き気がこみ上げてきて、彰はトイレに入った。

先刻飲んだばかりの牛乳を、残らず胃から吐き出す。

「……は」

口の中が苦さと酸っぱさで一杯になって、彰は深い息をつくと口元をぐい、と拭った。

宏志の店に行くと、最近はすっかり昔の調子に戻っていたその顔が、ふっと曇った。

「どうした、風邪でもひいた？　ここんとこずいぶん、元気そうだったのに」

彰のリクエストの月見うどんの隣に豚汁を置いて、宏志は向かいに腰をおろした。宏志自身も昼がまだだったようで、大盛りのご飯と鯖《さば》の塩焼き、そして勿論豚汁を自らの前に置いている。

「いや。ちょっと寝過ぎた」

わざとあっけらかんと言って勢いよくうどんをすすると、安心したのか宏志の顔がほころぶ。

「そりゃ大層なご身分だ。こっちは毎日きりきりしてんのに……あ、大層といや昨日さ、宮原《みやはら》来たぜ。覚えてる、宮原？」

小骨の一本も残すことなく、バリバリ、という擬音がふさわしい勢いで焼き魚を平らげていく宏志に、彰はきょとんと目を向けた。ミヤハラ？

「ああ、やっぱ覚えてないか。あいつユーレイだったもんなあ」

「幽霊？」

穏やかでない単語に眉をひそめて聞き返すと、豚汁をずっ、と一口すすって、椀を置いて宏志は笑った。

「ほら、サークル、最初の頃はちょくちょく来てたけど、すぐろくに顔出さなくなってさ。すっかり幽霊部員。なのに飲み会の時だけは、誰も連絡してないのにちゃっかり顔出して」

「……ああ、思い出した」

箸を置いて考え込んでいた彰の顔が、ぱっと明るくなる。そういえば確かにいた、そんな同級生。フルネームは確か宮原忠行《ただゆき》、もさっとした天然パーマの頭が目立つ、やたら明るいお調子者だった。

「俺さ、あいつと学部、おんなじだったからサークル以外でもつきあいあってさ。あいつは専攻マーケティングで、俺は会計だから、クラスは別だけど」

「え、それでわざわざ来たんだ?」

「いや、たまたまだって。近くに用事あって、俺んち、て知らずに入ったんだってさ」

彰がまだ半分もうどんを食べ終わらない内に、すべての皿を綺麗に空にして宏志はお茶をすすった。

「へえ、奇遇。え、で今宮原、何してんの」

「卒業していくつか会社変わって、最終的に東京の貿易会社に入ってここ二年くらいは中国勤務してたそうなんだけど、辞めて帰ってきたんだってよ」

「辞めた?」

小皿のたくわんを口に放り込む箸を止め、彰は声を上げた。なんでまた。

「そう。びっくりするよな。まあでもあいつ、昔からそうだった」

「で、今何してんの。無職？」

呆れ声で聞いてから、まあでも今の自分も大差はないのかも、彰はちらっとそんなことを考える。

「ていうか、なんか、起業するとか何とかって」

思わず「へえ？」と妙なアクセントで声が出てしまう。それは自分とは全然違った。

「もうノウハウはばっちりだから、とか言って。出資しないか、て言われて困ったよ」

「……それ、ほんとにここ来たの偶然？　知ってて来たんじゃないのか」

「あるよなー、その可能性」

二杯目のお茶を飲み干して、宏志は軽く伸びをした。

「え、まさか、出さないよな」

「ないない。ないって。あいつさあ、昔っからほんと、何やらせても長続きしねえの。バイトなんかもすぐバックレるし。あてになんないよ、あいつの商売なんて」

「ならいいけど……」

まるっきりその気がない様子の宏志に、彰はほっとして。根がしっかりしている宏志がその手の話にひっかかることはそうそうないとは思うけれど、何せ人が好いからこういう時は心配だ。

「お前のこと、覚えてたよ。久々に会いたい、またここ顔出すから、て言ってたけど、どうする？」

「それ、俺にも金出せ、て話だよなあ、きっと」

うどんの汁をすすった丼《どんぶり》をおろして言うと、宏志が歯を見せて笑った。

「まあ間違いなく一回は誘われる」

「とりあえず保留」

「判った」

うなずく宏志に、彰は箸を置いて「ごちそうさま」と頭を下げた。


次の体験までの一週間が、彰は待ち遠しくて仕方がなかった。

間を六日間空けないといけないのは、心身的な影響を考えてのことらしい。

利用料の割り引きキャンペーンの終了日を携端のリマインダーに入れて、ふと、明日は通院日だ、と思い出す。今朝は久々に落ち込みはしたけれど、以前のあの、すべてに対して無反応だった状態に比べれば、思い出して悲しんだり落ち込んだりできるというのは「普段の自分」に戻ってきたとも言える。つまりはかなり回復してきているのだ。

……でも冷静になって考えてみたら、回復したら仕事に復帰しなくちゃならない。

それは今は困る、彰は思った。まだ当分は『パンドラ』に集中していたい。あの人気ぶりでは、土日を押さえるのは大変そうだ。それくらい、あの世界には奇妙な魅力がある。

彰はこれで何度目になるのか、脳裏にあの夜の街を、あのクラシックで、闇に灯るろうそくのオレンジの炎に似た喫茶店を、そして灰青色のワンピースを着てガス灯の下に立つシーニユの姿を思い起こした。

二度目の訪問では、まずカジノに立ち寄ってみることにした。やはりナイトゾーンに来てカジノに全く行かない、というのは不自然な気がしたし、そこなら普通のカフェよりは客に気軽に声をかけられそうだと思ったのだ。「一般の利用者」としてふるまっている相手を、人工人格か否か見分けられるかどうかを試してみたい。

その後には勿論、シーニユにも会いたい。彼女はきっと、『パンドラ』に対して自分があれこれと感じている疑問を説明してくれそうな気がする。

ログインした後の服は前回と同じで自分がその日に着てきたものだったので、まずは着替えに洋服店に立ち寄った。店内の見た目は高級オーダーメイドの紳士服店、といった感じで、ぴしりと姿勢の良い男性店員に奥のカウンターに案内される。

「カジノをご利用とのことでしたら、こちらからお選びください」

そう言ってカウンターのテーブルの上をさっと指先で掃くと、そこにずらりとタキシードや洒落《しゃれ》たスーツの全身像が何種類も表示された。さすがにタキシードを着るのは気恥ずかしかったので、ダークスーツを選ぶ。

すると、「シャツをお選びください」「タイはいかがいたしましょう」「靴は」と次から次へと出てくるのに、彰は音を上げ「お任せで」と全部ぶん投げてしまった。

そういう客は多いのか、店員はあっさり「かしこまりました」と言い、「ではこちらでいかがでしょう」と彰を脇の大きな鏡の前に立たせて、ぱちり、と一度指を鳴らす。と、一瞬で彰の全身の服装が変わった。

黒の濃いダークスーツに同色のベスト、よく見ないと判らない程薄い灰色のストライプの入った糊《のり》のぴちっと利いた白地のシャツに、光沢のある千鳥格子のアスコットタイ。カフスは麻の葉模様の入ったシルバー製でチーフは白、靴は黒革のストレートチップだ。驚くことに、髪までしっかり、後ろに撫でつけられている。

「ご希望があればいかようにも変更いたしますが」

「いえ、これで結構です」

どんなパーティに呼ばれても一切問題のないその仕上がり具合に、彰は我ながらこそばゆい気分になりながら手を振った。こんなこじゃれた格好、人生で自分がすることがあろうとは思いもしなかった。

「では、いってらっしゃいませ」

店を出る彰を、扉まできちんと見送って丁寧に頭を下げる店員に、彰は更に落ち着かない気分になりつつカジノへと歩き出した。

だが入り口を一歩入っただけで、もう引き返したい気分になる。

光沢を落とした金に臙脂《えんじ》色のラインを配した天井はそれ程高くなく、けれどそこから、揺らしたらシャラシャラと音のしそうな、見事なクリスタルのシャンデリアが下がっていた。床は革靴が沈み込みそうな程ふかふかとした、アールデコチックな幾何学模様の入ったじゅうたんが敷かれている。

「いらっしゃいませ。御堂様は、今回が初めてのカジノのご利用でございますね」

びしっとタキシードを着た店員が丁寧なお辞儀をすると、カジノについてざっくり説明してくれた。

ここで遊べるゲームはブラックジャック、ポーカー、スロット、ルーレット、バカラの五種類。チップはログインと同時に五万チップが付与される。

自分にプレイ可能なのはスロットくらいだが、勝つも負けるも全部向こうが決めているようなゲームをプレイしたって面白くない、彰はそう思った。そもそも仮想空間のカジノ、という存在自体がそういうものなんだろうけど。

とりあえず中の雰囲気を楽しみたいだけなんだ、と告げると、ではどうぞご自由に、でもあまりプレイヤーの方のお邪魔にならないようお気をつけください、と言われて彰はうなずいた。

とりあえず何か飲もうと思い奥のバーカウンターへと向かっていく途中にも、ポーカーテーブルやスロットの前で真剣な顔をしている男女の前を通り過ぎる。年齢は比較的高めで、四十代後半以上と思われる人達ばかりだった。奥のカウンターでジンジャーエールを頼むと、ルーレットのテーブルに近づいて後ろからしばらく見学する。

傍でプレイしている白髪の男性の少し後ろに、濃紺のサテンのドレスに細かなダイヤのて、老年にさしかかった品の良い女性が立って、連なったネックレスとイヤリングを着けた、老年にさしかかった品の良い女性が立って、彰同様、ゲームを眺めている。

どうやら男性は負けが込んでいるようで、ゲームが終わる度に彼女は紫がかった口紅を塗った唇の端を曲げ、困ったものだと言うように彰に向かって笑いかけてきた。

「……ああ、また負けてしまったな」

彰が数ゲーム見ていると白髪の男性はそう呟いて肩をすくめ、少し体をねじって振り返って、女性に向かって「ウイスキーの水割りをもらってきてくれないか」と頼んだ。うなずく女性に、「取ってきましょうか」と彰が声をかけると、「今日は負けてばかりなの。見ていてしのびないから、少し離れます」と女性は微笑んだ。

「うん、それがいい。良かったら家内の相手をしてやってください」

男性にも笑顔でそう言われて、彰は彼女とその場を離れた。

「今日は駄目ね。調子が悪いみたい」

隣に並んで歩きながら、実に自然に彼女がその手を彰の腕にかけてくる。彰は内心たじたじとしたが、その動きがいかにもマナーにかなった自然な動作だったので、深呼吸して自分を落ち着かせた。

「もう何度も来られてるんですか」

「ええ。オープンしてすぐの頃に、子供にチケットをプレゼントされて。それからすっかり、夢中になってしまったの」

白髪の交じった、トップを大きく立たせてゆるやかに巻かれたロングヘアを振って、彼女は可笑《おか》しそうに笑う。

「若い頃は散々、賭け事《かごと》にお金を使ったひとだから。ここは有り難いわ。利用料以上のお金を使うことがないもの」

「それもそうですね」

と答えながらも、でも榊原氏みたいなことにはならないんだろうか、と彰は思った。

彼女はカウンターで男性用に水割りを頼み、自分用にシャンパンを頼んだ。水割りのグラスを彰が代わりに受け取ると、「ありがとう」とまた微笑む。

戻って男性にグラスを渡すと、彼女は彰を目で誘って、壁際のソファに腰をおろした。

自分のグラスをテーブルに置いて彰が言うと、女性は少し首を傾げて彰を見つめる。

「……少し、不思議です」

「だって、現実ならともかく、ここは仮想空間で……なら勝つとか負けるとか、それは全部、向こうの思うがままな訳じゃないですか。そんな賭け事でも、やっていて楽しいんでしょうか」

心底そう思っての言葉だったけれど、それを聞いた彼女はふふっ、と小さく声を上げて笑った。

「楽しそうですよ、実際」

シャンパンを一口飲んで、ことり、とグラスをテーブルに置く。

「それに、参加しているのは彼ひとりではないから、負けと勝ちをどう差配するかはやはり運次第ですからね。気持ちよく勝つこともあれば、負け続けのこともあります」

「ああ、それは確かに、そうかもしれませんね」

彼女の言葉に彰は納得した。確かに客が複数では勝ち負けが読めない。

「それに多分、そんなことは忘れてるんじゃないかしら」

口角をきゅっと上げて、彼女は実に魅力的に微笑んだ。

「あのひとにとってここは、現実のカジノと同じなの」

そしてそう続けられたのに、彰はまた不可解な、そしてどこか胸の奥が痛むような感覚を覚えた。

「この前初めてこのゾーンに来た時、強制退場させられた方を見ました」

その気持ちを抱えて口にすると、彼女がまた不思議そうな目で彰を見る。

「カジノでチップをすっかり使ってしまって、何度も他の客にたかって、それで『パンドラ』を強制退場させられたんだそうです」

「まあ」

彼女は口を小さくOの字に開いた。

「それも、自分には不思議で……だってここでいくら勝とうが負けようが、現実のお金が増減する訳ではないのに、どうしてそんなに、必死になるんだろう、って。次に来ればまた新しくチップがもらえるのに」

くすくす、と笑い声がして言葉を止めると、彼女はいたずらっぽい笑顔で彰を見ている。

「貴方《あなた》は、ギャンブルをおやりになったことがないのね」

そう言われてしまうと返す言葉がなくなって、彰は黙り込んでしまう。そんな姿を優しいまなざしで見ながら、彼女は更に口を開いた。

「何故、貴方は今日『パンドラ』へいらしたの?」

思わぬ問いを放たれて、ぐっと彰の喉が詰まった。どくん、と心拍数が上がって、背筋をすうっと、冷たい汗がつたう。

「一回だけなら判ります。話の種に一度体験してみたい、そういう好奇心は誰しもあるものですものね」

彰の内心の動揺を知ってか知らずか、彼女は教師のような口調で言葉を綴《つづ》った。

「けれど……所詮ここにあるのは何もかもつくりものだ、現実同様に夢中になるなんて不思議なことだ、そう思われているのに、何故二度目の体験を?」

彼女の声音には責めているような響きは微塵《みじん》もなく、むしろまろやかに優しかったけれど、彰は胸に刃の幅広いナイフをぐさりと突き刺された気がした。

そうだ。

自分は人のことなんか言えない。

急に口の中に、苦い味が広がった。

彼女は柔らかに微笑んで子供を見るような目を彰に向ける。

「貴方はまだお若いから、きっとお判りにならないでしょうけど……わたし達のような年寄りには、こういう空間が必要なのよ。すっかり包み込んで、優しく騙《だま》してくれる、そういう場所が」

喉の奥の血管がぱんぱんに膨らんで、彰はもはや息すら吸えない。

「わたし達はここに、夢を見に来ているの」

視線をなめらかに動かして、彼女は目を細めた。そのまなざしの先に、彼女の夫がいる。

「わたし達にとって、ある意味でここは現実以上なのよ」

彰の胸に刺さったナイフが、すとん、と落ちて、心臓を二つに割った。

「……すみません、不躾《ぶしつけ》でした」

やっとそれだけ言って立ち上がると、彼女が驚いた顔で彰を見上げた。

「失礼します」

短く言って頭を下げると、彰は足早に歩き出す。

背中に彼女が呼び止める声が届いたが、彰は後ろを見ずに大股《おおまた》でカジノを後にした。

皐月・3　奇妙なアルバイト

そのバイト募集を見かけたのは、二年の夏休みに入るひと月程前だった。学内サイトの掲示板でえらく話題になっていたのだ。

「そりゃ、破格だよ？　このバイト代」

昼休み、学食で彰と皐月と一緒に昼食を取りながら、宏志は言う。食べるのが早い彼の前にあるカツカレーの皿は、殆ど空だ。

「だけどこの額もらえるのって、完遂してからなんだろ？　でも無理だよ、こんな条件」

「まあ、難易度高いよね、かなり」

皿うどんを食べながら、皐月は携端をテーブルの端に立てた。その画面には、バイトの募集要項が映っている。

一回の参加につき交通費以外に支払われる額は、時間分かける最低時給に数百円上乗せした程度だ。だが一年を通して参加した者に報酬として別に支払われる額は、大学新卒者の平均年収の三分の二近くあった。

「最初の二ヵ月は五日に一回、次の六ヵ月は週に一回、残り四ヵ月は月に二、三回。臨時で追加参加をお願いする場合あり」

書かれている文を皐月は読み上げる。

「いや、その日程だけならまだアリだけどさ。病気や怪我《けが》とか、結婚式みたいなどうしようもない用事で休む場合は証明できるものを提出しろ、て上から目線過ぎない？」

「それだけ休んでほしくない、てことじゃないの？」

口をとがらせて言う宏志に、日替わり定食の唐揚げを口に運びながら彰が言った。

「最初の二ヵ月は欠席不可。その後も連続して休んでいいのは二回まで、連続してなくても五回休んだ時点で継続不可。当日連絡なしで来なかったり、正当な理由なく三十分以上遅刻した場合はその場で契約終了。よっぽど休んでほしくないんだよ、これ」

「いや、だからソレ無理だろ、って話」

「でもそもそもこれって、研究の被験者になれ、てことなんだろ？　だったらサボられたら全部パーな訳だし」

彰と宏志の会話に、隣の皐月がうなずいた。

「治験に参加して薬飲み忘れられたんじゃ、何の意味もないもんね。これだけお金を払うんだから、参加する側もそれなりに気合い入れろ、てことなんじゃやない？」

綺麗に食べ終わってお茶を口に含む皐月に、宏志が頬杖をついて言った。

「まあねえ。で、二人、やるの？」

そう尋ねられ、二人は顔を見合わせる。

「……やってみてもいいかな、とは思ってるんだけど」

少し歯切れ悪く彰が言うと、隣で皐月もこくんとうなずく。

「これだけ報酬あったら、万一卒業までに学費軽減逃してもしのげるしね」

二人の言葉に、宏志は「確かに」とうなずいた。

「宏志はやらないの？」

「俺無理だよ。だってまだ二十歳じゃない」

彰が言ったのに宏志が即そう言い返して、彰はああ、と画面を覗き込んだ。

彰は四月、皐月はその名の通り五月生まれで、もう二十歳になっている。だが冬生まれの宏志はまだ十九歳だった。選挙権や結婚についての「成年」は十八だけれど、飲酒や煙草《タバコ》、それに一部の契約関係についてはまだまだ二十歳が成年扱いだ。

彰はうなずいて、改めてその画面を見た。

冒頭に少し大きなフォントで記されている文章を胸の内で読み上げる。

——『仮想都市開発プロジェクト』は未来への投資です。一人でも多くの方のご参加を！


皐月と二人で赴いた東京での説明会には、驚く程の人がいた。殆どが二十代で、中に少しだけ三十から四十代に見える顔が交じっている。

「えー、本日は今回のプロジェクトの説明会にお越しいただきありがとうございます」

壇上に立った四十代くらいの、恰幅《かっぷく》の良いスーツ姿の男性が話し出すと、ざわざわしていた会場が一気に静まり返った。

「ご存じの方もおいでかもしれませんが、我々脳機能総合研究所、脳総研は脳の治療を主な目的とした仮想空間の構築を計画しております。現在、仮想都市には既に、中身のない人工人格の殻が存在しています。皆様の脳とこの空の器を接続することで、都市の中に新しい仮想人格が出現するのです」

聴衆に満遍なく目を配りながら、男性は続けた。

「仮想空間の中で活動することで人間の脳に何が起こるのか、いったん形成された仮想人格は空間内でどのような経過をたどるのか、そのような様々な研究を皆様のご協力により行いたいと我々は考えております。ぜひともご参加の程、よろしくお願い申し上げます」

一礼して彼が引っ込むと、次に白衣を着た七十歳近くに見える綺麗な白髪の男性が現れ、頭を下げる。

「この度は説明会へのご参加、ありがとうございます」

神崎《かんざき》、と名乗った男性は、実験内容の具体的な説明を始めた。

まずは参加前に健康診断。ここで問題があると参加不可だ。参加が決まれば、個人個人の脳波のパターンを測定の上、実際の仮想都市へと入ることとなる。

都市ではまず体の動かし方などの基本的なトレーニングをした後、参加者同士でグループをつくって、その時々に与えられた課題を解くこととなるそうだ。

「実験の性質上、継続してのご参加が何より重要となります」

神崎が体を振り向けると、会場がほんの少し暗くなって、スクリーンに日程表が出た。

「関東では、東京と横浜、それから筑波《つくば》が実験会場です。日程はそれぞれ異なりますので、ご都合のつく会場をお選びください。基本は全日程のご参加をお願いしておりまして、事前に通達しました通り、最初の二ヵ月間の全日程に参加できなかった場合はそこで終了です」

印刷してきたバイト募集の内容と照らし合わせながら、彰はその説明を聞いた。

「……やっぱり、厳しいね」

隣から小声で囁《ささや》く皐月に、彰は軽くうなずいてみせた。今の説明内容は事前の募集要項と全く同じだが、ちゃんと読み込んではいないのか、辺りからざわざわと話し出す声が聞こえてくる。

「また、休まれた場合は最終の報酬額から回数に応じて多少割り引かれることもご留意ください。なお実験の内容については、最初に秘密保持契約を結んでいただきます。もし実験内容を外にもらされていると判明した場合、最終報酬以上のペナルティとなることをあらかじめご了承ください」

続いた言葉に、会場のざわめきがなおも大きくなる。

「今回の実験に至るまでに、我々は長い年月をかけてきています」

その様子に全く頓着《とんちゃく》せずに、神崎は淡々と続けた。

「今回こうして、一般の方々を仮想都市に招き入れることは、私達の悲願でした。最終的にこれだけの報酬を用意しているのも、我々の決意と覚悟の表れです」

静かながらも強い口調に、ざわめきはだんだんとおさまってくる。

「ですからご参加される皆様にも、それなりの決意と責任をもって臨んでいただきたい。途中で脱落してもいいや、などという安易なお気持ちの方は今ここでお帰りください」

凛《りん》とした声で語る神崎にまた会場はざわめいて、最初に挨拶をしたスーツの男性が脇から慌てた様子で手を振った。

「この研究は、未来への大事な投資なのです」

それを完全に無視して、まっすぐに会場を見渡しながら神崎は続ける。

「その一歩を我々と共に担う覚悟のある方のみ、この場にお残りください」

壇上に駆けよってくる男性を片手で止めて、神崎は深々と頭を下げた。

「一人でも多くの方のご参加を、私達は望んでおります。——ありがとうございました」


結局会場には、三分の一も残らなかった。

急にがらんとなってしまった周囲を、二人は見回す。

「減ったねえ……」

「あれだけ厳しく言われちゃうとね。でもやるんでしょ、アキくん」

驚いている彰に、皐月は肩をすくめてみせる。

「うん。だって最初の二ヵ月は夏休み中だし、時間も選べるし。病気や怪我はしょうがないけど、事前に日取りは判ってる訳だから、そこ絶対空けとけばいいだけだよね？」

「まあそうだけど。でもこれじゃ夏休み、長い旅行なんかも全然無理だし。年末年始にも実験日あるんだろうしね」

「ああ、確かにね」

日程表に目をやって、彰はうなずいた。確かにこれじゃ、帰省も難しいだろう。

「皐月、帰らなくていいの？」

「うん、平気」

皐月はにこっと笑ってぴょこんと彰に向き直った。

「今まではほら、茶太がいたから、休みは可能な限り帰省してたんだけど、もうね。どうせ実家帰ったって、父さんも母さんも仕事仕事で、毎日手伝いさせられるだけだもん」

その言葉に彰は、皐月のアパートの火事の時に駆けつけた彼女の両親の姿を思い出した。

パン職人の壮年の男性、と聞いて本人もパン種のようにふっくらした体格かと想像したが、皐月の父親はこれで本当にパンがこねられるのか、と心配になる程ひょろっと痩せた男性だった。これは昔、体を壊していたことを皐月があれ程心配するのも判る。

皐月の両親は娘の体調を心配してひとしきり質問攻めにした挙句、少し離れてそれを微笑ましく見守っていた彰に突然、くるりと向き直った。

「あなたがあの御堂くんですね！　この度は、いえ先日も、本当に娘がお世話になって」

『あの』て一体、どのだろう、と彰がたじろいでいると、つい今しがたの皐月へのそれに増して、大量の質問が浴びせられた。歳はいくつか、出身はどこか、どこに住んでいるのか、皐月とどんな風に知り合ったのか。

その質問の雨霰《あめあられ》の中で、どうやら二人の中では既に皐月と彰は両思いのカップルと確定しているようで、彰は更に慌てた。いや、確かについ先刻あのようなことはしたけれども、でもそれまでは一切、そういう関係ではなかったのだが。

「もう二人とも、やめてってば」

顔を真っ赤にして両親を彰からひきはがす皐月に、母親は頰を膨らませた。

「だってアンタ、御堂くんのこと何にも話してくれないじゃない。おばあちゃんに聞いたっきりなんだから、こっちは」

「だからそれでどうして、そんな話になってるのよ」

「ええ？　だって、おつきあいしてるんでしょ？」

母の言葉に皐月はぴたりと動きを止め、更に頰を赤くして、途方に暮れた顔で彰を見た。その、耳まで赤く染まった姿がやたらに可愛《かわい》らしくて、彰はくすんと笑ってしまう。

そして二人に向かって、腰から体を折って頭を下げた。

「はい。――遠野さんとおつきあいさせてもらってる、御堂彰です。どうぞよろしく」

真っ赤な顔で立ち尽くした皐月の瞳がぱちぱち、と瞬かれ、薄い涙の膜が張る。

あの時の皐月は今思い出しても本当に可愛かった、ふとそれを思い出し、隣できょとんとしている彼女を尻目に彰はひとりくすくすと笑った。


実験が始まってしばらくは、ただ横になって脳波を取られただけだった。研究者からは「眠ってしまっても構いません」と言われていて、彰も皐月もほぼ毎回、眠ってしまっていた。何か夢を見た気がするのだが、その内容は全く思い出せないままだった。

それが数回続いた後に、頭部から繋がれた機械がごく簡易なものとなって、点滴のように本人が手で持ち運べるようになった。そしてエレベーターや階段ののぼりおり、更にはラジオ体操など、施設内をある程度動き回ることを推奨される。同時に熱いものや冷たいものを触らされたり、強い光や風を当てられたり、暖房や冷房が強めに効いた部屋にしばらく置かれたりなど、様々な感覚を刺激される実験が繰り返された。

それは肉体的には大してハードなものではなかったけれど、やはり遅刻や欠席がネックになるのか、開始から一ヵ月半を過ぎた時には、最初は三十人程もいた参加者から十人近くが姿を消した。

九回目の実験日の後に簡単な健康診断があり、十回目には腰の部分に支えのある、奇妙な板状の器具の上に立たされた。そして頭部だけでなく腕や足にもあれこれとコードを繋げられ、更には大きなゴーグルとヘッドホンと手袋をつけさせられる。

「目を閉じて、しばらくしたら指示が聞こえてきますからそれに従ってください」

そう言われて目を閉じると、少ししてヘッドホンから「目を開けてください」と声が聞こえてきた。

ゆっくり目を開いてみると、そこは何もない、真っ暗な空間だった。手足の感覚はあるが、見おろしてみても自分の体は見えない。その状態のまま、聞こえてくる指示の通りに腕や足を動かしたり、顔の表情を変えたり手を握ったり閉じたり、軽く声を出してみたりと、様々なことをやらされた。

そしてその次の回では、全くの闇だった前回と違い、自分の輪郭線が白い光となって目に見えた。その状態で前回同様、様々な動作をさせられる。

ただの輪郭に過ぎないのにそれがあるだけでずいぶん気分が違うものだ、彰は思った。真っ暗闇の中にいた時は、果たして本当にそこに「私」というものが在るのかだんだん判らなくなり、ひどく不安になってきて、合間をおいては出される指示の声がたまらなく待ち遠しく感じられたのだ。

だがたった一本の線が引かれただけで、それが確固たる「私」の存在の証《あか》しのように彰には思われた。

その輪郭線のみの実験が二度続いた後、三ヵ月目の初日、実験の前に被験者達が小さな会議室に集められた。彰達を含め、残っているのは十八人だけだ。

「本日より実際に、仮想都市に入っていただきます」

白衣の研究者にそう言われて、全員が息を呑む。

「ただし、中に入った際に一緒にいるのは、このグループの人間とは限りません」

その言葉に室内が軽くざわつく。

「全国で行われているこの実験で、同日同時間に都市内にいる他の参加者の方とシャッフルされて、その都度違うメンバーで課題に取り組んでいただくこととなります。あらかじめご了承ください」

彰と皐月は、ちょっと顔を見合わせた。てっきり都市内でも、一緒にすごせると思っていたのに。

「実験中に体調が悪くなったり、何か異常を感じられた際には、片手を上げてその旨を声に出してお知らせください。すぐに対応しますので、ご心配なく」

そして手でうながされ、彰達は部屋を出た。大部屋に入ると、いつものように機械を装着される。

ゴーグルをつける前に、隣の皐月が心配げにこちらを見る。

だいじょうぶ、そう口だけ動かしてみせると、彼女はふわりと、微笑んだ。

生まれて初めて足を踏み入れたその「街」は、目に入るその殆どが灰色がかっていた。

彰は固唾《かたず》を呑んでまわりを見回す。

周囲にいる何人かの男性も、同じようにきょろきょろしていた。服は全員同じ、灰色の長袖Tシャツに長ズボンで、胸元に読みがなをふったフルネームの名札が付いている。靴はやはり灰色のひものないシューズだ。

地面は見た感じ、アスファルト敷きだった。でも靴の下の感覚としては、リノリウムのようなつるっとした感触がする。

空はぴかっと、どこまでも雲一つなく晴れていて、けれど太陽そのものはどこにも見当たらず、眩《まぶ》しさもあまり感じない。暗い部屋に電気をつけたみたいな、どこも一律にのっぺりとした明るさだ。よく見ると足元に影がないのに彰は気がついた。

彰達が立っているのは、知らない街の知らない車道のど真ん中だった。けれど車は一台も走っておらず、他には誰も人がいない。

街並みは見た感じ、建物の形をつくった上にその写真を貼ったように見えた。オフィスビルやマンション、コンビニ、一軒家、あれこれ雑然とした、つまりはまさに日本の、住宅や会社やお店がごちゃまぜに並んだ風景なのだが、そのすべての表面に立体感というものがない。まるで下手な模型の中にいるみたいだ、彰はそう感じた。

「すごいなあ……」

半分は呆然としながら、半分は辺りの様子を観察するのに夢中になっていた彰の耳に、誰かの声が届いた。全員がはっとしたようにそちらを見る。

急に注目を浴びたその男性はびくっとして、それから軽く頭を下げた。それを皮切りに、全員が順々に自己紹介を行う。

計六人のそのメンバーは全員男性で、そして全員が初対面だった。他人のことは判らないけれど、彰については、背丈や体つきはほぼその通りだ。体格は全員バラバラに見えるので、きっとこれは各人そのままを反映しているのだろう。

顔は、まだかなり目の粗いポリゴンで、その人その人の特徴は見てとれるが細かい表情の読み取りは正直難しかった。話す時の口の動きはどことなくぎこちなく、瞬きなどの普通なら気にならない動きも不自然に目につく。

『――皆さん、自己紹介はお済みでしょうか』

と、突然街中にマイクを通したような声が響いて、全員が驚いて辺りを見回す。

『本日より、実際に仮想都市に入っての実験が始まります。もし途中で体調不良など異常を感じられたら、すぐに片手を上げて合図してください。よろしいですか？』

そのまさに「天の声」に全員がうなずくと、『それでは本日の課題を送ります。皆さんで協力し合って、問題を解決してください』と声がして、同時に手の中にぱっと白い紙が現れた。

「ええっ？」

皆驚きつつも、手の中の紙を開く。そこにはそれぞれに違う場所を記した地図があって、一番年上、三十代らしい男性にだけもう一枚、課題内容を記した文章が書いてあった。ちょっとした数字パズルのようなものと共に、「この問題の解答が示す地図に記載されている地点が、次の行き先となります」との文字がある。

彰が手の中の地図を見直すと、それには右上の端に「９８４０」と数字が書いてあった。

「ええっと、じゃあ……解こうか」

男性がそう言って、全員はその場に輪になって問題を解き始めた。


実験が終わって東京から電車で戻ると夕方の四時頃で、彰がバイトを入れていなければそこからお茶をしたり、そのままどこかで夕飯を食べたり、というのが二人の毎回のルーティンとなっていた。

食事に行くかどうかはその場の雰囲気や腹具合で何となくで、特に最初から行く行かないを決めている訳ではなかった。「行く」時には、大抵どちらかが「今日はあれが食べたい」とか「お腹がすいてるからご飯にしたい」などの希望をはっきり口にしていたけれど、「行かない」時にはどちらも特に意見を表明することなく、歩いていく内、「ああ、今日は夕飯はナシなんだな」とお互い自分の胸の内で了解する、といった感じだった。

今日はナシの日だ、ぶらぶらと歩きながら彰は思った。

横目でちらりと見ると、夕方になってようやっと涼しさを感じさせるようになってきた九月も半ばを過ぎた秋の傾いた日差しに、皐月の柔らかくボリュームのある髪が光って揺れている。

その髪がいろどっている、横顔の鼻先からつん、とそった上唇の先のライン。

とくん、とシャツの下で彰の心臓が小さく跳ねた。

あれから何度も、キスをした。手を繋いだり腕を組んで歩いたり、別れ際にはどうしても毎回ぎゅっと抱きしめてしまう。

けれどまだ、皐月の部屋に上がったことはない。

無論皐月も、彰の部屋に入ったことはない。

それはどこか、実験の後の食事に似ていた。もしかしたらどちらかが言葉にして誘えばすんなり実現されることなのかもしれなくて、けれど互いに何も言わずに、そのまま「ナシだ」と思って毎回家の前で別れる。

「これから毎回、実験あんな感じなのかな」

皐月が不意にそう言って、急に顔を彰の方に向ける。

髪がふわりと舞って、彰はどきりとした。

「面子《メンツ》って毎回変わるって言ってたよね。やっぱりアキくんと一緒がいいんだけどな」

彰の胸の内を知ってか知らずか、皐月がわずかに唇をとがらせてそう言った。彰の頬が、勝手に熱くなる。

「だってアキくんいたら、問題すぐ解けそうだしね。便利だよ」

けれどいたずらっぽくそう続けて笑った姿に、膨らんだ風船から空気が抜けるように、全身ぴんと張りつめていた感覚がしぼんでいくのを感じる。

「何、俺、ゲーム要員？」

力を抜いて苦笑いしながら言うと、皐月はまたくすっと笑った。

「そう。……頭のいいひと好きなんだ、わたし」

そしてさりげなくつけ加えられた言葉に、彰の体温が再び上昇する。

既にアパートの前まで二人はたどり着いていて、皐月は彰の手をきゅっと引っ張って道路から見えない道沿いの背の高い生け垣の裏に入った。

いつも、ここでキスをする。

彰は皐月の背中に両の手をまわした。

どこかまだ遠慮がちに、皐月は彰の胸に頬を寄せる。

「……やっぱりおんなじグループがいいな」

小声で呟く皐月の息が、胸に熱い。

「仮想都市で……キス、したら、どんな感じ、なのかな」

——ああ、自分には他の何より、この「謎解《なぞと》き」が一番難解だ。

彰は空を見上げて嘆きたい気持ちをこらえて、両の手に力を込める。

一番、難しくて、一生、クリアしたくない……そういう、謎だ。

人は弱く、そして馴《な》れやすい

ぐいぐいと宵闇《よいやみ》を肩で切り裂くようにして前のめりにしばらく歩いていくと、だんだんと気持ちが落ち着いてきた。大きく息をついて、彰は少し歩調をゆるめる。

かなりの速度で歩いてきたのに、汗もかいておらず、足も疲れていない。頬だけがほてるように熱かったが、それは歩いたせいではなく、カジノでの会話の時からずっとだ。

──わたし達はここに、夢を見に来ているの。

今しがたの女性の言葉が、耳の奥に突き刺さっている。

──わたし達にとって、ある意味でここは現実以上なのよ。

現実に金が手に入る訳でもないのに必死になって身を滅ぼした榊原氏や、負けが込んでもゲームを続ける先刻の紳士を、自分はどこか、不可解な気持ちで見ていた。なんて思い上がりだろう。自分は彼等なんかよりずっと、遥かに無謀な夢を抱いて、ここへ来ているのに。もはや現実には存在しないものを切実に求めて、ここへ来たのに。

思えば思うだけ自分が恥ずかしくなって、彰は足を止め目を閉じ、きつく頭を振った。

「……あれ？」

目を開けてふと見渡すと、まるで見覚えのない裏通りだ。マップを開いて位置を確かめると、カジノから真北の方向、いつの間にか街の端のすぐ手前まで来ている。

現在位置を示す濃い赤色の輝点、そして周囲に点在する施設の位置を示す点の中に、薄桃色の柔らかな光があった。

『Café Grenze』。

馴染《なじ》みの薄い夜の街の中に、友の姿を見つけたような、そんな気分になる。

彰はその方向へと足を向けて歩き出した。

あえてマップも足元も見ないで、顎を上げ気味にガス灯とその向こうの夜空を見ながら歩いていくと、飲んでもいないのに軽く酔ったような感覚がしてきた。視界がゆらゆらと回って見えてくる。

星の光が、うっすらにじんで見えた。

ここは、夢なんだ。

でも今の自分には、他の何より、この夢が必要だ。

――こつん、と不意に近くの路地から靴音がした。

「こんばんは、御堂さん」

声に顔を向けると、そこにシーニユが立っていた。

彰は口で息をしながら、目の前のシーニユを見つめる。

先日と全く同じ服装をして、彼女はあの、表情のない瞳と唇で彼を見返した。

「……こんばんは」

たっぷり三十秒は見つめあってから、相手が特に何か会話の接ぎ穂を求めようともしていないことに彰は音を上げ、やっとそう挨拶をし返すと、彼女は軽く頭を下げる。

「君も、あの店へ？」

そう尋ねると、小首を傾げ気味にうなずいてみせる。

「じゃあ一緒に」

彰が手でうながすと、シーニユは半歩先に立って歩き出した。一つ大きく息をつき、彰はその後へと続く。

「どうかなさいましたか？」

するとシーニユが、思ってもみない言葉を口にした。

「えっ？」

「何か、お気持ちを乱されるようなことでも？」

彰が思わず足を止めると、シーニユが二歩先で気がついて、同じく足を止めて振り返った。そんな問いを発しながら、その顔つきには特段、気遣いや心配のいろはない。

「どうして、そう思ったの」

けれどもそんなことを言うからには、今の自分の様子は気がかりになる程の状態なんだ、そう思って口ごもりながら聞くと、シーニユはきちんとこちらに向き直って答えた。

「心拍数と血圧がかなり上がっています。発汗も多い。瞳孔《どうこう》もわずかに散大しています。

交感神経が優位のようです。最初にカジノにお立ち寄りになったようですし、何か興奮されるようなことがあったのかと」

　そのあまりにも予想外かつクールな回答に、彰は豆鉄砲をくった鳩《はと》の気分に陥《おちい》った。それはまあ、そういう方面からの診断はアリかもしれない。しかし、だがしかし。

「……シーニユ」

「はい」

「そういうことは……つまり、自分が相手している人間の行動や生体データは、リアルタイムにずっとプッシュされてくるの？　それとも君が取りに行くの？　行動のモニタはされてないんじゃなかったの？」

　どうにも気持ちが波立ってつい矢継ぎ早に聞いてしまったけれど、シーニユはどこ吹く風で淡々と彰の問いに答えていく。

「こちらから確認しました。前回の会話パターンに比較すると、最初に黙っておられる時間が予測を超えて長かったので、体調に異常が発生したのか確認を。行動データは普段チェックはされないだけでログには残っていますから、それを参照することは可能です」

「……成程」

　彰は思わず、自分の眉根を押さえた。

「シーニユはいつも、そんな風にお客さんと会話してるの？」

「データを取得してその結果に基づいて対話する、という意味ですか？」

彰がうなずくと、シーニユは「場合によります」と答えた。

「道を聞かれるとか、単純で短い会話では必要がないのでやりません。ですが、ある程度しっかりとした『会話』をこちらと成立させたい、と望んでいるお客様に対しては、そういうデータを取得した上で相対した方がロスが少なくなりますし、お客様の満足度も上がりますから」

彰は思わず、大きなため息をついてしまった。確かにそうだ。ここで「働く」人工人格の在り方としては、確かにそれが一番、間違いのない確実なやり方なんだろう。でも。

「自分には、やめてくれないか」

まっすぐ相手の目を見て言うと、その灰色の瞳が一回瞬く。

「君といない時の僕のここでの行動とか、生体データとかを取得して、そのデータに基づいて僕の何かを判断するのは、やめてもらえないかな」

シーニユは黙ったまま、彰を見つめ返している。

「こうやって、向かい合って、普通に相手の様子や表情を見て、会話して、そこから得られる情報から、君の思考で、判断をつけてほしい。もしも判らないなら、判らないままでいるか、あるいは言葉にして尋ねてほしい」

灰色の瞳が一瞬伏せられると、それ程長くはないけれど密集して生《は》えた睫毛がわずかにそこに影を落とす。

「判りました」

瞳を上げ、彼女ははっきりとした声で言った。

「御堂さんと行動を共にしている時は、行動データや生体データは取得しないことにします。判断がつかなければ直接言語で確認します。これで、よろしいですね？」

「……うん。ありがとう」

そのあくまで生真面目《きまじめ》な様子に、彰は何だか気持ちがゆるんで、ふっと微笑んだ。

「ただ、今回は生体データは見ましたが、行動データは取っておりません」

「え？　いや、だってカジノ、って」

と、すっかり落ち着いた気持ちになったところにそう言われて、彰は目を丸くする。

「オペラかもしれませんが。でもオペラだと、アクセス時間の大半をそこで消費しますので、カジノだろうと類推しました」

「どうして」

重ねて問うと、シーニユは表情を変えないまま、すっと彰の胸元を人差し指で指す。

「……あ」

その時初めて彰は自分がダークスーツのままなのに気がつき、一度はすっかりおさまっていた頰の熱がまた上がった。これでカジノに行ってないと言ったら確かに嘘だろう。

「うわ、これ……どうしよう。着替えたいんだけど」

「そのお召し物に何かご不満が？」

「いや、そういうことじゃないんだけどさ。でもちょっとこれ、こっ恥《ぱ》ずかしくて」

「何故ですか?」

　真顔で直球の問いを投げられ、彰は赤くなりながらも途方に暮れる。まあ確かに、この格好であっても全く不便はない。ないけれども。

「なんて言うか、普段着ないタイプの服だから……ああもういいや、とにかく、着替えられないかな」

「初期状態に戻すならこの場で可能です。違う衣装がご希望なら、衣装店まで戻っていただかないと」

「初期状態、て元の服、てこと?」

「はい」

「ああ、じゃぜひ。ぜひ、それで」

「判りました」

　言うやいなや、シーニユの指がさっと空間を切るように動いて、彰の服が元に戻った。頭を触ってみると、髪型も元に戻っている。彰は思わず、ふう、と安堵の息をついた。

「ありがとう。……じゃ、行こうか」

　そう言って今度は彰が少し先に立って歩き出すと、シーニユは黙ったまま、後について歩き始めた。

『Café Grenze』には先日同様、全く客がいなかった。

これで店が成り立つのか、一瞬彰は本気でそう思って、次の瞬間自分の根本的な間違いに気づいてああ、と思う。

……でも各施設の人気度とかはチェックしていると言っていたし、あまりにも誰にも顧みられない施設はそれこそ「ロス」として閉鎖されても不思議ではないよな。

そう考えると、「いらっしゃいませ」と一言頭を下げて彰達にメニューを差し出し、カウンターに戻ってじっと黙って立っているマスターの姿が、どこかさみしく彰には感じられた。ここは、なくなってほしくない。だからといってやたら人気が出て、いつ来ても人だらけ、というのも嫌だけれど。

我ながらわがままだ、彰は内心で自分に突っ込みつつメニューを開いた。ぼんやりとメニューを追っていると、ウイスキーやブランデーなど、お酒のメニューが目に入る。

そういえば先刻、カジノでの会話や服のことで恥ずかしい思いをして、顔に血がのぼった。でも早足で歩いた割には、息も上がらなければ足も疲れず汗もかいていなくて、だけどシーニユは自分の心拍数や発汗のことについて話していた、と彰は気がつく。

「シーニユ」

「はい」

メニューを見ながら思わず名を呼ぶと、向かいで彼女が答える。

「ここでアルコールを飲んだらどうなるの」

「酔います」

尋ねた問いに対しての答えがあまりにシンプルで、思わず彰は顔を上げた。

シーニユは真面目な顔でこちらを見返す。

「え、でも、二日酔いとかにはならないって、説明会では」

「厳密に言いますと、実際の肉体がアルコールを摂取して発生する『酔い』とは、勿論異なります。『パンドラ』での『酔い』は、人体がアルコールを摂取した際の状態を比較的軽い度合でお客様の脳内に再現したもので、いわゆる酩酊《めいてい》とか泥酔状態にはなりません」

「ああ……そうか、実際に飲んでる訳じゃないものな」

ならここで飲んだとしてもそれは肉体的には「飲んだ」内に入らないのか、そう思って彰はもう一度メニューに目を落とした。

薬のことや、そもそも皐月の事故以来、飲食自体に興味を失っていたこともあって、彰はもうずっとアルコールを口にしていなかった。そういう状態でいきなり強いお酒そのものを飲むのも気が進まなかったので、メニューにあったアイリッシュコーヒーを頼む。

シーニユは「カプチーノを」と頼んで、マスターがうなずいた。

「じゃ、ここならいくら飲んでも前後不覚になったりはしないんだ。いいよな、それって」

メニューを置いて彰が呟くと、シーニユが珍しく、ほんの〇・五ミリだけ眉根を寄せた。

「そういうふるまいはお断りしています」

「えっ、いや、あの、僕がそうしたい、て言ってる訳じゃないんだけど」

独り言的に発した言葉に思いがけない反応を受けて、彰は自分でも意外な程慌てた。

「では何故それを『良い』と判断なさったんでしょうか」

一瞬の眉の動きはすぐに溶けるように消え、またいつもの無表情で彼女はそう尋ねる。

だが先刻のわずかな、けれど彼女にしては驚異的なその変化の後では、今の無表情さを「不機嫌さ」だと彰は感じてしまう。

「何故、って」

口ごもりながら、どうごまかすか、と頭の中で考えかけて、ふっと向かいのシーニュのまなざしに気づく。

感情の起伏の殆ど読み取れない瞳に、それでも何かが宿っているように見える。

彰は唐突に、学生時代の、あのアルバイトのことを思い出した。

都市内に入って課題を解く実験を何回か行った後、ある日「今日から君達の中に人工人格体が交じります」と言われた。「複数人いる場合もあれば、実際は一人もいないこともあります。実験終了後、誰が人工人格だと感じたかを各自報告してください」と。

実験では知った顔もいるけれど、基本は毎回人が入れ替わるので、自分が知らないからといって「この人が人工人格です」とは判断できない。だから最初に聞いた時には、彰は「難しそうだ」と思った。だが蓋を開けてみるとそれは驚く程に簡単だった。そもそも最初の頃の人工人格は、本当にまだ稚拙だったのだ。ろくに会話にならない。

それが回数を重ねる内にだんだんと出来が良くなってきて、実験の終了間際には、会話を文字だけで取り出せば、一般の人間同士のそれと比べてはっきりとここが違う、と指摘するのは難しい程になっていた。

けれども彰を含めすべての被験者は、間違えることがなかった。

表情からではない。そもそもあの時は、彰を始めとした参加者達自体の表情も、今程リアルには再現できていなかった。

実験の後に「○○さんだと思います」と答え、「何故ですか」と聞かれても、最後の頃には彰は明確な回答をすることができなかった。「何故という理由はないんですが、何となく」としか言えなかったのだ。

彰は息をついて、改めて向かいのシーニユを見返した。

ずいぶん長いこと黙ってしまっているのに、彼女はそれをどうとも思わない様子でただじっとこちらの言葉を待っている。

灰青色のワンピースの胸元が、しずかに上下している。

呼吸など、必要がない筈なのに。

そういえば昔の実験の時に、どうして人工人格だと判ってしまうんだろう、という疑問に「ブレスがないからじゃないか」と言った参加者がいた。慧眼《けいがん》だと思ったが、あれは誰だったっけ、彰は頭の片隅でちらっとそんなことを思い出した。

何故だろう、とシーニユを見ながら改めて思う。態度も、話している内容も、皆まさに巷《ちまた》によくある「心のない人工知能」のイメージに近い。正直言って、子供のおもちゃに装備された人工知能の方がよっぽど、「人間らしい」会話をする。今だって気まずさ一つ感じず、こんな風にただずっと黙っていられるなんて、ヒトには有り得ない。

それなのに自分は、かつての仮想都市で人工人格と対峙した時の「この相手はヒトじゃない」という本能的な違和感を、彼女に対して感じることがない。むしろ、彼女の無表情や無関心さや揺らぎのない言葉、その中に何かがある、そう感じてしまう。

向こうはおそらくそんなことは微塵も思ってないのだろうに、こっちが勝手に、相手の中に「ヒトの感情」を見出《みいだ》してしまうのだ。

何故、そう思ってしまうのか。

「――お待たせいたしました」

彰が自分の考えの中にずっぽりと沈み込んでしまっていると、不意に横から声がして、目の前にグラスが置かれた。豊かなコーヒーの香りの奥に、つうんとウイスキーの匂いが鼻をつく。足付きのグラスに入ったそれは、漆黒のコーヒーと純白のクリームが完璧に二層に分かれていた。

「あ、ありがとうございます」

急に意識を引き戻されて、彰は口ごもりながらも礼を言った。シーニユは無言で、ただ小さくマスターに頭を下げてみせる。

「ごゆっくりどうぞ」

低い声で言って、マスターはカウンターへと戻った。

ふう、と息をついてシーニユへと向き直ると、彼女は相変わらず揺らぎのないまなざしで彰の視線を受け止めた。

――判らないなら、言葉にして尋ねてほしい。そう言ったのは自分だ。

彰は覚悟を決めて、すう、と息を吸った。

「……身内が、交通事故で亡くなったんだ。加害者が飲酒運転をしてた。だから、飲んでも殆ど酔わない世界っていいな、てちょっと思った。それだけ」

それでも相手の目を見ながら口にする勇気は持てなくて、視線を伏せ気味にひと息に話してしまうと、すぐにシーニユが言葉を返した。

「一般に自動車にはドライバーのアルコール規制ロックが付いているのではなかったでしょうか」

真面目一徹なその言葉に、彰は何だかふっと微笑んでしまう。

「規制なんか無視さ。違法改造してたんだ。自動ブレーキ機能とか速度規制装置とか、そういうのも全部外してた」

放り捨てるような口調で言うと、シーニユは一秒黙ってまたすぐに口を開いた。

「そういう無法なふるまいをした上に、酩酊状態で運転した人間の為にお身内が犠牲になった。だからいくら飲んでも酩酊しない『パンドラ』のことを良く思われた。この理解で、合っていますか」

「うん、正しい」

また微笑んでうなずくと、彰はグラスを手に取った。口に含むと、脂肪分の強いクリームの下から、熱くほろ苦く甘いコーヒーがすべり込んでくる。

じぃん、とアルコール分が舌を灼いて喉におりていった。

「……ああ、でも、先刻無制限に飲むのは駄目だ、て言ってたよね」

久しぶりの濃い酒の味に、彰ははたと気がつく。

「はい」

「それは何故？　実際酔わないし金銭的に損失が出る訳でもないのに」

本当にただ単純に不思議に思って尋ねた問いに、シーニユは珍しく三秒程黙った。

何かまずいことを聞いたのか、と彰が焦ると、彼女は唇を開く。

「思い込んでしまわれるからです」

「えっ？」

「ここでそのような体験をしてしまうと、現実でも同じだ、と考え、同じふるまいをしてしまう方が多いのです。だから、禁止しています」

彰は二口目を飲むのを忘れて、まじまじとシーニユを見た。彼女はそれ以上は説明する気がないようで、真顔のまま黙っている。

彰は仕方なく質問を重ねた。

「じゃ、ここで例えばワインやウイスキーを何本も空けて、それで平気だったから、って現実に帰って同じくらい飲んじゃう人がいる、てこと？」

即座に無言でうなずくシーニユに、やはり即座に「まさか」と口にしてしまう。

「そんなの、だって……判るだろ。仮想空間と同じようにはいかない、なんて当然、ていうか、考えるまでもない、ていうか」

「『パンドラ』の利用に六日の間隔を空けなければならない理由をご存じですか」

どうもにわかに信じられない、と思って言葉を重ねると、シーニユがそれをぶった切るように質問を投げてきた。一瞬思考が止まって、それから、ああ、と思い出す。

「心身に影響が出るから、とか何とか」

「そうです」

シーニユはうなずいて、カプチーノを口に含んだ。

「それがまさに、そういうことです。間を空けないと、ヒトはここでしか起きない現象を、外でも起きる、と思ってしまうようになるのです」

彰は言葉を失って彼女を見つめた。

「『パンドラ』オープン前に研究者自身が行った実験では、ほんの三時間滞在しただけで、その後何時間も、目の前に携端の画面が出現しないことに大変な違和感を覚えたそうです。ヒトの脳というのは、それ程に弱く馴れやすいのです。しかしそれは、言い換えれば順応性に長《た》けているとも言えます」

弱く、馴れやすい。

まるで自分が普段見ないようにしている欠点をズバリと突かれた気がして、彰はこくり、と小さく唾《つば》を呑んだ。

「ナイトゾーンではまだ良いのですが、マウンテンゾーンやスカイゾーンで『ここで自分はこうできたから現実界でも同じようにできる』と思われたら大きな事故につながりかねません。ですからそういう悪影響を防ぐ為、研究を重ねて設定した最低ラインが六日のブランク、ということなのです」

続いたシーニユの言葉に、また心をえぐられる。

自分はここに、夢を見に来たのに。現実にないものを求めて、ここに来たのに。

もしそれを自分が得たら、自分はそれがない現実に、果たして戻れるか。

あのひとりの部屋に。

――ずきん、と強い痛みを心臓に感じて、彰は思わず片手で胸を押さえた。

「仮想空間であるなら何でも自由にできる、どんなことでも実現可能だ、そう考えられる方は多いです」

その彰の様子をどう捉えているのか、シーニユは淡々と続ける。

「実際はその通りなのです。けれどもそれは、あくまで『仮想』であるからです。『現実』とは違う。そこをすべてのヒト達がわきまえてくだされば、ここは思ったままにすべてを動かせる、素晴らしく自由で便利な場所となることでしょう。けれども、それはヒトには無理なのです」

彰の胸の、痛みを帯びた場所から、絶望に似た黒いいろが一杯に広がった。

この場所は「夢」でしかない、そう判っていた筈なのに。

いつか自分も、それが見えなくなるのだろうか。

「ヒトは昔から、手をかけてわざわざ便利なツールを作り上げても、それを無法で過剰な使い方をしてしまうヒトが必ず現れる為に、せっかく実現された『便利さ』や『自由さ』に規制をかけなければならず、百パーセントの能力を享受《きょうじゅ》できない。本当に不自由で理不尽なことです」

ふと何かが心にひっかかって、彰は伏せがちになっていた目を上げた。

シーニユはいつもと同じ、冷めた表情のない顔でそれを見返す。

「でもそれはヒトがヒトである以上、避けようがない歴史上の事実です。そして『パンドラ』は、ヒトがすごす為につくられた場所です。ですから外で許されないことは、『パンドラ』でも許されない。いくらそれが不自由であっても、です。現実界であれば肉体の制御を完全に失うようなレベルの酒類を摂取することは、ここでは前回の榊原様同様、規範の逸脱と見なして強制退場の上、出入り禁止の処置を取ります」

彰は息を止めて、話し続けるシーニユを見つめた。

——そういう無法なふるまいをした上に。

皐月の事故の犯人を形容した彼女の言葉が頭に浮かぶ。

そしてこの、平坦ではあるけれども、全く異論をはさませようとしない気配の声音。

「……怒って、るんだ」

思わず呟くと、彼女はついっと目を動かして彰を見た。

怒っている。

揺らぎのない、大きさの変わらない瞳から、彰は確かに、それを読み取った。

いや、読み取った、と、思いたかった。

無法なふるまいで誰かの命を奪った相手に対して、彼女は確かに、怒っている。そして奪われた側の自分に対して、そういうふるまいをする相手にはしかるべき処置を自分達は取るのだ、と強く宣言することで、皐月の死を、悼んでくれている。

それを確かに感じ取って、彰の胸の内にじいんと不思議な感動が広がった。

「すみません。何かご気分を害するようなことを言ってしまったでしょうか」

「違う、そうじゃない」

小さく頭を下げたシーニユに、彰は何故か奇妙な苛立《いらだ》ちを覚えた。自分が今しがた「読み取った」と思った「感情」に、彼女自身は気づいていないように見えることに。

「怒ってるのは君だ」

そう言うと彼女は口をつぐんだ。

「皐月の死を怒って、悼んでくれてる。そうだろう?」

「サツキ、とはどなたのことですか?」

思わず口に出してしまった名前をすぐに問い返されて、彰はぐっと言葉に詰まった。

一度大きく深呼吸してから、唇を開く。

「……妻だよ。四ヵ月程前に、亡くなった」

「先程言われた『お身内』ですか？」

「ああ」

それだけ答えると、彰はぐったりと椅子に背中をもたれかからせた。

久しぶりに、その名を唇にのせた。

声に出した名前の音はがらんどうになった胸の中に響いて、改めてその「喪失」を彰に思い知らせてくる。

「それは、お悔《く》やみ申し上げます」

シーニユはそう一言だけ言って、口を閉じた。

先刻自分が確かに「有る」と思った「感情」は、幻だったんだろうか。

椅子の背にもたれたまま、彰は力なく目だけを動かして相手を見た。

彼女は両手を膝の上に置いて、ただしずかに座っている。

……気のせい、なのかな、やっぱり。

彰は軽く息をついて、手を伸ばしてグラスを取ると口に含んだ。甘ったるいクリームの味の奥からアルコールが舌を刺す感覚に、頭の奥がぎゅっと締まって、不意に泣きたくなる。その衝動が久しぶり過ぎて彰が思わず身を起こすと、動きにつれてシーニユの瞳も動いた。

「……ごめん、何でもないんだ」

彰は呟くように言って、ぐっとグラスの中身を飲み干した。味に集中することで、何とか涙の衝動をやり過ごす。

シーニユは目を伏せると、自分のカップに口をつけた。中身を二口分だけ残して、テーブルの隅に置かれたブラウンシュガーをひと匙《さじ》入れる。

彰が何となく見ていると、シーニユは残ったコーヒーとミルクと砂糖をかちゃかちゃ、と混ぜて、コーヒースプーンですくって唇に含んだ。

「それ、美味しいの？」

まるでアイスでも食べているかのような姿に、彰は気になって声をかける。

シーニユは手を止め、彰を見た。

「ティラミスに似た味になります。ざらっとした食感も好まれるようです」

「よう、って」

その口ぶりに、彰は思わず声を高くした。

「君の好みじゃないの？」

そう聞くと、シーニユは手元のカップとスプーンに目を落とした。

次の瞬間、チチッ、と彰の耳元のリモコンからアラームが鳴って、利用時間が残り四分の一になったことを告げる。

シーニユは即座に立ち上がった。

「シーニユ」

思わず呼ぶと、小さく頭を下げてくる。

「またここでばかりお時間を使わせてしまって申し訳ありません」

「シーニユ」

「もしもまた来られる機会がありましたら、その時に」

彰の声をスルーして、彼女はまた小さく頭を下げて。

「今日お会いできたのは本当に偶然でした」

姿勢を戻すと、シーニユは背筋を伸ばして立ったまま、目だけで彰を見おろした。

「ログのチェックをしなければ、どのお客様がどこにいるのかの把握ができません。もし次がおありなら、その時にはお呼び出しください」

え、と彰が問い返す前に、シーニユはすっとテーブルを離れて、マスターに軽く会釈をすると扉の向こうへ消えていってしまった。

彰は仕方なく、残り時間を街を適当にあちこち見てすごした。その後、家に帰ってから数週間分の予約を一気に取ってしまう。

こんなペースで本当に望むものにたどり着けるのか、そういう思いがふっとよぎって気持ちが落ち込みかけるのを、いや、でもまだたった二回だ、それで決めつけるのは早過ぎる、こういう地道な積み重ねが意外に重要なんだ、と自分に言い聞かせる。

――「あきら」は「諦めない」の「アキラ」でしょ。

頭の中で皐月の声が聞こえて、彰はぐっと唇を嚙みしめた。


二度目の『パンドラ』体験から二日後、病院の後に少し運動がてら遠回りして帰るか、と歩いていた彰に、宏志からトークが入った。

この間話に出た、宮原忠行から「今夜飲まないか」と連絡があった、と言うのだ。

『うん。でもお前、今飲めないよな？』

「うーん、まあ、少しくらいなら……でもなんでまた、いきなり。あ、お金？」

先日の出資の話を思い出して言うと、意外にも宏志は『違う』と即座に否定した。

『どこでどう上手いことやったんか知らないけど、金出す、て人が出てきたんだって。それで起業の準備やら何やらで、またしばらく中国行くから、その前に飲まないか、てさ』

「ええー……なんかその相手、露骨に怪しくない？」

それ程深いつきあいではなかったけれど、それでもやはり知り合いが詐欺《さぎ》にひっかかったりするのは気分がよろしくない、そう思いながら彰が言うと、『うーん』と宏志が複雑そうな声で鼻を鳴らした。

『だからお前にもさ、ちょっと聞いてみてほしいんだよ、宮原の話。ウチに九時くらいに

「……ええ、今から？」

来るって言うから』

「判った、じゃそっち行くよ」

トークを切ると、彰は遠回りしかけていた道を引き返した。

どうやって相手の素性を聞き出そうか、と道々考えていたが、乾杯して早々、次から次へと今回の顚末《てんまつ》を話し出す忠行に面食らった。どうも本人自身が話したくて話したくて仕方なかったらしい。

そのパトロンが、経済にあまり興味のない彰も聞いたことのある、アジアを中心に活動している投資家だったのに彰達は驚いた。中国での駐在生活中につくったコネから紹介してもらったそうで、同時に、どうやら金を出す話自体に詐欺性はなさそうだ、と判って二人は安心した。それなら後は、忠行が頑張るだけの話である。

「……じゃ、お前頑張れよ？　絶対、手抜くなよ？　学生時代のバイトじゃないんだから、気に入らないからすぐ辞める、なんて訳にいかないんだからな？」

相当にしつこく念を押す宏志に、彰はいやいくら何でもこんなレベルの話で、と思ったが、どうも学生時代、忠行のサボり癖《ぐせ》は相当なものだったらしい。

「そんなに信用ない、俺？」

「ないよ。ゼロだよ。いや、マイナスだよ」

聞くと、まだ宏志が忠行のサボり癖を知らなかった頃、父親繋がりで大学に近い洋食屋にバイトの口を利いたらしい。が、三度目の出勤を無断欠勤した上連絡も無視して二度と出勤してこず、父親には怒られ、店の主人にも散々頭を下げたのだという。

「いやあ、あれはごめん。ほんっと、悪かった」

もさもさした天然パーマの頭をかいて目尻を下げて笑う忠行に、彰は少し呆れながらも、このいかにも裏のなさそうな笑顔が憎まれない理由なんだろうな、と思った。何とも愛嬌《あいきょう》のある笑い顔をしている。

「後、祭りの手伝いとか、大学の先生の論文の手伝いとか……」

一つ一つ指を折りながら、宏志は顔をしかめた。きっとあれこれ苦い思い出があるのだろう、と思うと、彰は同情しながらも少し可笑しくなる。

「……あ、そういやさ、あれはどうだったんだよ？　あの変なバイト。全部参加できたらすげえ金入るヤツ。宮原行ってたよな？」

と、宏志が思い出したようにそう忠行に言って、彰はレモンを搾った炭酸水を吹き出しそうになった。高速で記憶を探ってみるが、かけらも覚えがない。

「ああ、行った。でも三回目で遅刻してアウト」

と、忠行がまた悪びれもなく笑って、彰はほっとすると同時に納得した。それは記憶がない訳だ。

「うっわ、もう……もうほんとお前、サイアク。ヒトとして駄目過ぎる。ちょっと御堂の爪のアカでも煎《せん》じて飲め」

「え、そこで俺？」

急に話を振られて、彰は驚いた。まあ確かに自分は、コツコツタイプだと人から言われる方ではあるが。

「だってお前、あのバイト完遂してたよな？」

そう言われて彰はどきりとしたが、向かいで忠行は「へぇえ」と能天気な声を上げる。

「御堂も行ってたんだ。知らなかった。言ってよそれ、バイト終了した時。奢ってもらったのになあ」

歯を見せて呑気《のんき》に笑う忠行に、彰はほっとした。この感じならあれこれ突っ込んだことなんか聞いてきそうにない、というか、聞ける程も体験してなさそうだ。

そもそも宏志によると、どうやら忠行は、皐月のことは「御堂の彼女だ」程度の認識で名前すら覚えていなかったらしく、また、卒業後は全くやりとりがなかったので、二人の結婚も皐月の事故のことも知らないらしい。

「苦学生の御堂が地道な努力で稼いだ金をたかる、てお前はオニか」

宏志からまともに突っ込まれながら、忠行はまた悪びれもなく笑って——ふっと、その顔に何かがよぎる。

「あ、そうだ、御堂、そのバイトさ、ミマサカ、てヤツいなかった？」

「……ミマサカ？」

何の話だ、と身構える間もなく向けられた問いに、彰は拍子抜けすると同時にきょとんとした。

「うん。ああ、知らないか……羽柴は？　俺と同じマーケティングの」

「え？　ごめん、俺マーケティングにはそんなに連れ多くなくて……誰？」

「同級生なんだよ。同じクラス。俺がミヤハラでそいつがミマサカだから学籍番号並んでてさ。もう、バカがつくレベルで真面目で、俺と全然性格違うんだけど、なんか、いいヤツだったんだよ」

二人のやりとりを聞きながら、彰は記憶の底を探る。聞き覚えがある気はするのだけれど、咄嗟に頭に具体的な人相が浮かんでこなくて……が、その前に気になることがある。

「だった、って、今はどうしてんの、その人」

「え？　あ、うん」

彰が聞くと、忠行は珍しく口ごもった。

「……音信不通なんだよ、ずっと。二年の終わりに退学しちゃって」

「えっ？」

宏志と彰が、同時に驚きの声を上げる。

「退学って、なんで」

「それが判んねえから、御堂が知らないかと思って」

相変わらずもごもごとした口調で言いながら、忠行は枝豆を立て続けに口に入れて。

「ちょっと、詳しく話せよ」

宏志がうながして、忠行はもそもそと当時のことを話し始めた。

席の並びで何となく仲良くなった忠行達だったが、性格は本当に正反対だった。講義もバイトもその日の気分であっさりサボる忠行に比べ、彼の方はごくごく真面目に、きっちり入れた講義も、平日から土日までみっちり詰めたアルバイトも、特にどうということもない顔をしてさらりとこなしていたらしい。

「ただくそ真面目、てのとは何か違ってて、浮き世離れしてるっていうか、地面から足浮いてるみたいで、面白いヤツだったんだよ」と忠行は話した。

あの最後に高額報酬が出るバイトを彼に教えたのは忠行だった。

「自分の生活費と軽減されない分の学費、バイトで賄ってる、て言ってたからさ。場所忘れたけど、実家がやってる旅館の経営が傾いてかなりヤバい、みたいなこと、一度ぽろっともらしてて。じゃこれどう、て教えたら、むちゃくちゃ喜んでたよ」

忠行自身はすぐにそのバイトもクビになったが、彼はずっと通い続けていたらしい。けれども冬の初め頃から彼には似つかわしくなく、時々講義に来ない日があり、そして年が明けてからは全く学校に来なくなって、試験にも顔を出さなかったのだという。

「さすがに試験来なかったのには驚いてさ。慌ててメールしたら、『金になるバイトが見つかったからしばらく休学して家に仕送り増やそうと思う』て返事来て。気の毒だなあ、て思ってたんだけど……三年の、始業式かな。そういやいつまで休む気なんだろう、て連絡してみたらメールもトークも不通になってて、でも誰も新しい連絡先とか知らなくて。クラスの教授に聞いたら『二月に家の都合で自主退学した』って」

この話題になってから、それまでくいくい飲んでいたアルコールのグラスに一切触れずにそう話し終えると、忠行は頬杖をついたまま一つため息をもらした。

「なんかさあ……全然知らずにそういうことになってたのが、自分でも意外なくらいに、その時ショックでさ。あ、何にも言わずに消えたんだ、俺その程度だったんだ、てさ」

そう言うと忠行はようやっと、グラスに残ったすっかり気の抜けたビールをひと息にあおった。

「知ってると思うけど、俺基本、来る者拒《こば》まず去る者追わずでさ。でもその時だけはどうしてもどうしても気になって、学生課行ってミマサカの実家の住所が知りたい、て聞いたんだよ。でも『既にうちの生徒じゃないし、もし生徒でも個人情報だから教えられない』って言われて」

ふう、と苦い香りの息を吐くと、グラスに手酌《てじゃく》で新しいビールを注ぐ。

「それ言われて、なんかもう、急にどうでも良くなって……ああそうだよな、あれもこれも全部何もかも、あいつ個人の事情で、だからあいつは自分ひとりで片付けて、俺になんか話す必要ない、だって個人情報だから、あいつにとっては全部そういうことなんだよな、て思ったら、もういいや、って」

いつもへらっと目尻を下げて気の抜けた顔で笑う忠行が珍しく苦笑いを浮かべるのに、

彰は胸がちくんとするのを感じた。ああ、宮原のヤツ、ほんとにその人のこと、友達だと思ってたんだな。

「で、それっきり。もういいや、で忘れてた。今の今まで」

何かを断ち切るようにぱん、と自分の太ももを手の平で叩いて、忠行はおどけた顔で笑った。

「でもあのバイトの話と、苦学生、て話でちょっと思い出した。それだけ」

忠行自身はどうやらそれでその会話を終わらせたかったようで、そう言い切ると「さ、飲も」と明るく言って宏志のグラスにビールを勢いよく注ぐ。

けれど彰はまだどうにも気にかかって、遠慮がちに口を開いた。

「あのさ、その、ミマサカ、って、どんな字？　フルネームは？」

「いや、もういいって」

「聞き覚えはある気がするから」

片手を振った忠行に食い下がると、かすかにため息をつく。

「……ミマサカエイイチ。美しい馬に坂道の坂、エイイチは英語の英に一番の一」

彰は頭の中の白いスクリーンにその漢字を黒い明朝体《みんちょうたい》で並べ直してみる。

――美馬坂《みまさか》・英一《えいいち》。

思い浮かべたその文字が、きゅうっと収縮して灰色の服の胸元のネームプレートに読みがな付きでおさまる。

「……思い出した」

彰は無意識の内に、小さく声を上げた。

皐月・4　美馬坂英一という男

彰が美馬坂英一に出逢ったのは、仮想都市での六度目の実験の中でだった。

英一はすらりと背が高く、手脚も長く、痩せていて、細面の顔に両耳が大きく飛び出して見えた。肌の質感はまだのっぺりとして表情の再現もぎこちなかったが、ふわりと立たせた前髪の下の糸のような目が優しげだった。

毎回の課題で出てくる問題は最初の謎解きゲームのようなものが中心で、その中には時に肉体的な要素も含まれた。「次の地点まで三分以内に移動せよ」とか、「肩車をして高いところの物を取れ」「一定のボリューム以上の声で全員で歌え」などというものも。

また、問題の難易度も回数が重なるにつれどんどん上がっていった。今では制限時間内にすべての問題を解き切れない、ということもある。

更には単純に問題を解くのではなく、「話し合って何らかの結論を出せ」というお題もあった。それがまた、トロッコ問題――暴走するトロッコの分岐器の前に自分はいる、進行先の線路上にいる五人がこのままだと死ぬ、自分が分岐を切り替えれば別の線路上にいる一人が死ぬ、さてどうするか——のように誰もがそれぞれに何らかの意見を持っていて、かつ違う意見を受け入れ難いような設問で、喧嘩一歩手前にまでなることもあった。

街並みは区分けされていて、ある程度まで進むと突然壁になって先には行けなかった。同時間に中に入っている他グループもいる筈だったが、出会ったことはない。

自己紹介をして課題を解きつつ街を歩く中で、彰と英一は同じ大学の同期生だと判った。英一は横浜会場で実験を受けていた為、今まで出逢うことがなかったのだ。

英一の実家は宮城で老舗《しにせ》の旅館を営んでいて、彼はその跡取り息子なのだという。だが父親が家族に内緒で数年前から新しいホテル事業に手を出して、ものの見事に失敗し、多額の借金をつくってしまったことが今年の春になって判明。しかも旅館を担保に入れていて、手放すかどうかの瀬戸際に来ているらしい。

「大学辞めようか、て言ったんだけど、母親と姉が猛烈に反対してて」

と、そんな深刻な状況を、英一は飄々《ひょうひょう》と語った。ポリゴンの表情はまだ相手の本心を見てとれるレベルではなく、あくまで声からの判断だが。

「あれこれ稼いで仕送りしてるんだけど、焼け石に水なんだ」

あはは、と明るく笑うのに、彰はどう返していいのか判らず途方に暮れる。

「だからこのバイト、有り難くて。でも絶対に完遂するから先払いして、て頼んだのに断られちゃって、がっかりしたよ」

と、また突拍子もないことを言って笑うのに、彰は少しほっとした。どうも強がりや虚勢ではなく、本当に相手はこの事態に心底落ち込んだりしている訳ではないようだ。

同時に、タフだな、と思った。自分なんかとはまた種類の違うタフさだ。柳の葉が暴風にしなって決して切れない感じに似ている。

そしてその全方位に向かう強烈な好奇心にも驚かされた。道を進みながら、英一は通り沿いにあるすべての建物の扉を開けようとするのだ。

一番最初に仮想都市に入った時には、建物は四角い箱に写真が貼りつけられているような見た目で何の出っ張りもなく、どこもかしこもすべすべだった。扉もノブも平面の絵でしかない。それからほんの数回でその再現度は急激にアップして、今ではちゃんと立体感もあり、壁やガラスを触ればそれぞれのテクスチュアも感じる。ただ、扉は開かない。

最初にドアノブが出現した時、彰は勿論、その時のグループ全員がそれを試してみた。だが当然のように扉は開かず、周囲のいくつかを試してすぐに諦めた。それから後は「そういうものなんだ」と頭から思って、触りもしなかった。

けれど英一は、歩きながらすべてのドアノブ、すべての自動ドアに見える入り口、更には窓にまでチャレンジしている。時々はでこぼこの多い建物によじのぼって二階の窓を開けようとまでしていて、目を丸くする彰に「もしかしたら、開くんじゃないか、って。もし開いたらびっくりするし、面白くない?」と笑って言った。

更に驚いたのは、真剣に課題を解いている隣でそんなことをされたら普通はかなりうっとうしく感じてしまいそうなのに、何故だかちっとも気に障らないことだった。身のこなしがすいすいとすばしっこくかつさりげなく、奇妙な優雅さがあって、邪魔とも不快とも感じさせない。

しかもそんな風に扉や壁を試しながらも、突然に「その問題、こういうことなんじゃない？」と、耳に気持ちよく通る高めの声で、行き詰まっている問いに大きな展開を見せてくれるのだ。おかげで彼のふるまいに最初は顔をしかめていた人も、しばらくすると「美馬坂くんはあれでいいよ」と笑顔で受け入れていた。

また、彼がここへ来て一番最初にやろうとしたことは、服を脱いでみることだったらしい。中がどうなってるのか見たかった、と。

「でもダメだった。ズボンは下がらなかったし、上着も上がらない。靴も脱げなかったよ」と英一は笑って、思わず彰も試してみたところ、確かに彼の言う通りだった。

そもそもそんなことを思いつきもしなかった彰は、その発想と猛烈な好奇心に目を丸くすると同時に、不思議な魅力のあるひとだ、と思った。大学で会えるかな、と期待したが、彰の専攻と英一のそれとはキャンパスが別で、結局顔を見かけることはなかった。宏志にちらっと聞いてはみたが、知らないようだった。

仮想都市の実験が始まってからも少しずつ少しずつ参加者は減っていて、前に一緒だった人とまた同じグループになる、ということはよくあったので、彰は気長に待つか、とあまり深くは考えずにいた。

そして都市内での実験も八回目を超えた頃、グループの中に人工人格体が投入されるようになる。

だが、その出来はお話にならなかった。そもそも会話がまともに成り立たないのだ。今どき子供の遊び相手のおもちゃの人形だってもっとまともだと彰は思ったが、おそらくこれは、人工人格の教育方法そのものも実験しているのだろうと踏んだ。開発者ではない、ど素人の会話でもまれて変化していく様子を見たいのだろう。

その通り、実験を重ねるごとに、街の風景同様、人工人格もあっという間に性能が格段に上がっていくのが判った。ヒトと区別がつかないレベルにはまだ程遠かったが、それでも凄い、と彰は素直に思う。

そして都市での十三回目の実験日、彰は英一に再会した。

その日のグループには、人工人格はいなかった。

「今日はいないんだ」

自己紹介が終わると同時に誰かが小さく呟き、全員がうなずく。

そのせいなのかどうなのか、その日の課題はいつになく早く終わり、彰は道端でまた性懲《しょうこ》りもなく建物によじのぼって二階の窓を開けようとしている英一と何となく話し始める。

性能自体はどんどん上がってきているのに、どうもいつになってもあれが「ヒト」と感じられる気がしない、と言うと、ひょい、と壁から飛び降りてきた英一が肩をすくめた。

「思うに多分、『無駄』がないからじゃないかな」

「ムダ?」

英一は飛ぶように隣の建物の入り口に移って、扉の取っ手をしばらくガタガタ、といわせながらうなずく。

「動きにも、喋り方にも。ああほら、彼等ブレスしないじゃない。あれ大きいね」

「……ああ、そうか」

人工人格体の話し方を思い出して、彰は大きくうなずいた。確かにそうだ。

そもそも彼等は「呼吸」そのものをしないし、話していても、ヒトならどうしても息を入れる為にわずかに空く「間」が全くない。言葉の内容自体は自然なのにどうしてこんなに違和感があるのか、ずっと疑問だったのが英一の言葉で一発で解けた。

「目線もそう。『ブレ』、てもんが全然ないでしょ」

「ああそう、それ。じいっと見てくるよね」

続いた言葉に、彰はまたも深くうなずく。あの視線にはちょっとたじろぐが、こちらがたじろいでいる、ということがそもそも向こうには伝わっていない。

高い背をかがめて観音開きの扉の隙間を探っている英一を見ながら、彰は人工人格体の動きを思い返した。確かに今こうしていても、建物前の石段に座った自分は何となく手をぶらつかせているし、調べることに熱中している英一も、その足先をかすかに動かしている。そういう「無意味な動き」が、彼等にはないのだ。

……そもそも今美馬坂くんがやっている、あれこそまさしく「ムダ」なことで、あんなことは人工人格は絶対にしないよな。彰はそう内心で思って、くすっと笑う。

「駄目だなあ、やっぱり」

ひと通り見て諦めたのか、英一が戻ってくる。

「一見隙間に見えるけど、紙を入れても全然中に入らない。これまで途中のドアは全部試したけど、駄目だった。鍵穴があるドアもあるけど、覗いても中詰まってるんだよ」

そう言いながら英一は、彰の後ろにある扉板の隙間に、課題の書かれていた紙を差し込んでみせる。それは一ミリたりとも中に入らず、くたりと折れた。

「前も言ったけど、やっぱりただのハリボテなんだよ」

「ロマンがないよねえ」

言うなり英一はいきなり脇の窓をばん、と拳《こぶし》で殴って、彰は度肝を抜かれた。その強い音に、近くにいた他のメンバーも会話をやめてこちらを見やる。

「ちょ、美馬坂くん、何」

英一は彰のかける声にも気づかず、たった今、窓を殴った自分の手を見ていた。

「美馬坂くん?」

何でもないよ、と周囲のメンバーに手を振って、彰は立ち上がってその隣に立った。

「美馬坂くん」

もう一度呼ぶと、英一は顔を上げて彰を見て。

「……痛い」

そして小声で、ぽつりと言った。

「えっ?」

聞き返す彰に答えず、窓のガラスを見る。

「割れるかと、思ったんだよ」

そのままの姿勢でそう言うのに、彰は目を瞬いた。

「でも割れなかったね」

そう続けて、くすっと笑ったその様子がすっかり元に戻っていたので、彰はそれ以上追及する機会を失った。


それから石段に並んで座ってあれこれ話す中、彰は前に自分が課題の中で出されたトロッコ問題について話を振ってみた。この相手なら、どう答えるのか知りたかったのだ。『この問題について何らかの結論を出せ』という問いに、彰のグループは紛糾した。古くからある問題だが、正直正解なんてないのだろう、と彰は思っている。その時には結局、多数決を取って「五人を助ける」方を結論として提出した。皐月達も同じだったそうだ。

そっちはどうだった、と聞いた彰に、英一はけろっとした様子で言った。

「うん、『結論なし』て結論出したよ」

予想外の台詞を聞いて、彰は体ごと英一の方を向く。

「え、それどういう意味？」

「だから、『結論は出なかった』ていうのが結論」

「ええ、そんなのってアリ？」

意表を突かれて聞くと、英一は何故驚くのか判らない、といった様子で首をひねった。

「だって問題、『どちらかを選べ』じゃなかったでしょ。『何らかの結論を出せ』なんだから、『話し合いましたがどちらかを選ぶことはできませんでした』て結論だって間違ってないよね」

「いや……うん……でも……そうかも」

何か言い返そうと口を開いてはみたが、結局何も返す言葉がないまま彰はうなずいた。確かに全く、間違ってはいない。

「あんな問題に答えなんてなくていいんだよ」

曲げた両膝の上にのびのびと長い腕を伸ばして、英一はあっさりと言った。

「一人か五人か、なんてさ。多けりゃ良くて少なかったら駄目なのか、ならもともとの事態に『ポイントを切り替える』てかたちで自分が手を出して一人を殺すのが善なのか、もうそんなことさ。決まらないよ、考えたって」

すらすらと話して、ふと彰の視線に気づいたのか、ちらりと目線を投げる。

「考えなくていい、て言ってるんじゃなくてさ。決めなくていい、てこと。考えるのは考えるよ。とことんね。でもそれでどっちかに決めるっていうのはさ、こっちかも、でもそうじゃないのかも、って、もやもやあれこれ考えあぐねてる自分の気持ちを全部折って捨てる、てことでしょ。そんなことしなくていいよ。と、僕は思うよ」

「……その、『結論なし』て結論は、美馬坂くんの発案？」

「うん」

細い目を更に細めて、英一はわずかに歯を見せて笑った。

「でも最初、もめたよ。あれ人工人格体だったと思うんだけどさ。えらく反対されちゃって。二つの選択肢がある一つの問いに対して、『選ばない』なんて回答はない、って」

「ああ……何かその言い回し、すごく人工人格っぽい」

彰がつい言うと、英一は軽く吹き出す。

「そう。ほんとそう。でも人間組は概《おおむ》ね納得してくれたんで、全員で大説得だよ。もう、『問い』や『回答』の言葉の定義からやったからね。それで最後には何とか納得させた。あれは今まで一番の難題だったなあ」

思い出しているのか、くすくす笑いながら英一は話した。

「……うん、そうだなあ、『ブレ』がないんだよなあ、あの人達」

そして目線を遠くに飛ばして、独り言のように先刻自分が言った言葉を繰り返す。

「だから許容範囲が極端に狭い。もにょもにょっとしたものをもにょもにょっとしたままに、自分の中に、丸ごと抱え込む、てことができないんだね。必ず答えが要る。でないと動けないいんだな、きっと」

英一はそう言うと、すとん、と石段を飛び降りて、大股で道を横切っていく。どうやら歩いてきたのとは別の道の扉を試そうとしているようだ。

彰は立ち上がって、少し離れてその後をぶらぶらついていった。

「それが『無駄』がない、てこと?」

彰が尋ねると、英一は後ろに彼がいたことに今初めて気づいたようで、少し身を引いてこちらを見た。

「……そうかも。それが彼等と僕等の、決定的な差なのかな。そこを埋めないといつまでたっても見抜けちゃうんじゃない?」

「でもよく考えてみたら、『無駄』をわざわざ発生させる、てヘンな話だよね」

英一の言葉に彰がそう言うと、彼は、道を曲がった先の店先の自動ドアを試しながら「どういうこと?」と目だけで振り返る。

「これ多分、いま日本で最先端の技術を全力投入して進められてるプロジェクトでしょ。そこで達成させようとしてるのが『無駄』の生成、て凄いことだよ」

「確かに。凄い」

彰の言葉に英一はまた軽く吹き出して。

「効率化とか合理化とか、どれだけ目指したって人間は『無駄』をゼロにはできないのにね。まさに真逆《まぎゃく》。お互い、ないものねだりなのかも」

自動ドアを諦めて、英一はすぐに隣の扉に移る。

「じゃあどうやったら、人工人格に『無駄』を覚えさせられると思う？」

「うーん……」

彰の問いに英一は軽く首を傾げながらも、更に隣、また隣へと移っていく。

「『感情』の理解と生成、かな？」

ガタン、と扉の持ち手を鳴らして、肩をすくめるとすぐ脇の小さな窓を覗き込んだ。

「感情？」

「うん。だってそれある意味、一番『無駄』じゃない？」

彰は思わず、目を瞬いた。まあ確かに、そうかもしれない。

「でも、どうやって？」

「さあ、そこまでは」

何か気にかかるものがあるのか、木の窓枠を覗き込んで揺さぶりながら、英一はどこか上の空であっさりと言った。

「……まあ、そうだよね」

彰はその背中を見ながら肩をすくめた。あれだけの研究者達が束になって取り組んでいるであろう問題に、自分達が解答を出せる訳がない。

それから目線を動かし、何となく空を見上げる。

空は相変わらず、どこにも太陽が見当たらないのにぴかっと明るく晴れていて、でも最初の頃と違うのは、ぽつりぽつりと雲が現れるようになったことだ。五月の爽やかな晴れた空によくあるような、綿菓子を千切ったみたいな小さな雲。

太陽はないけれどやはりその空は眩しくて、彰は目を細める。

——あれ？

ふっと、その空に何かがよぎった気がして、彰の眉間に皺《しわ》が寄った。

もう一度ざっと見渡してみたけれど、もう青空と雲の他には何も見えない。

「御堂くん」

目を泳がせていると突然声がして、彰ははっとそちらを見た。先刻と同じ窓の前に立って、英一がこちらを見ている。

そして彼は、すい、と長い手を動かして、彰を手招いた。彰は目を一度強く閉じて視界の明るさを調整すると、隣へ近寄る。

その、一瞬の暗闇の中に、今しがた空に見たものがくっきりと浮いた。

「見て」

英一がまるでマジシャンのように片手を広げて、もう一方の手に持った紙を、すっと窓枠の間に差し込む。

折られた紙は何の抵抗もなくすうっと中へと入っていって、すとんと消えた。

彰は息を呑み、それを見つめる。

「……感情って、無駄だよね」

隣で英一がかすれ声で囁いた。

思わず見ると、糸のような目を更に細めて英一が微笑んでいる。

「無駄で……最高だ」

彰の脳裏を、先刻空に見た影がまたさっとよぎった。

それは、鳥影だった。


十二月に入って街がクリスマスムード一色になってきた頃、それを見て「いいなあ、年末って感じするよね」とのんびり言った彰を宏志が一喝した。

「お前なあ、カップルが迎える初めてのクリスマスだぞ。それをそんな、張り合いのないことでいいと思ってるのか」

大学の帰り、歩道を並んで歩きながら、彰はああ、とうなずいた。

「いや、別に考えてない訳じゃないけど。プレゼントは買うよ、勿論」

「ああもう、だから何、その通常対応。いくらお前が普段テンション低いったって、人間人生で何度かはアゲてかなきゃいけない時ってあるだろ?」

「ええ、でも宏志、『成立したカップルで最も重要なのは彼女の初めての誕生日』て言ってなかったっけ？　俺あの時どれだけ頑張ったか」

「違う。いや、違わないけど、誕生日とクリスマスは同じくらい重要なの！　どっちが先に来るか、てだけの話なの！」

「ええー……」

聞いてないよそれ、と彰は両手を挙げたい気分になった。五月、皐月の誕生日の前の宏志もどれだけのテンションだったか。

横からびしびし言ってくる宏志の声を聞き流しながら、その時のことを思い出し、彰は肩をすくめた。

「真面目に聞いてないだろ、御堂」

と、口から盛大に白い息を吐きながら、横から宏志がヘッドロックをかましてくる。

「うわ、ちょ、やめろって……聞いてる、聞いてるよ、けどさ」

腕をふりほどいて言い返しつつ、彰はもうこらえきれなくなって笑い出した。

「多分、皐月、お前が思うよりずっと、イベント熱意、低いひとだと思うよ」

「……そんなこと、判ってる」

腕をおろして、宏志はわずかにふてくされたような顔をしてふい、と横を向く。

「普段の遠野さん見てりゃ、それくらい判るし……それに、そういうひとでなきゃ、お前のことなんか選ばないだろ」

「言えてる」

相手の言葉を揶揄《やゆ》の方向で受け取って彰が笑みをもらすと、宏志は更に顔をそむけた。

「……だからだよ。そういう、ひとだから……お前のことをちゃんと見て、中身のいいところ判って選んでくれる、そういう子だから……だからすごく、大事にしたいんだよ。まあ、俺の彼女じゃないのにそんな言い方もヘンだけど」

彰は足を止め、まじまじと宏志を見た。

「俺は、嬉しいんだ」

宏志は速度を遅くしながらも、歩みは止めずに進んでいく。

「お前に大事な存在ができて、向こうもお前のこと大事に思ってくれて、それが遠野さんみたいな子で、俺は、嬉しいんだよ。だから大事にしたいんだ」

「……宏志」

距離がだんだん開いていくのに、はっとして彰は小走りに後を追いかけた。

「——だから今度のクリスマスは完璧に仕上げる！」

横に並んだ瞬間、握り拳で宏志が熱く宣言した。

「飯食った後、作戦会議だからな！　今日は泊まれよ！」

「えっ？　ちょ、ちょっと、宏志」

急にものすごい大股になって早足で歩く宏志に、彰は必死でついていき——やはりどうしてもこらえきれずに、口から笑いがこぼれる。

ああ、こんなにもはっきりくっきりと、間違いようもなく、自分が幸福だ、と自覚できる瞬間が訪れるなんて、昔の自分は、思いもしなかった。

皐月があの日、茶太の傍にいる自分を思いもしなかったように。

彼女に出逢えて良かった。

それをもたらしてくれたそもそもの存在が宏志で、本当に……良かった。


宏志の部屋での「作戦会議」において、プレゼントは何にするか、デートの場所は、食事をどうするか、などということにまた熱心に宏志が口をはさむ。

無論心底有り難いと思いつつも正直食傷気味になっていた彰に、ある日皐月があっさり「プレゼントはケーキがいい」と言った。

「普段手が出ないようなちょっとお高いの。ウチ親がパン屋だから、子供の頃からクリスマスケーキは基本、親の手作りで。まあ確かに相当に気合いの入ったものつくってくれるし、美味しいんだけど、でも憧《あこが》れだったんだ、有名パティシエのクリスマスケーキ」と。

「成程」と納得しつつ、「あれ、でもそういうケーキって基本、店では食べない、持ち帰りだよな」と彰は思い、後で宏志に「こう言われたんだけど」と話をしてみると、宏志は本人を差し置いて激しく興奮した。

「ちょっと待て、家？　家か？　いやそうすると根本的に計画を見直す必要があるんだけど！」と早口に呟いてひとり長考に突入してしまった宏志を、こりゃ駄目だ、と彰は放っておいた。

……でもまあ確かに、家でしか食べようがないよな。

それから内心でちらりと自分もそう思う。

いくら何でも、買って、渡して、「わあありがとう！」で帰宅しちゃってひとりで食べる、てことは……ないよな、多分。ない、と思いたい。

家、か。

そう思うと足元からじわじわと熱が上がってくるのと同時に、ついつい口元がゆるんでしまうのを感じた。正直素直に、嬉しい。

……やっぱりここは、宏志先輩の意見をよく聞いておこう。

彰はいまだにひとりぶつぶつと考え込んでいる宏志の元へ、足を振り向けた。


彰の、そして宏志のあれこれとした思惑をすっ飛ばすように、クリスマスまであとわずか、という頃、部室で大掃除をしながら皐月はやはりあっさりと、「クリスマス、ケーキもあることだしアキくんウチにおいでよ！　あ、もし良かったら羽柴くんも、そうだ、ナミも誘おっか！」と言って宏志を思い切りのけぞらせた。

「いや！　いやもう、それ有り得ないから！　何が楽しくてカップル初のクリスマスにお邪魔しなくちゃいけない訳⁉」と宏志は若干キレ気味に言って、ぷんぷんしながら歩き去っていく。

「ええー……今の、そんなに怒るとこ？」

はたきを手にしたまま、皐月は途方に暮れた顔でその背を見送る。

「うん……なんか、あるんだよ、宏志には宏志の美学が」

こちらも半分呆れつつそちらを見やりながら、しかし、そうか、そういう方向性が残っていたことをすっかり忘れていた、我ながら浮かれるにも程があったというものだ、と彰は思う。

「何とか誘いたいんだけど、ふたり」

彰が内心で反省していると、横から小さく、皐月が囁いてくる。

「ナミさ、羽柴くんのこと、いいなって、前から」

続いた言葉に、彰は「へえ」と声を上げた。ナミ、というのは皐月を最初にサークルに誘った子で、同期同士は割と仲が良いのだが、そんなこととは知らなかった。

「それ、いいよ。やろうよ。俺、宏志説得するから」

「ほんと？」

皐月の顔がぱっと明るく輝いたのに、彰はじん、と喜びを感じた。うん、宏志の元の「計画」からはかけ離れているけれど、自分はやっぱり、この顔を見られる方がいい。

それに宏志にも、そろそろ新しい「大事な存在」を見つけてほしい。

「任せて」

彰は軽く握り拳をつくって皐月に示すと、にっこりと笑った。

——とは言ったものの、結局彰が宏志を説得するのに正味時間で二日はかかった。やっとうなずかせた時には、互いにぐったりしていた程だ。

けれど、そうやって開催された皐月の家でのパーティはとても楽しく、妄想通りではなかったけれど初めて上がった彼女の部屋は、緑が基調のごちゃごちゃしていない気持ちの良いインテリアで、とても居心地が良かった。

数時間をたっぷり楽しんで、互いにプレゼントも渡し合って大いに喜んで——けれどどうも、皐月のもう一つの希望の方はかなえられそうにない、彰は宏志の様子からそう判断した。

その日は皐月の家に泊まっていく、というナミを置いて二人は家を出て、宏志とも別れたところで彰は皐月にトークをかける。

『……そっか。うん、わたしもあれは、脈ないなあ、と思った』

ナミが部屋にいるのか、画面の中、ユニットバスの洗面所の前でひそひそ声で皐月が言った。

『ナミの方も判ってるみたい。にしてもさ、羽柴くん、いまだに昔の彼女が忘れられないって、そんなにいい子だったの?』

「さあ……中学も高校も別だから、俺殆ど彼女に会ったことないんだよ。一緒に遊ぶとか、彼女が嫌がるから、って」

『それ、あんまりいいオンナ、て感じしないんだけど』

「うーん。顔はまあ、可愛い方だったよ」

『羽柴くん、顔なの？　ナミだって可愛いのに』

ぷうっと頬を膨らませる皐月の方がずうっと可愛く思えて、彰は破顔した。

「そういや、なんでつきあいだしたか、て聞いたことないな。まあ、宏志にとっては何かものすごくツボなところがあったんじゃない？」

『……ん』

まだどこか不満げに鼻を鳴らしながらも皐月はうなずき、それからまあいいか、という風に軽く顎をしゃくった。

『そうそうアキくん、今日持ってきてくれたローストビーフ、すごく美味しかった。アキくん料理上手なんだね』

「ああそれ、宏志の親仕込み。高校の時から年末年始、毎回がっちり仕込まれた。おせちなんかもつくらされたよ」

笑って得意げに言う彰に、皐月は片眉を上げる。

『へえー……え、じゃ、年越し蕎麦《そば》なんかも打ったりするの？』

「さすがに手打ち蕎麦まではないなあ……あ、でもだしはしっかりとったよ。一からつくる蕎麦つゆ、美味いんだ。海老《えび》天とかかき揚げとかもつくったっけ」

『すごい』

目を丸くして言う皐月に、彰はますます嬉しくなる。

「つくろうか、大晦日。俺蕎麦つゆと天ぷらつくるから、蕎麦、デパートとかでちょっといいヤツ、皐月が調達してきてよ。うちで食べよう」

簡単に言ってしまってから、画面の中の皐月の顔に、彰ははっと我に返った。

丸い瞳と、何か言いたげにわずかに開いた唇。

急激に彰の心拍数が跳ね上がった。

「……あ、の」

声を出してしまってから、何を言えばいいのか途方に暮れる。

『……ナミは、呼ばない』

と、囁くような声が、けれどくっきりと彰の耳に飛び込んだ。

『誰も呼ばない。だから……アキくんも、誰も、誘わないで』

画面の中で、伏せ気味になった皐月の瞳がうっすら潤んで、頬に赤みがさす。

彰はもう、自分の足が地面についているのかさえ判らなくなった。

「呼ばない。誰も」

けれど我ながら奇妙な程にしっかりと強い声で、彰は言葉を返す。

「だから、皐月……うちに、来て」

こくん、とうなずく皐月を見ながら、彰はこのことは絶対に宏志には黙っておこう、そう固く固く誓った。

三月に入って少しして、毎週末だった実験は予定通り月に二、三回に減らされた。

だがそれは思っていたのとは違い、全員が一斉に休むのではなく、それぞれに異なる日を休みとして言い渡された。その分皐月と一緒にいられる時間が減って、彰はがっかりしたものだ。

もともと、秋の終わり頃から「月の参加回数を増やすと最終の報酬額が上がる」という噂《うわさ》が参加者の間でまことしやかに流れていたのだけれど、二人はその真偽を研究者達に確かめようとはしなかった。講義や他のバイトにサークルと、なかなか二人だけの時間が取れない中、いくら行き帰りが一緒とはいえ毎週末の一日をほぼ拘束されてしまうのが不満で、これ以上は他に時間を取られたくなかったのだ。

最近はもう互いの家を普通に行き来するようになっていて、春休みでもある今は多くの時間を二人で過ごしていたのだが、それでも彰は、もっと一緒にいたい、そう思っていた。二人きりでいる時でさえもっと傍にいたいと、腕に抱いていてさえもっと、すべてが溶け合ってしまうくらい傍にいたいと、そう考えていた。

別々に休まされた実験だったが、中に入って行うことは以前と全く変わらず、彰は不思議に思った。同じことをするなら休みも同じでいいのに、と。

彰はあれからも時々、そうっと扉や窓の隙間に紙を差し込んでみていた。けれどそれは毎回つかえてしまって、一度も中へ入ることはなく、空に鳥の影を見ることもなかった。

あれはやっぱり夢のようなものだったのかな、とそんな時ちらっと思う。英一はどうしているのか、しばらくは気にかかったが、まあいつかまた実験で会うだろう、と思って結局出会わないままだった。

彰と皐月とは、何度か都市内で一緒になった。その時の皐月は本当に嬉しそうで、最初のまだ粗いポリゴンの頃から、他の人では絶対に読み取れない細かなレベルの表情まですっかり見てとれるのに、彰も内心、嬉しくなったものだ。

そして季節は七月を迎え、ついに実験の終了する日が来た。

「今日は他のところとシャッフルではなく、今ここにいるメンバーで仮想都市に入ります」

最終日には誰も休みを言い渡されず、全員が揃っている前で、今はすっかり顔馴染みになった研究者のひとりにそう言われる。

結局最終まで残ったのは、彰と皐月を含め十一人だけだった。

今では全く驚きも何もなくなった仮想都市へと足を踏み入れて、彰は、いや、そこにいた全員が、同時に度肝を抜かれる。

——十一人の目の前に、自分達が立っていた。

第三章

忠行に会った次の日、彰はネットで英一の実家を調べてみた。

美馬坂、という珍しい名字と宮城県、温泉で老舗の旅館、という条件を入れるとすぐにその旅館は見つかった。場所を忘れていたとはいえ、これなら見つけるのはそう難しそうではなく、なのにそれすらしなかった忠行の当時の気落ちに彰は少し同情した。

調べてみると、どうやら今その旅館を切り盛りしているのは若女将《わかおかみ》のようだ。いくつか写真が上がっていて、その容貌《ようぼう》から英一の実の姉なのではないか、と彰は推測する。背が高くきびきびとした雰囲気の女性だ。

かなりの山奥にあるその旅館は、それでも温泉そのものに歴史があって、なかなか人気があるようだ。老舗だけあって築百数十年の純和風の旧館と、いわゆる和モダン的センスの洒落た新館とが建ち並んでいて、口コミも割と評判が良く、料理の写真も見るからに美味しそうだった。

経営、あれから持ち直したんだ、と彰は胸を撫でおろした。調べてみても一度は人手に渡ったとか、経営は実は別会社とか、そういう様子はない。

旅館のサイトを見ながら彰はしばし、考え込んだ。

英一と仮想都市で会ったのは、結局あの二回だけだった。それから実験会場でも、学校でも顔を合わせたことはない。

あれから今の今まで、すっかり忘れていた。

細い体と細い顔、そして細い目を思い出しながら、彰はひとりごちる。

それなりに会話をして、かなり印象的だった彼のことを忘れてしまっていたのには実のところ、思い当たる理由があって——十二月、クリスマスから大晦日と年明けにかけて、皐月との関係が深くなったからだった。その出来事が印象的過ぎて、当時の他のことはすっかり頭から飛んでいた。「二年生の冬」と言われてまず頭に出てくるのはそのことだけで、それがあまりに大き過ぎて、でもまあそれは健全な二十歳の男子大学生だったのだから致し方あるまい、と彰は自分に言い訳する。

思い出したはいいものの、結局その「バイト先で二度会って少し話した」以上の情報は何一つなく、それでも彰が実験内容にはできるだけ触れずに話した英一の自由奔放でのびのびとした姿に、忠行は一瞬、ひどく懐かしそうに目を細めた。

「……うん。ほんと、そういうヤツだったよ」

そしてぽつりと一言だけそう言った。

それ以上何かを言うことは、彰にはできなかった。

……今、どうしているのか。

彰は画面を見ながら、また少し考え込む。経営問題については解決しているんだから、当時はともかく、今は苦労する日々を送ってはいない、と思いたい。だとしたら余計なおせっかいかもしれないけれど、それだけでも忠行に教えてあげられたら、そう思う。

彰は一つ深呼吸して、体を起こして画面に向き直った。


旅館の公式アドレス宛《あて》にメールを送ると、数時間もしない内に返信が送られてきた。

その文章に、彰は息を呑む。

彰が旅館宛に送った内容は「自分はかつて彼と同級生でバイト先で親交があった、先日共通の知り合いに会って、懐かしがっていたのでぜひ連絡が欲しいと彼に伝えてほしい」というものだった。

その返事には、こう書かれていた。

『御堂様
旅館渾天《こんてん》の女将で英一の姉の清美《きよみ》と申します。

その時分は英一がお世話になったそうで、ありがとうございます。

とてもお伝えしにくい話なのですが、英一は大学を退学してすぐ、交通事故で亡くなりました。

大学生活のことは当時よく楽しそうに話してくれていたので、短い期間ではありましたが、あの子にとってきっと良い思い出だったのだと思います。

　御堂様には英一の良きご友人でいてくださったこと、心よりお礼申し上げます。そのお友達にも、どうか姉が感謝していたとお伝えください。

　このようなお知らせになってしまったこと、大変心苦しく思っています。

　御堂様の今後のご多幸をお祈り申し上げます』

　その返信を前に、彰はしばらく悩んだ末、宏志に連絡を取った。だが宏志によると、忠行は今日の午前中にもう日本を発《た》ってしまったらしい。

　英一の訃報《ふほう》に宏志は絶句していたが、どちらかと言うと忠行よりも、また身近で事故死した人に触れた彰の方を心配しているようだった。

　自分から忠行に知らせようか、そういう宏志の申し出を彰は断った。知らせるなら知らせるで、もう少し詳しいことを知りたい、そう思ったのだ。

「あまり深入りするなよ」と心配げに言う宏志に、彰は小さく、うなずいた。

　それから彰は清美宛に、もし良ければお線香を上げに行きたい旨をメールした。

　すると殆ど間をおかずに返事がきて、英一が亡くなった後に母親が心痛の為に長く臥《ふ》せっていたこと、今は回復しているが彼の話が出ると体調を崩すので申し訳ないが来てほしくはないこと、が丁重に綴られていた。

　それならばせめてお墓参りだけでもさせてほしい、と食い下がると、相手は「決して旅館には顔を出さないこと」を条件に、その場所を教えてくれた。旅館から二キロ程離れたその寺は観光客向けではないらしく一般には非公開で、だが割と大きな寺だった。

彰は次の日、宮城へと発った。新幹線の駅で降りレンタカーを借りて、途中でホームセンターに寄って線香と仏花を買う。

今も自宅の寝室に置かれたままの皐月の遺骨には、普段、いわゆる仏事用の線香は上げていなかった。どうせなら本人の好きな香りがいい、と思って、彼女がよく買っていた藤《ふじ》の香りのお香を線香代わりにしている。

……墓を、どうするべきなのかな。

ナビに従って運転しながら、頭の片隅で考える。

皐月の両親は、それについては彰に任せる、と言ってくれた。彰の親の墓に入れてくれてもいいし、別に新しく建てるのでも、特にきちんとしたお墓、というのではなく樹木葬とか宇宙葬でも構わない、と。

花が好きな子だったから、樹木葬、というのは向いているのかもしれない。どこに入れるにせよ、ほんの少しだけ、茶太が眠っているという皐月の祖母の家の近くの寺のペット墓地に分骨するのもアリなんじゃないか。

つらつらと考えながら、ふっと「皐月の死を完全に受け入れている自分」に気がつき、彰は愕然《がくぜん》とすると共に底冷えに近い恐怖を感じた。

時間、というのは……なんて、残酷な。

下唇の内側を強く噛んで、彰は眉をぐっと寄せた。

帰っても誰もいない部屋、冷えた台所、いつまでも空のままの隣のベッド、そんなものに自分は少しずつ馴れつつある。

――ヒトの脳というのは、それ程に弱く馴れやすいのです。

シーニュの言葉が頭をよぎった。

いやだ。

そんなことに、馴れたくない。

山道の中、無意識の内にハンドルをきつく切りそうになっていて、それをぐい、と自動安全装置に戻されてはっと我に返る。

……ああ。

小さく口の中にため息をついて、彰は改めて前を見直した。


古びた店と住宅が建ち並ぶ、めっきり田舎《いなか》の町の中にその寺はあった。門の隣に参拝者用の駐車場があったので、そこに停めて中に入る。

住職に話を聞くと、お墓の場所を教えてくれた。敷地《しきち》の中、本堂の隣に割と広い墓地があって、その入り口でバケツに水を汲《く》み着火装置を借りる。住職の説明は奥の方の右手辺り、という大雑把なものだったので、探すのに少し時間がかかった。

やっと『美馬坂家』と刻まれた墓石を見つけて、ほっと息をつく。

石の側面に、他よりも格段に新しい彫り跡で英一の名があったのに、胸の肉をナイフでえぐられたような気持ちになった。日付は二年生の年度末、三月の終わりだ。

軽く唇を噛んで、花立てに仏花を入れ、墓石にバケツの水をかける。線香に火をつけて線香皿に置くと、一つ息をつき、両手をあわせて目を閉じた。

「──あの」

と突然、隣から声をかけられ、彰は文字通り飛び上がった。その場から飛びのいて見ると、すぐ傍に学生らしい若い女性が立っている。

「え、あの、何か」

一体自分が何をやらかしたのか、そうあたふたまわりを見回しながら聞くと、彼女は思い詰めた表情で一度地面を見つめ、きっと顔を上げた。

「あの、兄の同級生の、方でしょうか」

意外なことを言われて、どくんどくんと鳴っている心臓を鎮めながら相手の顔を見直すと、鼻や口元が確かに、うっすらと英一に似ている気がする。

「そうです、けど」

「昨日、メールくださった方ですよね」

「はい。御堂、彰です」

彰がうなずいて会釈すると、彼女はほうっと、ためていた息を吐き出す。

「すみません、急にお声がけして……わたし、美馬坂英一の妹で、満《み》ちるといいます。突然で本当にすみません」

「あ、いえ、こちらこそ急に押しかけて申し訳ありませんでした」

訪問を丁重に断ってきた姉のメールを思い出して、彰は慌てて頭を下げ返した。向こうからしたら当時は何の連絡も取ってこなかったのに、何を今更、といった感じなのかもしれない。

英一の妹、という割に彼女はずいぶんと小柄だった。長い髪をポニーテールにして、茶色のコートの中に明るめのベージュの太い毛糸で編まれたアランセーターを着て、赤を基調としたタータンチェックの巻きスカートをはいている。

「いいえ」

満ちるは小さく首を振り、薄桃色の唇をきゅっと噛む。

「あの、大変失礼なことをうかがいますが……御堂さんはほんとに、兄の同級生なんでしょうか」

すると突然の出逢いの上に予想外の質問をされて、彰は面食らった。

「すみません、あの、ちょっと当時の兄について聞きたいことがあるんですけど、御堂さんが本当に兄の知人なのか確認したくて」

「ああ……本当に急な連絡で、申し訳ありませんでした」

彰はもう一度頭を下げて、はたと思い悩む。同級生なのはまぎれもない事実なんだけど、でも学部も違うし、大学内でどうこう、という思い出はゼロだ。

「あの、僕は学内というより、バイト先で一緒だったんですけど……そうですね、あの頃の美馬坂くんの印象は、アメンボみたいなひと、でした」

「え？」

思い出し思い出し言った言葉に、満ちるが目をまん丸にする。

「あ、すみません、あの、悪口ではなくて」

その顔に彰は慌てて言葉を足した。

「ほら、アメンボって、虫なのにまるで体重なんてないみたいに、水の上に乗ってすいすいなめらかに動くでしょう。彼のちょっと浮き世離れしたところとか、体が細くて腕や脚もすごく細くて長いところとか、動きの素早さとか、何だか雰囲気が似てて。あ、ほんと、悪口じゃなくて、褒めてるんですよ、これ」

きょとんとして聞いていた満ちるの顔がだんだんと笑顔になって、それから最後にはくしゃ、と歪《ゆが》んで、頬にひと粒、涙が落ちる。

ますます焦ってしまった彰に、彼女は深く、頭を下げた。

「大変、失礼しました。確かに御堂さんは、兄の友人だと判りました」

「そ、そうですか、良かった」

今の話で本当に良かったのか、彰はほっと胸を撫でおろした。

ところが次の瞬間、彼女の口から飛び出した硬い声に、彰は意表を突かれる。

「あの、御堂さんは……兄の、死について、何かご存じなんでしょうか」

この場にあまり長くいると人目についてしまうから、と満ちるは彰の車に乗って、町を出て少し走ったところのファミリーレストランに彼を案内した。甘いものが好きなのか、ココアを頼んで運ばれてきたそれを一口飲み、ふう、と肩を落として息をつく。

車の中では何も話さなかった満ちるに、どう会話を切り出せばいいのか、悩みつつ彰がコーヒーを口に含むと、意を決したように彼女は膝の上でぐっと両の手を握って身を乗り出した。

「旅館に、いただいたメール……あれ、姉夫婦以外に、大番頭さんと、予約とかフロントとか担当してる番頭さんも、見られるんです」

話を聞くに、大番頭は彼女がまだ子供の頃から長いこと働いているそうで、彼女にとっては第二の父、と言ってもいいくらいの人らしい。勿論英一のこともとても可愛がっていて、亡くなった時には号泣していたそうだ。

学生時代の友人から連絡が来た、というのを彼は喜んで姉に伝えて、それなのにその話を聞いた姉はひどくきつい様子になって、「そのメールは自分が対応するから」と彼や他の番頭の携端からは削除してしまった、というのだ。

だから姉が相手にどう返信したのかは判らなかったが、お線香を上げたい、お墓参りをしたいので場所が知りたい、と彰が更に送ったメールも姉が来て削除していったという。

確かに大女将はいまだに坊ちゃんの話を聞くとお辛そうだけど、せっかく連絡してきてくれた相手にあれはあんまりじゃないかと思う、満ちる嬢ちゃんからも若女将に何とかとりなしてもらえないか、そう頼まれて彼女は姉のところに行ったのだそうだ。

「……カンカンになって、怒られました」

目を伏せながら、満ちるはまるで今まさに叱《しか》られているかのように肩をきゅっと小さく縮める。

「兄が亡くなった時には、事故の状況が状況だったので取材の申し込みがいくつも来たんだ、と……それがきつい内容で、しつこくて、母は臥せってしまったんだ、姉はそう言いました。今頃になって連絡を取ってくるなんてきっとその時の記者の関係か何かに決まってる、アンタも三川《みかわ》さんも、あ、大番頭さんのことなんですけど、二人とも絶対にその相手とは連絡を取るな、てものすごい剣幕で怒鳴られて」

話しながら彼女は無意識なのか、何度も耳元に落ちる細い毛を指で耳にかけ直した。

「もともと、きついところのある人ではあるんですけど……でもあんな怒鳴られ方したのは、初めてで。なんて言うか……尋常じゃ、なくって」

わずかに眉をひそめてそう言うと、彼女は軽く身を震わせる。

「それで、何だか、わたし……怖く、なって」

「こわい？」

意外な言葉に驚いて聞くと、少し青白い顔色をして、彼女はうなずく。

「兄が、亡くなった時……わたし、顔を、見せてもらえませんでした」

ボリュームのゲージを落とすかのように、すうっと声が小さくなっていく。

わずかに唇を開きながらも話し出すのをためらっている様子に、彰は水を向けた。

「あの、事故の状況が状況だった、ていうのは……どういう」

満ちるはふう、と聞こえる程の深い息をついて、再度気持ちを立て直すようにきちんと座り直すと口を開く。

英一が亡くなったのは、満ちるが小学校を卒業した後の春休み中だった。友人の家で遊んでいると突然、母方の祖父母が迎えに来て、葬式までずっと彼等の家に留め置かれたのだという。そもそも兄が事故に遭ったということすらしばらく教えてもらえず、家に戻った時には母親は既に倒れて入院していて、葬式にも出られなかったそうだ。

ひどい事故だったから顔は見せられない、姉にそう言われ、お棺の蓋は一度も開けられることなく、英一は茶毘《だび》に付された。

それからしばらくは、呆然とすごしたと満ちるは言う。

「何もかも、あんまり非現実的で……何が起こったのか長いこと理解ができなくて、悲しむことさえ、できませんでした」

その言葉に彰の息が、一瞬詰まった。皐月を失った直後のことがありありと浮かんで。

そして同時に、目の前の彼女にひどく同情心がわいた。幼《おさな》い彼女につけられた深い傷は七年経った今でも全く癒《い》えていないのが一目で判る。それが見ていてたまらなく辛い。

「兄の死を、実感したくて……でないと自分が今いる世界がすべて嘘みたいに思えて、わたし、お葬式から半年くらい経ってから、兄の事故のことを調べたんです」

一度言葉を切って、彼女は短く息を吸う。

「でも……ありませんでした」

彰は思わず、彼女の顔を見直した。

満ちるはそれを、まっすぐに見返す。

「兄の事故のニュースが、どこにも……なかったんです」


満ちるは子供ながらも手を尽くして新聞やニュースサイトを調べたが、どれ程探しても英一の事故の記事を見つけることはできなかった。

でも、そんなのはおかしい、と彼女は思った。今どきそんな大事故が起きたら、居合わせた誰もが写真や動画を撮ってネットやマスコミに売り込むだろう。しかも亡くなったのは田舎ではなく下宿先、つまりはそれなりの都会なのに。

どうにも納得できずに姉に問いただすと、まず「子供がそんなことに口を突っ込むな」と散々怒られた。そして「これは絶対に秘密だ」との前置き付きで教えられたのが「英一を轢《ひ》いたのはある国のＶＩＰだ」という話だったのだ。

話が急に妙な展開になってきて、彰は眉をひそめる。

「国際会議のようなイベントで来日していた、王族とか大統領とか、そういう、国のトップレベルの人だったんだ、って……だから公《おおやけ》にはされなかった、でも事故の後、何か問題が発生したとかぎつけたマスコミが押しかけて母が倒れた、だからあんたも絶対にこのことは口外しちゃいけない、そうきつくきつく言い渡されました」

それまで真剣に相手の話を聞いていた彰だったが、あまりに荒唐無稽《こうとうむけい》な内容になってきたのに、少し気持ちが引くのを感じた。いくら何でも、それは無茶では。

「そんなことってあるのか、そうまだ子供のわたしでも思いました」

けれどそこに、まさに今思っていることと同じ言葉を彼女が口にする。

自分もそう感じる、という気持ちを込めてうなずいてみせながら、でも、それは一体、何の為の嘘なのか、彰はそう思った。

そこまで考えた時に頭に浮かび上がってきた一つの単語を、また同時に満ちるが口にする。

「兄の死は……自殺、なんじゃないかと」

自分の口でそう言いながらも、彼女はひどく辛そうにかくりと肩を落として。

「もしそうなら姉があんな無茶な話までして事故死だと言い張るのも、母が心痛で入院したことも、全部納得がいくんです。どんな死に方かは判りませんが、死に顔を見せられなかったのも、その辺に理由があるんじゃないか、って。でも」

そこまで一気に言って、彼女は唐突に言葉を切る。

けれどその先に何が続くのか、彰には手にとるように判った。

「美馬坂くんは、自殺するような人じゃない」

だからそれをそのまま口にすると、彼女がぱっと顔を上げる。その瞳には涙が一杯にたまっていて、けれどそれだけではない理由で、きら、と光が放たれていた。

「そうなんです」

暗い井戸の底に助けが届いた人のような声で、彼女は前のめりに言った。

「兄はそんなことをする人じゃない」

何度もうなずきながらそう続ける彼女の頰を、ひと筋涙がつたう。

「僕も、そう思います」

その姿に、何とか彼女を力づけたいと、彰は大きくうなずいてみせる。会って話したのはたった二回、けれど彼はそういうことをする人間ではない、そう彰には思えたのだ。

……でもだとしたら、一体彼の死の真相は何なのか。

疑問が浮かび上がってくるのとまたも同時に、彼女は輝いていた瞳を曇らせ、更に話を続けた。

何も判らないまま年月は経ち、去年になって、同じ温泉地の別のホテルが経営が苦しくなって身売りをした、というニュースが入った。そこで満ちるの同級生の母親が働いていたのだが、リストラされてしまったのだそうだ。

「その時、おばさんが言ったんです。満ちるちゃんちは良かったよねえ、あんなに借金あったのに立て直せて、って」

彰ははっと息を呑んだ。満ちるはその様子に気づかず、暗い目でテーブルの上のすっかり冷めたココアを見つめている。

何のことだか全く判らなかった満ちるに、相手は慌てたように「知らなかったんだね、まだ子供だったしね。今はもう順風満帆だから気にしないで」と言って、それ以上は何も教えてくれなかった。だからその足で母方の祖父母の家に向かってそこで聞き出した、彼女はそう話を続けた。

祖父母は大層渋っていたが、食い下がる満ちるに、絶対に両親にも姉にもこれを聞いたことは言わない、という条件で、父親が昔、無謀な投資に手を出して莫大《ばくだい》な借金をつくってしまったことを教えてくれた。

それなら一体どうして今があるのか、そう問うた満ちるに、また渋々と祖父母が話してくれたことには、姉の結婚相手、すなわち彼女にとっての義兄が遠縁からかなりの遺産を相続して、それで立て直すことができたのだという。

姉と義兄は同い歳で、学生の頃からつきあっていた。義兄は普通のサラリーマンだったが、英一が亡くなって一年後に婿養子《むこようし》に入るかたちで結婚し、旅館を継いだのだ。

義兄は姉とは反対に温厚でもの柔らかに人と接するタイプで、結婚前から家に来る度、可愛がってもらっていた満ちるは、彼のことを信頼していた。けれども。

「そもそも遠縁から凄い遺産相続、って、それもずいぶん、つくり話めいていると思いましたし……もし真実だとしたって、全額ぽんとこちらに渡してくれるなんて、いくら義兄がお人好しでも有り得ない話なんじゃないか、って」

満ちるの言うことはすべていちいちもっともで、彰はうなずきながら聞いた。

「そこで、思ったんです。兄の死は、やっぱり……自殺だったんじゃないか、って」

相変わらず憂鬱《ゆううつ》そうなまなざしで、満ちるは一度、言葉を切った。

「兄には保険がかかっていて、その保険金を借金に充ててほしい、そう思ったんじゃないかと。そういう目的の為なら、兄が自殺を選ぶ可能性もない訳ではないですし」

彰は口をつぐんで満ちるを見た。でも、それは……どうなんだろう。

「でも、おかしいですよね」

彰の思考が伝わっているかのように、満ちるはわずかに唇の端を歪めて呟く。

「子供にそんな、ものすごい額の保険、かける、って……それじゃやかけ金だって相当かかるだろうし、学生の兄がそんなお金、自腹で払ってたとも思えませんし」

そう言うと満ちるは、どこか苦しそうにひゅっと喉を鳴らして深呼吸した。

「それからちょっとは、もしかして姉の話が本当なんじゃないか、そうも思いました。事故を隠す代わりに、相手が大金を払ったんじゃないか、と。でも……やっぱりあんまり、バカげてますよね、そんな話」

満ちるは苦い笑みを浮かべて、どこか捨て鉢な口調でそう言うと口をつぐんだ。

そのまましばらく、テーブルの一角をじっと見つめて黙り込む。その顔がみるみる青ざめていくのに、彰はどきりとした。ひそめられた眉の奥、その頭の中で今どんな思考が組み立てられているのか、それが見える気がしたのだ。

そしてその内容に、戦慄《せんりつ》した。

「そう考えて……考えて、考えて、たどり着いた結論が、あります」

言わないでほしい。

彰の胸の内の思いは届かず、彼女は言葉を続けた。

「兄は……家族に、殺されたのでは、ないか、と」

そんな風には思いたくないけど、でも他のどの可能性に比べても、それが一番、有り得るように思える、そう彼女は言った。

自分で自分に高額保険をかけて自殺する、というのには期間が短すぎた。借金自体は前からあったが、英一がそれを知ったのは大学二年の春なのだ。

義兄の遺産の話も、やはり信じ難かった。義兄は次男なのだが、彼の両親は遊びに来る度、「いいひとにもらってもらえたおかげで、ぱっとしない子だと思ってたのにこんな立派な旅館の主人になれて」と感謝しきりなのだ。

姉の話した事故の件も、やはり信じられなかった。そもそもそれが真実なのなら、祖母が自分に打ち明けた話も同じ内容になる筈だ。

「そうやって、一つ一つ可能性をつぶしていったら……これしか、残らなくて」

そんな風に考えちゃいけない、彰はそう言いたかったけれど、彼女の蒼白《そうはく》な顔色はそれをはっきり、拒んでいた。

「姉の結婚は、決まってましたから。兄の服喪の為に延期されましたけど……婿を迎えて自分が跡を継げば兄はいなくても問題ない、そう考えたんじゃ、ないかと」

その口ぶりから、彼女がその計画の主犯を姉だと思っていることがうかがえて、彰はますます暗い気持ちになる。

「兄に内緒で、こっそり高い保険をかけて……それで」

最後まで言えずに、満ちるは絶句した。

「君の意見は判った」

それ以上言わなくていい、そういうつもりで彰は声をかける。

「君はお兄さんが、とても好きなんだね」

少しでも相手をリラックスさせたくてそう言ったのに、満ちるの顔はみるみるくしゃくしゃと歪んだ。

「……はい。とても」

涙声でそう言うのに、失敗した、と彰は内心で天を仰ぐ。

「わたしと兄は八つ違いで、歳が離れていたこともあって、ほんとによくかわいがってもらいました。父は旅館の仕事より外で遊ぶ方が好きな人で、母は体があまり丈夫でないのにひとりで旅館を切り回さないといけなくて、とてもわたしと遊ぶ時間なんてありませんでした。だから遊び相手は、いつも兄だったんです」

目に一杯に涙をためながら、それでも彼女の唇がふっと笑みを含んだ。

英一は中学生の頃にはもう背丈が百八十センチを超えていて、小さい満ちるをよく肩車してくれたのだという。

「兄の肩に乗せてもらうと、馴染んだ家の近所がもう全くの別世界に思えたものです」

ふふ、と本当にかすかな笑いをもらして、彼女は懐かしげなまなざしを遠くに向けた。

英一は満ちるを肩に乗せている時、突然、全速力で走り出すことがよくあった。満ちるはバランスを崩して落ちないように、彼の大きな耳をぐっと摑む。すると英一は痛がりもせず楽しそうに笑って、『満ちる、何が見える？　そこから何が見える、それは全部、満ちるのものだよ』と声を上げるのだ。

彼女の語る英一の姿がありありと目の前に浮かび上がって、彰はひどく痛ましい気分になった。明るく笑って、小さな妹を肩に乗せて飛ぶように走る彼の細い体。

「まるで世界の果ての果てまで見渡せるようで、自分はその世界の女王様だ、そんな気分になったものです。兄がいてくれなかったら、わたしの子供時代はもっとずっと、陰鬱《いんうつ》なものになっていただろうと思います」

それから唇を湿らせて、彼女は今度は打って変わって話しにくそうに、ぽつりぽつりと姉について語った。

姉と彼女とは十四歳違いで、だからものごころついた頃には姉の方が家族といるより友達と遊ぶのが楽しい歳になっていて、殆ど遊んでもらった記憶がないこと。昔から性格がきつくてよく怒鳴られていたこと。

その姉に彼氏ができた、と母から聞かされた時にはずいぶん驚いたそうだ。あんな性格のきつい人と一緒にいられるなんて一体どんな人なんだろう、と。

初めて家に来た相手、後の義兄が、思っていたのとは全然違う、とても温厚で何事もゆったりしたテンポで動く人だったのにまた彼女は驚いた。そして彼と一緒にいることで、姉のせっかちさや気性の荒さが少しずつ緩和されていくように彼女には感じられた。

「恋ってすごいな、て感心しました」

ほんのり苦笑いを浮かべて、満ちるはそう言った。

「もともと交流が多い姉妹ではなかったですし、子供時代の記憶もあって、わたしは正直、姉にはそんなに親しい感情を持ってはいません。でもあの義兄のおかげで、わたしは姉と一つ屋根の下で暮らすのがそんなに苦ではなくなりました」

病気がちな母親と外で遊んでばかりの父親との間で、家のこと、旅館のことを切り回すのはもともと姉が中心だったのだと満ちるは話した。けれどもそれはあくまで英一が大学を卒業して真の跡取りになるまでの「中継ぎ」で、そうであることは家族は勿論、従業員達の間でも暗黙の了解だった、と。

「姉がそのことをどう思っていたのか、わたしには判りません」

そう呟くように言う彼女の顔は、本心をごまかしているのではなく、本当に判らなかったのだと彰には感じられた。

「ただ、兄が亡くなって、姉が結婚し、完全に『跡取り』になってから……なんて言うか、俄然《がぜん》、今まで表に出なかった姉の良さ、が出てきたように思います。性格がきついとか短気だとか、ぱっと見は短所だと思われるものが、てきぱきさだったり決断力の早さだったり、人が難しいと思って手を出すのをためらうようなことでも引かずに成し遂げる、みたいな……それまではどこか姉自身も『自分は中継ぎだから』と手控えていたのが、自分が大黒柱だ、という意識に変わった、ような」

彼女はそれを、「兄が亡くなったことで姉が旅館を一身に背負って気丈にふるまっている結果」だとずっと思ってきたのだという。

父親の借金のことを知るまでは。

「もしか、したら……今の状態が、姉の本当の、望みだったのかも、しれないと……いえ、そうではないとしても、元から邪魔だったからとか、そんな風に考えてやったことではなかったとしても、兄がいなくなったことが、姉にとっては、結果的に自分がすべてを手に入れられた、幸運だと……そんな、風に」

切れ切れに言いながら、それ以上続けられずに彼女は絶句した。

——可哀想《かわいそう》に。

目の前で肩を震わせる彼女の姿を見ながら、彰は心底、そう思った。

いくらそれ程親しみがないとはいえ、二十年近くをずっと一つ屋根の下で暮らしてきた実の姉を、内心でそんな風に見ながら毎日をすごさなければならない、それはどれ程、厳しく辛いことか。

けれど自分に何がしてあげられる訳でもない。自分は探偵でもないし記者でもない。肝心の英一とはたった二度会ったきり、それも実験中の、仮想都市の中でだ。彼が家族のこと、姉のこと、そして旅館のことをどう考えていたのか、そんなことは全然知らない。

……仮想都市の、中。

声もかけられないまま満ちるを見つめていた彰の目に、ちかっと光が走った。

彼が亡くなったのは、三月の終わりだ。一月にはもう大学に来なくなっていて、二月には退学。亡くなったのは三月の終わりで……でも彼は実家には戻っていなかった。

それは、あのバイトを完遂する為ではないのか？

もともと大学に通いながら働いて仕送りすらしていたレベルのひとだ。一月や二月の時点で実家に帰るよりも、もう数ヵ月滞在して最終の報酬をもらった方がトータル金額で考えたらずっと良い。勿論、旅館を取られるかどうか、というレベルの借金に対しては焼け石に水だろうけど、もし実際に取られてしまっても多少のまとまった金が手元に残るのとないのとでは雲泥の差だ。

きっと彼は、三月末までは実験に通い続けた筈で……だとすると。

彰の心臓が、どくん、と大きく動いた。

やや前のめりに座った状態で、激しく胸を打つ心臓を服の上から押さえる。

次の『パンドラ』の予定は明々後日《しあさって》だ。

彰の額の裏に、さっとシーニュの無表情な灰色の瞳がよぎって消えた。


話を終えて、どこかまで送ろうか、と申し出た彰に、満ちるは先刻のお寺の前まで送ってほしい、と言った。向かいの和菓子屋が、幼馴染みの家だからと。

「御堂さんのメールを見て、お墓参りに来るかもしれない、と思ってその子に頼んだんです。よそから来た人を見かけたら、すぐ連絡して、って」

地元の檀家《だんか》で保っているその寺には、お盆や年末年始、お葬式や法事以外に別の地方からやってくる人は殆どいないのだという。レンタカーだからぴんと来たみたいですぐに呼んでくれたので自転車で駆けつけた、満ちるはそう言った。

「住職さんにも彼女にも口止めはしてますけど、でもせっかく来てくださったのにほんとに申し訳ないですけど、もうこちらに来られるのはこれきりにしてください」

別れ際、どこか切羽詰まった表情で彼女は言う。

「姉に……家族に、知られるの、怖いんです。だからもし何か判って、ご連絡くださるなら、わたしのメールにお願いできますか」

そう頼まれて、彰はすっかり怯え切っている相手に何もできない自分を歯がゆく思いながら、せめてアドレスだけでも、とそれを教えた。

ポニーテールを振り回すように何度もお辞儀をするのをようやく止めて、車を発進させながらミラーを見ると、結局彼女はまた深々と頭を下げていた。

その姿はどんどん小さくなって、けれど彰の車が角を曲がるまで、満ちるはその姿勢のまま微動だにしなかった。


「いつもよりかなり心拍数が高いようですが、体調はいかがですか？」

カプセルに入る準備をしながらかけられた言葉に、彰はどきりとする。

今のできっと、もっと心拍数が上がってしまった。そう思いながら「ちょっと、遅れそうで。走ってきました」とできるだけ自然な笑顔を浮かべてみせる。

「そうですか。少し、落ち着くまで待たれますか？」

「いえ、大丈夫です」

焦るとまた心拍数が高まる、そう思いつつも首を振り、彰は何とか気持ちを抑え込みながら横たわった。実のところ、どう切り出そうか、どう説明しようか、考えれば考える程目が冴えてしまって、この数日はあまり眠れていなかった。

『それでは、もし中で体調が悪くなったら、すぐにご連絡くださいね』

ヘッドホンから聞こえてくる声を聞きながら、彰は目を閉じた。

――そして次の瞬間、違う意味で心拍数が跳ね上がる。

「……うわあ」

思わず声にまで出しながら、彰は辺りを見回した。

そこはいつもと同じ、ログイン場所の広場で――けれどその真ん中にあった噴水と彫像は消えていて、代わりに巨大なクリスマスツリーが立っていた。

「すごい……」

土台の足元から見上げても一番上が見えない程のそのツリーは、軽く七、八階建てのビルレベルの高さがあり、一面に細かな電飾ときらきら光る球や星、色とりどりのリボンの帯が巻かれ、他にも無数のオーナメントにいろどられている。

そうか、もう十二月なんだな。

彰はしばらく、すべてを忘れてツリーを眺めた。もう少し後ろに下がったら、てっぺんにあるだろう星が見えるかも、そう思って後じさろうとして、広場のまわりを明るく華やかな屋台が囲んでいることにやっと気がつく。

それはドイツのクリスマスマーケットを模していて、赤屋根の屋台の中にはグリューワインやソーセージ、砂糖がけのアーモンドにジンジャークッキー、クリスマスをテーマにした置物やオーナメントが所狭しと並んでいる。どこかから手回しオルガンで奏でられるクリスマスソングも聞こえてきて、彰はすっかりその眺めに魅了されていた。

ツリーや屋台があるせいか、広場の中は今まで見た中で一番、にぎわっていた。屋台のまわりに置かれた背の高いテーブルにもたれてくつろぐ人々や、ツリーを飽かず眺める人々がたくさんいる。

そしてその誰もが、笑顔だ。

彰はログインするまでに背負っていた緊張が一気にほぐれるのを感じて、ほっと自分も笑みをもらした。

軽く一杯だけ飲んで、もう少しだけこの雰囲気を楽しんでから行こうかな。

そう考えて、屋台に向かってグリューワインを頼むと、赤いブーツの形をしたマグに入った熱々のそれを渡される。息を吹いて冷ましながら、少しずつすすって屋台を冷やかしつつ広場を巡っていく。

ツリーの周囲をぐるりと回って、今まで見えていなかった奥の方に回り込み――足が、止まった。

視界の先に、シーニユが立っていた。

彰は三秒程その場に立ち尽くした後、はっと我に返ってツリーの陰に隠れる。

……なんで隠れてるんだ、俺。

内心でそう思いながらも、出ていくことができなかった。

ちらり、と向こう側を覗いてみる。

彼女は立ち飲み用の背の高いテーブルの前で、ワインとソーセージを前にした老紳士を隣に、何か話をしていた。こちらには全く、気がついていないように見える。

一度は落ち着いた彰の心臓が、またどくどくと動き出す。

彰は一瞬ぎゅっと目を閉じて、たった今見たシーニュの姿を脳裏に浮かべた。

——笑って、いた。

目を開き、再度そっと相手の姿をうかがってみる。

やっぱり、笑っている。

心臓がずん、と重たくなって、オルガンの音が耳から遠ざかった。

それは、まわりにいる売り子やお客達のような「破顔」レベルではなく、ごく薄い、青い絵の具をつけた筆を白い筆洗《ひっせん》に入れた時の水の色のようにうっすらとしたものだったけれど、それでも確かに「笑顔」だった。

ずきずきと、心臓が痛み出す。

彼女のあんな顔を、見たくはなかった。

彼女のその表情に、話し相手が全く気づいていないことも、同じくらいに嫌だった。

何故って、判るから。自分には、判る。あれは違う。

あれは、「笑顔」じゃない。

彰は背中を丸めるようにして、大きく息を吐いた。

唇はわずかに横に開いている。口角が少し上がって、目元も細められ、頬の筋肉も上がっている。だけどあれは、「笑顔」ではない。彼女は笑ってなんていないのだ。

ここにいる売り子はきっとほぼ全員、人工人格だろう。お客は大半が人間だろうけど、あそこにシーニユがいるのだから、他にも人工人格が混じっている可能性がある。

けれどそこにいるすべての人達が、程度の差はあれど、彰には確かな「笑顔」に見えた。今、ここにいることを心から楽しんでいて、だから自然に顔には微笑みが浮かぶ。

なのに彼女だけが違うのだ。彼女だけが、「笑っているふり」をしているのだ。

彰の脳裏に、皐月の事故の後の職場での自分の姿がよぎった。まるで何にも起きなかったような顔をして、同僚と喋り、時に笑い、淡々と仕事をこなしていた日々が。

どうにもやりきれなくなって、彰は手の中のマグカップをきつく握ると、ぐっとひと息に飲み干した。

そしてきっと目を上げ、大股にそちらに向かって歩いていく。

「——御堂さん」

足音にふと顔を向けたシーニユの瞳が、一瞬でいつものガラス玉のようなそれに戻ったのに、彰は心底、ほっとした。

「ああ、お友達ですか？」

隣でシルクハットに燕尾服《えんびふく》を着た、小柄ながらも粋《いき》な老紳士が、ふくふくとした頬に笑顔を浮かべてみせる。

「ええ」

彰は細かいことを説明せずに、そううなずいてテーブルの上にカップを置く。

「それはお引き止めしてしまって申し訳ない。妻とオペラに行くんですが、着替えに行ったままなかなか戻ってこなくて。きっとあれやこれや、悩んでいるんでしょう」

にこにこと目を細めて言われた言葉に、相手に対して無意識の内に身構えていた自分が急に申し訳なくなって、彰は小さく頭を下げた。

「すみません、いきなり」

「いやいや、こちらこそ話し相手になってもらって……ああ、来ましたよ」

そう言って紳士が手を振る方を見ると、深緑のドレスにファーのコートをまとった、紳士と同年代くらいの美しい女性が歩いてきながら手を振り返す。

「それでは、失礼しました。良い夜を、トモさん」

ひょい、と帽子を取って頭を下げて歩き去っていく男性に、シーニユは黙って小さくお辞儀を返した。

「……トモさん？」

後に残されてきょとんと声を上げる彰に、テーブルの端に指を置いて彼女はこくりとうなずいた。

「前にお話しした通り、人工人格はそれと判らないようにふるまうよう指示されています。ですが人工人格名はあまり一般的な日本の名前でないことが多く、名字もありませんので、皆お客様と会話する時に名乗る為の別名を持っているのです」

シーニユの言葉に、彰はしばし考え込んでしまった。この間はその部分についてはあまり深く考えてはいなかった、けれど。

「それはつまり……お客さんに対して、嘘をついている、ということ？」

考え考え言うと、シーニユはわずかに小首を傾げた。

「俳優や作家は活動をする時に別名を使うことがあります。歌手も。ファンの集い、などの時に、『その人個人』ではなく『活動している公の存在』として話したりふるまったりするのは『嘘』に相当する行為でしょうか」

すらすらと言い返されて、彰は言葉に詰まる。

「うーん、いや、でも……『プライベートなその人』が存在してる、てことは、ファンの人達だって一応、判ってる、知ってることな訳だから。でもここに来てるお客さん達は、君や他の人工人格がお客さんの『ふり』をしてることは知らないよね」

「そのような方々はファンの方に『夢を見せる』為に活動しています。私共がやっていることも、それと同様です」

――わたし達はここに、夢を見に来ているの。

前回出逢った女性の言葉が、胸に突き刺さった。

確かにこれは、『嘘』とは違うように感じる。先刻は「人工人格に『嘘』がつけるのか、ついていいのか」ということがつい気になってしまったけれど、これは彼女の言う通り、舞台の上の俳優と同じ行為なのだろう。

　と、すると。

「……君は、下手だね」

　口元に薄く苦い笑みを浮かべて呟くと、シーニユが一度、瞬きをした。

「笑ってなかった。全然」

　相手の言葉を待たずに言うと、彼女はもう一度、今度はゆっくりとした瞬きをする。

　その様子から彰は、もしかして彼女自身はそのことに全く気がついていなかったのではないか、と思い至った。

「似てたんだ。少し前の、自分に」

　だからきちんと伝えるべきだ、という気持ちになって彰は話し出した。

「皐月が亡くなって忌引の休暇が終わって、その後一ヵ月半くらい、普通に仕事をしてた。あんまり普通過ぎて、取引先で事情を知らない相手は誰も気づかなかった。たまたま仕事先の人と外でばったり会って、お茶に誘われて、店でしばらく話をして……相手がトイレに行って、待ってる間、ぼーっとしながら辺りを眺めてたら、柱に飾りでかけてあった古い鏡に自分の顔が映ってて……それが、笑ってたんだ」

　話しながら彰の体が、勝手に震えた。

「向かいに誰もいないのに、笑ってた。その表情のまんま、固定されてたんだ。でもその時には何とも思わなくて、ああいけない、今は表情を作ったらかえっておかしなタイミングなんだ、と思って笑顔を消して、相手が帰ってきたらまた戻した。スイッチみたいに切り替わるんだ」

シーニユはただ、じっと黙って彰の言葉を聞いている。

「先刻の君の笑顔が、その時の自分の笑顔と同じだった」

そう言い切ってから、いや、と慌てて首を振る。

「勿論、僕は見た通り十人並みだから笑ったって大したことなくて、君はそうじゃない。けど、種類が同じだった。中身が全然ないんだ」

彰がそう言うと、シーニユの眉がほんの〇・二ミリだけ寄った。

「中身、とは何でしょうか？」

問いかけてきた言葉に、彰は深く考えず反射的に答える。

「気持ちとか、心とか……嬉しいとか楽しいとか面白いとか、そういう感情がまずあって、それが『笑顔』を引き出す訳で。先立つ感情が何もないのに『よし笑うぞ』て決めて笑うのは、やっぱり中身がない気がするんだ」

「こころ」

淀みなく話して言葉を切った、そのわずかな間に、シーニユが唇を殆ど動かさずに、低く、小さく呟いた。

心臓がどくん、と一つ跳ねる。

彰は思わず、シーニユの表情のない顔を見直した。

彼女は動きの少ない瞳でそれを見返してくる。

「……シーニユ」

心のどこかでひどく焦りを感じながら名を呼ぶと、それを遮るように彼女が口を開く。

「人間の方にそのように判断される、というのは、お客様を迎える人工人格としての能力が足らないということです。アドバイスに感謝して、今後も精進します」

「違う！」

言葉と同時に、彰は強くテーブルに拳を打ちつけていた。

次の瞬間、はっと我に返る。

……ああ、この間と似ている。

自分でも驚く程の一瞬の激情がさあっと引いていく頭の隅で、思い出す。前回シーニユと話していて、「君は怒っている」と指摘したのを勘違いされた時だ。こんなにもはっきりと彼女の中の何かが外に顕《あら》われているのに、彼女自身が全くそれに気づいていない時。

それをゆっくりと見比べて、彰は大きく深呼吸をした。

そうだ。似ているんだ、彼女と、自分は。

皐月と通じ合う前のかつての自分。心の中にわき起こる様々な思いを見ないようにして即座に刈り取って、何でもないような顔をして、周囲に合わせて生きていた。

そして皐月を失った直後の自分。すべての情動がぷつんと切れて、気持ちと体とが何一つリンクしないまま、皮一枚だけで肉体を動かしていた。

そんな自分に、彼女はひどく似ている。

シーニユは驚きも焦りも何一つないまなざしで、じっと黙って彰を見つめている。

「僕が言ってるのは、そういうことじゃないんだ」

まだ心の表面にざらりと残る波をなだめながら、彰は噛みしめるように言葉を発した。

「そんな風に、無理をする必要はないんだ。自分の内にそんな感情がないのに、顔の筋肉だけを動かしたりしなくていい。それは、そうやってる時の自分には判らないかもしれないけれど、実はもの凄く自分に負担をかけるんだ。後になればなる程、のしかかってきて戻れなくなる」

テーブルの端に置かれた彼女の指が、わずかに動いたように彰には見えた。

「そのかたちにぎゅっと押し込められて、かちかちになって、元に戻れなくなる。僕はそうなりかかってた。でも友達や皐月の両親のおかげでぎりぎり踏み止まれた。だから君にも、そうなってほしくないんだ」

一度言葉を切ると、ふう、と彰はため息をつく。

「君は多分、自分では判ってないんだと思う。君が自覚してないだけで、君の中には、ちゃんと、怒ったりとか楽しかったりとか、そういう『動き』が存在してる。それが僕等の『感情』と同じものなのかどうかは判らないけど、でも間違いなく君の中には『何か』がある。少なくとも僕は君を見ててそう思う。だから無理に顔や態度を作ろうとしなくても、そういう場面に出逢えれば、自然に外に顕われてくる。だから大丈夫」

子供に道理を説く親のような口調で言うと、シーニユの唇がほんのかすかに開きかけ、また閉じた。

少し待ってみたけれど、彼女が何かを話し出す様子はない。

彰はふう、とまた一つ息をついて、肩の力を抜いて微笑《わら》った。

「ごめん。なんかちょっと、頭に血がのぼった。こんなつもりじゃなかったんだ。君に話したいことがあって来たのに」

「何でしょうか」

呟くように言った言葉に、今度は即座に彼女が反応する。

「うん……あまり、人に聞かれたくない話なんだ」

ちらりと周囲に目を走らせる彰に、シーニユが「ご希望ならシークレットモードでの会話も可能ですが」と答えたが、彰は小さく首を振った。

「歩きながら、話そう。……なるべく人の少ないところを、歩いてもらえないかな」

「判りました」と彼女はうなずき、屋台の間を抜けて歩き始める。

歩きながら話すことを選んだのは、話している自分の顔をシーニユに見られるのが、どこか怖いからだった。あの瞳で見つめられていると、いろんなことを見透かされてしまいそうな気がする。だから、歩く彼女から体半分遅れて彰は歩いた。

忠行との再会から先日の満ちるとの会話まで、順を追って話し続ける。

シーニユは一言も口をはさまず、彰の方も見ず、ただまっすぐに前を見て路地から路地へと歩いていく。

もしかしたら「ログチェック」をして道を選んでいるのか、見事なまでに誰の姿もない裏通りを歩きながら、まるで迷宮のようだ、そう彰はひっそりと思った。自分が今この街のどの辺りにいるのか、もう全く見当がつかない。

「……七年前の仮想都市の実験の最終日に、僕達の目の前に『僕達自身』が現れた。それは都市内に構築された、『仮想人格』としての僕達自身だ、そう言われたんだ」

彰はあの日のことを思い出しながらとつとつと語った。

実験の途中、三月頃から、ひとりひとり異なる日に休むように研究所から指示された。その間、実はその仮想人格が「本人自身」として実験に参加していた、というのだ。人工人格を最後まで全員が見破れたのと違い、仮想人格を「あれは本当の参加者自身ではない」と見破れた被験者は殆どいなかったのだという。

あれは、あそこまで長い、そして継続した実験を経《へ》た上で得られた結果だ。金も時間もたっぷりとかかっている。

英一は事故で実験を途中離脱した。だから彰は無意識の内に頭から、「都市に英一の仮想人格はいない」と思い込んでいた。だがもしかしたらそうじゃないかもしれない、と満ちると話していた時に気づいたのだ。

例えば忠行のような初期の段階での脱落組については、仮想人格などつくりようもない。でも、三月末頃まで通い続けた参加者ならば、仮想人格はもうほぼ完成されていただろうし、終了前に本人が亡くなったからといって、わざわざそれだけ金と時間をかけたものを削除したりはしないのではないか？

つまりは英一は、いや、彼の仮想人格は、あの都市にいる可能性があるのでは。

なら、どうにかしてその仮想人格に会うことができたら、その時の彼と実家との関係を詳しく知ることができるのではないだろうか。そうすれば、満ちるの疑念を完全に払拭《ふっしょく》できるような言質《げんち》が取れるかもしれない、彰はそう思いついたのだ。

「……もし美馬坂くんの人格が都市にいるなら、僕は彼に会いたいんだ。実際、彼と家族との関係がどうだったか、それを聞けば、彼の妹さんの苦しみを払えるかもしれない」

そこまで話すと、彰は小さく、唾を飲み込む。

「君は……君だけじゃなく、この街の人工人格体は、この街からは出られないのかな？仮想都市に、行くことはできない？　もし行けるのなら、君に美馬坂くんを探してほしいんだ」

思い切ってそう持ちかけると、シーニユがぴたりと足を止めた。

つんのめるように自分も立ち止まりながら、彰は慌てて言葉を繋げる。

「あの、もしそれがここでの君の立場としてまずいことだったり、『パンドラ』の規範に違反することなら別にいいんだ。無理に頼むつもりなんかない。ただ、そういうことが可能なのかどうか知りたかっただけだから」

最初に彼女が指の動きだけで榊原氏を「強制退場」させたことを思い出して、彰は一気に早口に言った。まさかこの頼みだけで即「違反」とはならないとは思うが、向こうの定めたルールのラインがどこなのかはこちらには判らない。

シーニユはくるり、と彰に向き直った。

まさか、と彰はたじろぎ、半歩下がる。

彼女はまっすぐに立って、しばらく彰を見つめた。

背骨の中を、ひやりとした空気が通り過ぎていくのを感じる。

シーニユが薄桃色の唇を開いた。

「一つ、確認したいことがあるのですが」

「え？　え、何？」

我ながらうわずった声で聞きながら、ほっと内心で息をつく。どうやら速攻で「退場」ではないらしい。

だが安心した彰の心を、その次のシーニユの言葉が真っ向から撃ち抜いた。

「御堂さんが『パンドラ』に来られたのは、仮想都市にいる皐月さんと会われる為、なのでしょうか？」

――ひゅっ、と彰の喉が高く鳴った。

皐月・5　ひとりからふたり、そしてまた

あの日、彰達十一人の目の前には、彰達十一人が立っていた。

自分のことは見えないけれど、他の十人については横にいる姿と目の前にいるそれと、見た目では全く区別がつかない。皐月でさえも。ということは、自分も勿論、そうなのだ。

彰は驚異的な思いで、目の前の「自分自身」を見つめた。

そして始まった「天の声」の解説に度肝を抜かれる。

三月に入って少しして、実験は月に二、三回の参加に減らされた。休みは一律ではなく、人により異なった日だった。実はその休みの間、目の前の「自分」が、自分の代わりに都市内で課題に参加していた、というのだ。

『今までの実験によって、仮想都市内で皆さんの脳に接続していた人工人格の殻に、ほぼ完全に「皆さんの人格」が写し取られました。これをわたし達は「仮想人格」と名付けて「人工人格」と区別しています。それが目の前にいる「あなた」です』

彰や皐月、全員が声も出ないまましげしげと「自分達」を見つめた。

彼等の方は承知の上なのか、皆穏やかで親しげな笑みを浮かべてこちらを見ている。

その中に「彰」と「皐月」もいる。

二人は思わず、お互いと、向かいの相手とを見比べた。

勿論今の時点で、まだ自分達の見た目は完全な「人体」の姿ではない。動きや表情にはまだ粗さが残るし、様々な質感も本物よりは精巧なゲーム内のそれに近い。

けれど今ここにいる自分達のその姿と、向かいのそれには、何の違いもなかった。

『どうぞ、ご自分自身と会話をしてみてください』

そう声が言うと同時に、向かいの相手がこちらに近づいてきた。

彰達全員が、後じさる。明確な理由は判らないけれど、本能的に恐ろしかったのだ。

「……アキくん、こわい」

隣で皐月が囁くように言って、ぎゅっと手を握ってくる。

「俺も」

彰は近づいてくる「自分」から目が離せないままそう答えて、その手を握り返した。

それを目にとめて、向こうの「彰」と「皐月」が同時に微笑む。

そして彼等も、手を握り合った。

「……あ」

二人の口から、同時にかすかな声がもれる。

きつくきつく握られた皐月の指が、少しだけゆるんだ。

彰はそれ以上後じさりたくなるのをこらえて、その場に踏《ふ》み止《とど》まる。

「彰」が目の前に立った。

「こんにちは、御堂彰さん」

そう言った相手の声がどこか奇妙に聞こえて、でもそれは聞き覚えのある奇妙さで、彰は息を呑む。そうだ、保存してある皐月とのトークの映像を見返した時に聞く自分の声だ。前に皐月に、自分の声は耳からだけじゃなく骨からも聞こえていて、録音はそれがないから違う声みたいに感じるんだって、と説明されて感心した覚えがある。

「……こんにちは」

ごくり、と息を呑みながら言うと、自分の隣の皐月と向こうの「皐月」が同時に軽く、ぷっと吹き出した。

「え？　え、何？」

それに二人の「彰」が同時に反応する。

「だって、あんまり真面目に、返すから」

「うん。それに、『こんにちは』て顔じゃなかったし」

皐月同士が笑いながらそう言い合って、お互いを興味津々、といった顔で覗き込むように見つめ合った。

……先刻まであんなに怖がってた癖に。

気づけば繋いでいた手も離れてしまって、まるで昔からの友人のように握手して和気あいあいと会話を始めてしまった「皐月達」を呆れて見ていると、ふと視線を感じた。

目を向けると、もう一人の「彰」がこちらを見ている。

彰の目に気づくと、「どうなの、全く」と言いたげな目を「皐月達」に投げ、軽く肩をすくめてみせてきたのに、彰は思わずくすっと笑った。

「ほんとに、似てる」

その笑いに自分で励まされて口にすると、相手はこちらに向き直ってうなずいた。

「見た目は本当に、百パーセント同じだから」

「……中身は、どうなの」

「さあ。そっちの中身が判らないから」

恐る恐る尋ねたのに返ってきた言葉に、彰は、あ、これ自分だ、と拍子抜けする程あっさりと理解した。記憶がどれくらい共有されているのかは判らないが、相手の返事は、多分自分が相手側ならきっと全く同じように答えるだろう、と聞いた瞬間に思った。

「記憶はどうなの？　親のこととか……宏志や、大学のこととか」

「あるよ、全部」

向こうの「彰」は、人差し指を銃のように構えて頭の横に当ててみせる。

「ああ、でも、心配しないで。プライベートなことが研究してる人達にもれてる訳じゃないんだ。この中、細かい大量の繊維が、ごじゃごじゃっと絡まってそこに電気が流れてるみたいな……その中に記憶とか知識とか、ちゃんと詰まってるんだけど、それを外から抽出はできない。寝てる人の脳波は取れても、夢は取得できないのと同じ」

「ああ、成程」

相手の説明が理解できて、彰は一つうなずく。そして「自分は何が気にかかるか」や「どう言えば自分に最も話が通るのか」を相手がよく判っていることに改めて感心した。

「俺が休んでる間、君が代わりに実験に出てた、てこと?」

「そう。前に同じグループになった人もいたけど、誰も気づかなかったよ」

彰の問いに、「彰」はどこか愉快そうに答えた。そうか、この為に休まされていたのか、と彰は内心でうなる。大したものだ。

確かにあちこちで話している「仮想人格」達は皆、本当に自然で違和感がどこにもなく、人工人格とは全く違う存在だということがはっきり判る。

凄いな、と思いながらも、彰は疑問を感じた。

「どうしてわざわざ、都市内に仮想人格をつくったんだろう?」

「多分この実験の後に説明があると思うけど、理由はいくつかあるんだ」

指を折りながら、「彰」はそれを説明した。

そもそも実験では、都市内に生成された中身のない空っぽの「人工人格の殻」に被験者達が接続してそれを動かしていた。

そして今ここにいる「仮想人格」は、別の中身のない人工人格の殻にこの一年をかけて被験者達の脳の動きを写し取ったものなのだそうだ。すなわち、今ここにいる彰の「殻」

と、向かいの「彰」の中身とは、ほぼ同一に近い訳である。

本来の目的である、脳機能に問題を持つ患者達がすごす「仮想都市」での生活、それを行う為には都市の中でそれぞれが意識を乗せる為の「人工人格の殻」が要る。だが何の設定もなされていない殻をいきなり「自分自身」として稼働させるのはとても難しい。その為、平均的な成人男性・女性などのベースをもった殻をつくる必要がある。その研究の為に人格の入った殻が必要なのだそうだ。

今回は実験の為、ほぼ完全な複製をつくり出すことを目標にしたが、実際はおそらくここまで事前に精密に作り込む必要はない、と研究者達は踏んでいる。今後はもっと短い期間、簡単な手順で、ヒトの基本的なベース人格がインストールされた殻を作ることが目標だそうだ。

それから、今後のこの都市の発展についてのこと。

「患者が上手くこの仮想世界にアクセスできたとして、そこにはちゃんと『生活』がなくちゃならない。家族や医者がログインして接触することはできるだろうけど、でも二十四時間つきっきり、て訳にはいかないし。意識障害から回復するのにどれだけの時間が必要かも判らない。でも人間は長くいるとその場に馴れてしまうから、ここが仮想空間であることを忘れてしまう可能性がある。だからそれ等の調整の為に、都市内には『人工人格』が不可欠である、と研究者達は考えてるんだよ」

相手はそう説明すると、自分の周囲にぐるっと目を走らせた。

「でも判ってると思うけど、今の人工人格は全然。まだまだだよ。だから今いる人工人格や今後作られるものについて、ハード的な教育とは別に、ソフト的な教育が必要になる。それが今後の、ここでの俺達の仕事になる」

彰は思わず、息を止めて「彰」を見、それからちらっと「皐月」を見た。二人の皐月は何を話しているのか、くすくすと笑い合ってやたら楽しそうだ。

「……それで、いいの」

その姿を見ながらつい聞いてしまうと、相手はにこっと笑った。

「仮想人格は皆、きっちり『教育』を受けてて、自覚がある。自分達は肉体のある『人間』とは違うし、この世界も現実界とは違うこと。だけどここには現実界以上の可能性があること。やりたいこと、そう、例えばパン屋になりたいなら、自分の手でつくればいいんだ」

彰は言葉を失って向かいの「彰」を見た。

「何故なら、ここには時間の縛りがないから。研究場所なんだから、その向上には努めていかなきゃならないだろうけど、そうじゃない……どう言うのかな、実益、ていうか、売り上げ？　利益、みたいな。そういうのを求める必要もない。だから好きなことをどれだけ時間をかけて目指しても、何の問題もないんだ」

もはや何にも言い返せなくなって、彰はただただ、相手のそのすがすがしいまでの笑みを見つめる。その笑みと言葉には確かに、「自分」でありながらどこか人間離れした雰囲気が感じられて、ボディを持った「ヒト」とは違う存在なのだ、そうはっきり判った。

「それに」

一度言葉を切って、「彰」はちらっと、目を走らせた。

「ここには、皐月がいる」

続いた言葉が、相手のそのまなざしで言い出す前から判ってしまって、彰はこくりとうなずいた。

「皐月がいてくれるなら、それでいいんだ」

すぐ近くにいる「皐月」を見ながら「彰」が呟いた声が芯《しん》からの幸福に満ちていたのに、彰は安堵と納得を同時に感じる。確かに、そうだ。どこにいて、どんなことをやらされたって、隣に皐月がいて、幸福に笑っていてくれるなら、他に何にも要らない。

「俺の人生で意味があるのは、皐月だけだもの。それ以上大事なものなんて何もない」

「……うん。判るよ」

しみじみとうなずくと、「彰」は破顔した。

「そりゃそうだ。俺は君だから」

その顔と言葉につられて彰も微笑むと、相手が片手を差し出してきた。

「俺はここで、俺の皐月と自分ができることをするよ。そっちはそっちで……末永く、お幸せに」

あるシチュエーションでよく聞く挨拶言葉を聞いて、彰はぱちぱち、と目を瞬いた。相手の手をじっと見て、それからおずおずと自分も手を差し出す。

それを「彰」は、ぎゅっと握った。

その瞬間、何か電流のようなものが互いの間に走った。

相手の目の中の光に、向こうもそれを感じたことが判る。

「……ありがとう。そっちも、お幸せに」

すべてが通じ合っている、そういう奇妙な幸福感に満たされ彰がそう言って微笑むと、向こうも同じ顔で笑い返してきた。

「うん。ずっと、一緒にいような」

誰と、という言葉をあえて省いた相手の台詞に、彰はまた微笑んでうなずく。

「うん。……それじゃ、元気で」

小さく手を振って、「彰」はふい、と体を「皐月」の方へ向けて。

彼女達も何を語り合ったのか、軽く互いをハグしてそれぞれの「彰」の方へ戻っていく。

向こうの「彰」と「皐月」が、手を繋いで二人の前に立つ。

彰の隣に並んだ皐月も、きゅっとこちらの手を握ってきた。

「そっちのアキくん。『わたし』をよろしくね」

向こうの「皐月」がそういたずらっぽく言って、小さく手を振る。

その姿があんまりいつもの皐月らしくて、彰の唇に笑みがもれた。

この「皐月」がここにいるなら、この「彰」もきっと、大丈夫だ。

「うん。……またいつか」

彰がふっと思いついた言葉を舌にのせると、向こうの二人が顔をほころばせる。

「そうね、またいつか」

「うん。また逢おう」

そう言ってもう一度手を振ると、二人は街の中へと歩き去っていった。


実験が終わった後に研究者達がした説明は、概ね「彰」が話してくれた通りだった。

都市の中にいる「仮想人格」について、人格権はあるのか、自分達にその人格の所有権のようなものはあるのか、と質問した参加者に対して、研究者達は前者にはある部分のみうなずき、そして後者には首を振った。

「もともとの実験の目的からして、都市内の人格に苦痛や不快さを与えるような行為をする必要がこちらにはありません。先程の説明の通り、人工人格の教育には協力をしてもらうことになりますが、これももしどうしても嫌だと仮想人格が主張するなら、強制はしません。都市内で仮想人格が稼働している、というだけで研究データとしては意味があることですから。ただし」

一つ一つに納得しながら彰が聞いていると、最後に少し、語調が強めになる。

「もしも他の仮想人格や人工人格に対して、害のある行動を取る仮想人格が現れた場合については、現実で逮捕や勾留があるように、行動を規制することがあります。それに何か、異存がありますか」

質問をした参加者は「いいえ」と首を振った。

「仮想人格は確かに皆さんの相似形ですが、やはり人工物であることに変わりはありません。彼等は仮想都市こそが自分達の生きる場所だと、きちんと認識しています」

そして研究者が続けた言葉に、彰はちくりとひっかかるものを感じたが、あれが自分の相似形なら、どんな場所でも隣に「皐月」がいればきっと大丈夫だ、そう思った。

「それから仮想人格に対して皆さんが所有や削除を希望することはできません。これは最初の契約の際に特記事項として記載されておりますのでそちらをご確認ください」

そう言われてやたら細かかった契約内容を思い返してみると、確かにそんなことが書いてあった記憶がある。実験による成果物の所有や利用の権利はすべて向こうサイドに帰する、というような。そんなことは当然だと思っていたので気にもしていなかったが、こういう裏があったとは思いもしなかった。

けれど彰には、「所有」や「削除」という言葉は何だかあの仮想人格達にはふさわしくない感じがした。それじゃまるで、人間と携端とか、人間と車とか、そういう関係みたいだ。あの人格達は全然そんなんじゃなくて、しっかりと独立している。

まだ何か言いたそうな参加者はいたが、話し合いたいことがある場合は後日改めて、と言われて、今日は解散することとなった。

一番年嵩《としかさ》らしき男性の研究者が、壇に立って頭を下げる。

「一年という長い期間、実験にご協力いただき本当に感謝しています。皆さんのご尽力が、このプロジェクトに大きな進展をもたらしてくれることと私達は信じています。今後、おそらくそう遠くない将来、このような『仮想空間』が今よりもっとずっと身近なものになる筈です。その時には、その発展に皆さんが寄与くださったことを思い出してください。……それでは、本日をもって実験は終了となります。長いことお疲れさまでした」

面前で何人もの研究者達が揃って深々と頭を下げると、彰達の間から自然と拍手がわき起こった。


あの時、都市の中で「皐月達」が何を話していたのか、どれだけ聞いても皐月は笑うばかりで、結局最後まで教えてくれることはなかった。

報酬は一ヵ月後に振り込まれ、普段使いの通帳の数字が突然跳ね上がったのに彰は判っていたことながら感動する。

大学を卒業して就職してしばらくしたら、きっと皐月と、と心に決めていた彰は、報酬をがっちり貯金にまわすことにした。が、そうは言っても少しくらいはぱーっと使ってもいい、そう思って皐月と二人でちょっと高級な焼肉店で普段食べないような肉を思い切り食べることにする。

「お肉って、しっかり噛み応えがあろうが口の中で溶けようが、美味しいお肉はどうしたって美味しいんだね！」

血ののぼった頰に目をきらきらさせてそう言う皐月に、彰は心底同意しながらも笑い転げたものだ。あんまり可愛らしくて。

やがて二人は四年生に進級し、本格的に就職活動に取り組むようになる。

彰はあまり実用的に過ぎないものをつくりたい、と思っていて、いくつか当たった中から知育玩具の会社を選んだ。まだ未発達な手や脳の機能を促進させるようなかたちを設計してみたい、そう思ったのだ。

皐月は海外翻訳ものに強い出版社を就職先に選んだ。自動翻訳はかなり進化しているものの、文学性の高い小説や詩、逆に厳密な翻訳が必要となる科学や技術関係の文章についてはまだまだ人の手が必要だった。

卒業の後、彰は勤務先への急行電車が停まる駅の近くのアパートに引っ越した。宏志に新住所を伝えると「えっ、同棲《どうせい》するんだと思ってたのに」と目を丸くされた。

「だったら最初っから結婚するよ」と言い返しながら、彰は「皐月と同じ家で暮らす」という状況を夢想して、ぽーっとなると同時にどこか奥の方では、怖い気もした。

高校の時の寮生活はある意味遊びに近いものがあったし、部屋そのものは個室だった。同年代の一般的な人に比べて、彰はずっと、「ひとりで暮らしてきた時間」が長かったのだ。誰かとずっと一つ屋根の下で暮らす、という感覚がもう彰には思い出せなかった。

週末ごとに相手の家で時間を過ごす日々は勿論楽しく幸福だけれど、どこかままごとのようでもあり、もうずっと長いこと、どこにも根を張らずに浮き草のように生きてきた自分に果たして本当に「家庭」というものが築けるか、それが彰には不安だった。

けれどそれができるかもしれない、そしてそうしたい、と思える相手は、この世に皐月ひとりしかいなかった。

設計を希望して就職した会社で、彰は何の因果か、自分の性格とは正反対の営業を担当させられることになった。すっかり意気消沈してしまった彰に「アキくん、自分では全然気づいてないみたいだけど、お客さんからしたらすごく感じ良いし、安心感あるのよ。だから自分の向き不向きは一度脇に置いてみたら？　それに、売るひとがつくるものに興味あるのってすごく大事なんじゃない？」と皐月が言い、その言葉に励まされて始めた仕事は、確かにやる前に思っていたより、ずっと自分の肌に馴染んだ。

就職して一年、彰は皐月にプロポーズした。そして半年後、二人は結婚式を挙げる。

それはやはり、彰にとって、最初はどこか足が地につかない、ふわふわとした現実感のない日々だった。けれども時が経つにつれ、浮き上がった足がだんだんと下降して、しっかりと地面を踏みしめている感覚が増してくる。

会社帰りに野菜ジュースを買うのに、今までは飲み切るのに時間がかかるから小さなパックを買っていた。それが、今では皐月も飲むから、と一リットルサイズを買う。卵も今までのほぼ倍の速度で減っていくから、それを加味して買う必要がある。

洗濯は皐月の担当で、干したり畳んだりはもっぱら彰だった。皐月は水まわりの掃除はこまめにするが、部屋全体の掃除は後回しにしがちで、自然と担当が分かれていった。夕飯は大体、前の日に次の日の帰り時間を予想して、早くなりそうな側がつくる。

無意識の内に生活のベースのすべてを「ひとり」から「ふたり」で考えるようになっていることや、自分のルールと相手のルールが細やかな繊維のように絡み合って、やがて一本のしっかりした糸に紡がれていく様を、彰は驚異的な思いで眺めた。

外が暗くなってから帰宅して、家の灯りが灯っているのを見る。玄関を開けると中から温かい湿気《しっけ》と共に夕飯の匂いがして、「アキくんお帰り、居間に洗濯物入れてあるから畳んでほしいな！」と皐月の明るい声が飛ぶ。休みの前の日に、二人で散々吟味して選んだソファに並んで座って、古い映画を夜中まで見る。

——深夜、ふっと目が覚めて、しばらく呆然と天井を見つめていると、隣で寝返りを打った皐月の体のどこかが、とん、と自分に当たる。

すうっと冷や汗のつたっている額を巡らせてみると、いつの間にこっちのベッドにもぐり込んだのか、気に入りのふかふかの枕《まくら》に頭をのせて、すうすうと寝息を立てて眠っている皐月がいる。

全身からどうっと力が抜けて、ああ、そうだ、もう大丈夫なんだ、そう感じる。

隣に彼女がいる限り、自分は大丈夫。

本当なら腕をまわしてぎゅうっと抱きしめたいのを、起こしてしまいたくなくてそうっと指を握るだけで我慢する。彼女の左の薬指にいつもおさまっている、プラチナのほっそりしたラインの指輪の感触を感じながら。

我ながら不思議なことに、いざ結婚するまで「子供」のことを彰は全く、考えに入れていなかった。向こうも何も言わなかったのもあって、事前にどうしたい、ということも全く話をしていない。

本当に我ながら子供か、と思ったが、彰は何となく、そういうことはいつか自然にそうなるものだ、と頭のどこかで思っていた。自分達が幸福に暮らしていれば、ある日突然、そこに「子供」が出現する。そんなおとぎ話のようなことを頭の片隅で確かに信じていた。

だがそもそも、学生の頃からの習慣できちんと対策をしている二人に子供ができる筈はなく、欲しいのならちゃんとそれを口にして、その習慣を変えなければならない。

けれど彰は、自分からはそれを言い出すことができなかった。

やはりどうしても妊娠・出産に関して仕事にブレーキがかかるのは女性の方だ。生まれてしばらくして、彼女が希望するなら自分が育休を取って面倒みたって一向に構わないが、産む前や産んだ直後はどうしたって彼女が休む必要がある。自分が「欲しい」と言い出すのは相手にそれを強《し》いることで、申し訳ないことのように彰は感じていた。

正直に言って自分が本当に「子供が欲しい」のかどうかも彰にはよく判らなくて、それなのにそんな要求をするのはますますどうなのか、とも思った。皐月とならきっとそうなってても上手くやっていける、という自信はあったものの、でもそれが人生に必須《ひっす》のものか、と言われるとよく判らない。

——あまり欲張っちゃいけない。これ以上何かを得ようなんて、諦めろ。

誰の声ともつかない声で、呪《のろ》いのようなそんな言葉が時折ふっと、彰の胸の底をよぎる。

その度、皐月の声がする。

——「彰」は「諦めない」の「アキラ」でしょ。

それに彰は、日々勇気づけられる。

大丈夫。自分は、大丈夫だ。

全部を捨てて生きていくのだと思っていた。でも違う。諦めなくて、いいのだ。自分はきっと、変われる。

年末にはお互いまとまった休みが取れる。その時に話してみよう。「子供」のこと、「二人の将来」のことを。

きっと、ここから更に、新しいものを手に入れられる。二人でいれば。

二人ならきっと。

そんなある残暑の厳しい日、あの一本の連絡が、彰の心を粉々に打《う》ち砕《くだ》いた。

荒野を迷う

頭の中は熱く煮えたぎって様々な言葉が渦巻いているのに、口からは一言も声が出なかった。

彰は音を立てて息をしながら、目の前に立つシーニユを凝視する。

彼女は顔色一つ変えずに、ただその場にたたずんでいた。

——御堂さんが『パンドラ』に来られたのは、仮想都市にいる皐月さんと会われる為、なのでしょうか？

彼女の問いが頭の中で繰り返し響いている。

それが正しいことは、当然判っていた。だから一度、うなずけばいいことだ。

なのにどうしてか、彰はそれができなかった。

仮想都市にいるかもしれない英一に会いたい、という言葉は、こんな葛藤《かっとう》を感じることなく発することができたのに。

死人に会いたい、という意味では同じ希望なのに。

それなのに。

彰はゆっくりと胸を上下させながら、大きく呼吸した。

会われる、為。

いや、そうじゃない、そうなんだけどでもそうじゃない、そういうことじゃ……なくて。

自分の望みは。

彰は急に強い目眩《めまい》を感じて、わずかにふらつく。

近づいてこようとするシーニユを、彰は片手を上げて止めた。

「御堂さん」

「……だいじょうぶ」

乾いた声で呟く言葉が、どこか他人のもののように聞こえる。

彰は胸を押さえて、もう一度深く呼吸した。

「シーニユ」

「はい」

「説明を……話を、したい」

「どれについてでしょう」

「全部だ」

彰が言うと、シーニユは黙った。

「全部……僕と皐月の話を、全部。君に、聞いてほしい」

シーニユは二秒程黙って、それから「判りました」とうなずいた。

今度は逆にゆっくりと腰を落ち着けて話したくて、彰はシーニユの案内で『Café Grenze』に向かった。

店に入るやいなや、シーニユはメニューを見ることも彰の意見も聞くこともせずに「ロイヤルミルクティー、シナモン付きを二つ」と注文を済ませてしまう。

呆気にとられている彰を尻目に、シーニユはすたすたと歩いて一番奥の、いつもの席に腰をおろした。

……まあ別に、嫌いじゃないし、いま特にこれが猛烈に飲みたい、という希望があった訳でもないし、いいか。

彰は自分にそう言い聞かせて向かいに座る。

しん、としずまった店内に、振り子の音と茶葉と水を火にかける音がやけに大きく響く。

少しして、シナモンスティックが添えられた二つのカップがテーブルに置かれた。

「すみません、ちょっと余人を交えずに会話がしたいのですが」

運んできたマスターにシーニユがずいぶん古めかしい言い方で頼むと、相手は理由も聞かずにこくり、とうなずいた。

「では、しばらく広場の屋台の手伝いでもしてまいります」

彼はそう言って、カウンターに戻ると中から「Closed」と書かれた札を取り出し、外に出ていく。

「なんか、悪いな」

その背中に自分が追い出した気分になって彰が呟くと、シーニュが首を振った。

「私共はお客様により良い状況で『パンドラ』を楽しんでいただくことが務めです。今の時期は広場に人が集中しますので、手すきの者は広場近辺にいることを推奨されていますし。この店には普段、通りすがりの方が偶然来られるくらいですから、御堂さんが気になさる必要はありません」

「そうなんだ……いい店なのにな」

小さく言いながら、彰は茶色みの濃いクリーム色の紅茶に少しだけ砂糖を入れて、シナモンスティックでくるりと混ぜる。ふわりと広がったシナモンの香りが、生々しいすり傷を負った心の表面をわずかに落ち着かせた。

一口含むとカップを置いて、軽く息をつく。

シーニュは自分の紅茶には手をつけずに、そんな彰の一連の動作をじっと見守っている。

「……どこから、話せばいいかな」

やがて彰は、重い口を開いた。

長い長い話の間に残り時間の半分を知らせるアラームが鳴ったが、シーニユは今日は何も言わず、彰もそれに無反応に話し続けた。

結婚してからの日々を語りながら、ふっと途中で言葉が切れる。

更に続けようとして唇を開くのに、声が出てこない。

息はできるのに、何かが喉を塞《ふさ》いでいる。

シーニユは無言で彰を見つめている。

彰はしばらく金魚のように口だけを動かした後、どうしようもできなくて冷め切った紅茶を口に含んだ。

砂糖とミルクとシナモンの甘さが、やんわりと頬の内側に染み込む。

その甘さに気持ちがすうっと、下に落ちてきて——ああ、そうか。

言いたくないんだ。

この先は、言いたくない。

彰はカップを置いて、わずかにうなだれた。

この先は、あれしかないから。

もう一度息を吸って、彰はようよう、口を開いた。

「ちょっと、教えてほしいんだけど」

「はい」

彰が話し始めてからずっと無言を貫いていたシーニユが、即座に答える。

「ここ、ゲストはネット接続できないけど、君達もそうなのかな」

「そもそもここのサーバは外のネットとは繋がっておりません。外部からの攻撃や情報の盗難を防ぐにはそれが最適ですから。仮想都市や『パンドラ』、ゲスト用の接続機器、各アクセス場所などはすべて専用線を引いてイントラネットとして構築されています」

「じゃ、外の情報は入ってこない訳? ニュースとか」

「それはあります。そうでないと、お客様と世間話もできませんから。ほぼリアルタイムで、各国の主要紙のウェブ版やニュースなどテレビのネット放送、映画や音楽などの情報を一度保存してからこちらに取り込んでいます」

「はい」

「それはデータベース化とかされて、すぐ引っ張ってこられるものなの?」

「なら」

彰は一度言葉を切って、もう一度深呼吸した。

「八月の下旬の、横浜での車と複数の人との事故、それが」

それが皐月の、死んだ原因だから、とそれさえも口にできずに彰は絶句した。

せめて日付を言おうと口を開いてまた声が出なくなるのを感じるのと同時に、シーニユが素早く「確認しました」と短く告げる。

彰は全身から力が抜けて、背もたれに深くもたれかかって目を閉じた。

何か言われるかと思ったけれど、シーニユはそれ以上何も言ってこない。

うっすらと目を開けて視界の端にその姿をとらえると、瞬き一つなく彼女がじっとこちらを見つめているのに、彰はたじろいだ。オレンジがかった照明の色が映った灰色の瞳は、まるでビームのように強くまっすぐな視線を向けてくる。

……その中に、何があるのか。

彰は彼女の瞳をまともに見返すことができずに、やや目を伏せる。

今の話に、何か言いたいことがあるのか、それともないのか。

──御堂さんが『パンドラ』に来られたのは、仮想都市にいる皐月さんと会われる為、なのでしょうか?

先刻言われた言葉を思い出して、彰の喉がひくり、と波打った。

「……判ってるんだよ」

それと同時に、勝手に低い声が出る。

シーニユの睫毛が、かすかに揺れた気がした。

「莫迦な望みだって、何にも意味がないことだって、全部判ってる。承知の上なんだよ」

向こうから何を言われた訳でもないのに、何故か言い訳がましい口調になってしまう自分を彰は苦く感じる。

「皐月はもう死んでる。百パーセント、死んでるんだ。絶対に戻ってこない。判ってる、そんなこと。ここに、あの都市にいる皐月は仮想人格だ。現実じゃない。卒業式も、就職も、プロポーズも、結婚式も、二人暮らしも、何一つ共有してない。あれは俺の皐月じゃない。判ってる。判ってるんだよ、でも」

自分の奥から何かがマグマのように噴《ふ》き上がってくるのを感じながら、彰は息もつかせず早口に喋った。

シーニユはただ黙って、それを聞いている。

「声が、聞きたい」

知らぬ間に膝の上で握りしめていた両拳が、ぶるぶると震えた。

「あの声が聞きたい。名前を呼ぶ声。笑う声も。拗《す》ねた時の頬が見たい。華奢《きゃしゃ》な手首に触れたい。きらきらして、真っ黒で、大きな目が見たい」

独り言のように呟く声も、細かに震える。

「……逢いたいんだ」

そして言葉と同時に、きら、と何かが光って両の拳の上に落ちた。

……え？

彰はその光景と、手に触れたその感触に、一瞬すべてを忘れて驚愕《きょうがく》する。

涙。

思わず深く呼吸すると、それはまた、ぱたぱた、と拳の上に落ちた。

俺……泣いてる。

どこか他人事のようにそれを眺めながら、彰は胸の内で呟いた。

初めてだ。

火葬場でたったひと筋流した涙、あれ以来。

あれから何をどう思い返しても、涙なんて流れなかったのに。

何の前触れもなく突然膝の上に涙が落ちる、その光景は、いつか皐月を祖母の家まで送った帰りに車の中で見たそれに似ていた。

――わたし、何でもする。

そしてその時に皐月に言われた言葉。

その声が脳裏に響くのと同時に、喉からずるりと、勝手に言葉が這いでてくる。

「逢いたいんだよ。逢って、姿を見て、声を聞くだけでいい。他には何にも要らない。ここには仮想の俺だっている。きっと二人は今も一緒だと思う。それも判ってる。ただ、見るだけでいいんだ。俺と同じ俺なら、絶対に判って、許してくれる。見てるだけでいい。週に一回、ただ見つめるだけ、それだけでいいんだ。でないと」

握った手とそこに落ちた涙を見つめながら、彰はひたすらに話し続けた。

「でないと俺は、生きていけない」

向かいでシーニユがどんな顔をしているのか、見るのが怖くて顔を上げることができない。

いつもの無表情なのか、それとも。

どちらであっても、何故か今は見たくなかった。

「判るんだ。自分のことだから。今は病院に行ってるけど、多分その内、行かなくてもよくなる。仕事に復帰して、友達にも会って、飲み会にも行って、時々は皐月のご両親にも会って、墓参りもして、まるで何にもなかったみたいに普段通りに日々を過ごして……ある日突然、何の変哲もない朝に、剃刀《かみそり》で手首を骨が見えるくらいまで切るんだ」

ふつふつと語り続ける彰の顔色は、今や蒼白に近い。

「すごく当たり前に。仕事帰りに歩いて帰って、通りかかった歩道橋から鞄を持ったままひょいっと飛び降りる。毎日毎日、普通の顔して暮らしながら、ある日突然、ふいっとそっちに踏み外すんだ。いつかそうなる。自分で判る」

一度言葉を切って、彰は深く息をついた。

「でも、もしここで皐月に逢うことができるなら、それが止められる」

不意にまたこみ上げてくる涙を、彰はぎりぎりでこらえる。

「週に一回、あの姿を見ることができたら、それだけの為に俺は残りの人生を何とかしのいでいけると思う」

涙をこらえたまま息をすると、喉がかすかに笛のように鳴った。

「無意味なことだって判ってる。何一つ進展なんてしない。進歩も未来もない。失くしたものにすがりついてる。でも俺にはそれしかない。俺の人生、他には何にもない。どんなに無価値なことだって判ってても、俺にはそれが、生きていくたった一つの恃《たの》みなんだ」

言い終えると同時にまたぽつり、とひと粒だけ涙が拳の上に落ちて。

彰はそれを、どこか無惨な思いで見つめた。

戻ってきた。

あの時以来完全に失いかけていた、その後少しずつ取り戻して、けれどある一線から先は虚無の渦に落ちていた自分のすべての感情が、今ここにすっぽりと戻ってきた。

それは草一本ない岩だらけの荒れ地のようで、暗く重たく雲が垂れこめていて、びゅうびゅうと冷たく厳しい風が吹き荒れていた。

けれどすべてが、自分そのものだった。

この、生きるものの姿の何一つ見えない、荒れ果てた空っぽの土地が。

思わず深い息をつくと、向かいでほんのわずかに、シーニユが身じろぐ気配がした。

はっと顔を上げると、彼女は指先でシナモンスティックをつまみ上げてくるっと紅茶をひと混ぜし、スティックをソーサーの端に置くとすっと目を上げて彰を見た。

その瞳は、いつものように不可解な灰色のヴェールがかかっている。

唇が開いた。

「何故このお茶を注文したか、判りますか」

「……え？」

あまりにも予想外のことを聞かれて、彰は面食らった。つい今しがたまでしていた暗い話が全部吹っ飛んでしまうくらいの破壊力だ。

「え、いや……ごめん、全然」

彰が首を横に振ると、シーニユはどうということもない、と言うかのように小さくうなずいた。

「ミルクの甘さとシナモンの香りは、気持ちを落ち着かせます。コーヒーがお好きなようですが、今はあの苦みはかえって気分を荒れさせる、と判断しました」

「ああ、そうなんだ……お気遣いありがとう」

その説明にも何をどう返せばいいのか判らず、彰は我ながら間の抜けた返答をして軽く頭を下げる。

「人工人格には『迷い』がありません」

と、シーニユがまっすぐにこちらを見たまま、そんな言葉を口にした。

「えっ？」

「人工人格が肉体を持って現実界で暮らしていると仮定します。お昼になって、ヒトは今日は何を食べようか、と迷うでしょう。カツ丼《どん》が食べたいけれど、健康を考えたらざる蕎麦にすべきだ、でもどうしよう、そんな風に」

もはや相手が何の話をしているのか全く読めなくなって、彰はただただ呆然と、一方的に話し続けるシーニユを見つめる。

「人工人格は迷いません。アレルギーの有無、好き嫌い、健康状態、前後のカロリー摂取状況、店の場所や込み具合など、複合的な条件から選択肢の中で最良と判断されたものを選択します。でもヒトは、それ等すべての条件がざる蕎麦を指していたとしても、そちらを選べずに悩んだり、最終的にはカツ丼を選んでしまったりするでしょう。仮想人格も同様です。でも人工人格には、そういうことはありません」

シーニユは話しながら、一瞬だけ目前のカップに目を落とした。

「AとB、二つの選択肢があって、あらゆる状況が百パーセント、Aを選ぶべきだと判定されている。たとえ二つそれぞれの内容がどういうものであろうとも、人工人格は即座にAを選びます。ですがヒトは違う」

彰の胸の奥の方で、ことっ、と何かが動く音がした。

「すべての状況がBは間違っていてAが正しい、と示していたとしても、ヒトはAよりBを取りたい、と迷い苦悩します。時にはどれだけ間違っていると自分で判っていても、Bを取りにいく。それができるのは、ヒトと、ヒトをトレースした仮想人格だけです。人工人格には『迷い』という状態は有り得ません。それはヒトの、驚異的な能力です」

……ああ。

彰は先刻とは違う呆然とした思いをもって、目の前のシーニユを見つめた。

そうか……肯定、されているのか。

自分は肯定されている。

ずっと思ってた。ここへ来て都市にいるだろう皐月に逢いたい、でもそんな望みは誰にも言えない、そう。

宏志や皐月の両親が知ったら、血相を変えて自分を止めるだろう。医者にも懇々と諭《さと》されるに違いない。そんなことをしても何にもならない、意味がない、かえって君の精神に良くない、亡くなった彼女にも失礼だ。辛くても未来に目を向けていかなきゃ駄目だ、そんな風に。

深い厚意や友情や優しさをもって、全力でそれは間違っている、そう言うのだろう。でも判ってるのだ。

そんなことは誰に言われなくても、自分が一番、よく判ってる。判っていてもどうしようもないのだ。

けれど目の前の彼女だけが、それを受け入れていた。

何の意味も価値もない、すべてが間違った行為。

けれどもそれを選べるのは、ヒトだけなのだと。

だったらそれでいいんだと。

どれ程愚かでも無意味でも心底から望むならそれでいい、そう肯定してくれているのだ。

彰は大きく深呼吸して、まじまじと向かいの無表情なままのシーニユを見た。

「……ありがとう」

呟くと同時に涙が落ちそうになるのを何とか抑える。

シーニユの眉根が〇・三ミリ程寄った。

「お礼をいただくような覚えがありませんが」

「俺にはあるよ」

ようやく本当に全身が楽になってきて力の抜けた笑みを浮かべると、彰はすっとカップを取って残りをひと息に飲み干す。

「このお茶を頼んでくれた。それだけでも充分、お礼に値するよ。ありがとう」

彰が微笑んでそう言うと、シーニユは黙ったまま わずかに小首を傾げた。


それからシーニユは、人工人格と都市の仮想人格との関わりについて説明してくれた。

特別な技能を必要とする人工人格、ナイトゾーンで言えば楽器の演奏やカジノのディーラー、料理人などは、技能を持つ人間の動作や筋肉の動き方をトレースした上、実際にログインしてもらって技能指導を重ねて製作された。さすがにオペラは、現実の楽団と契約を結んで、３Ｄ録画したものを舞台にはめこむ形で上演しているそうだが。

仮想人格が指導を担ったのは、案内係や服屋の店員のようなゲストサービス担当の人工人格、そしてシーニユのような、時には一般人を装いつつ街のにぎわいに華を添える為の人工人格だった。

「残念ですが、指導を受けた中に美馬坂さんはいませんでした。御堂さんや皐月さんにもお会いしたことはありません。ただ」

強くは期待していなかったが落胆しかかった彰に、シーニユが言葉を続ける。

「仮想人格の方々の中には、もともと現実で使っていた名前とは別の名前を使われている方もいるそうです。また、容姿についても自由が利くので、元の姿とは全く違う外見の方もおられるとか。ですから指導を受けた中にお三人の中のどなたかがいた、という可能性はゼロではありません」

「そうなんだ……でも多分、俺と皐月はその辺のことは変えてない気がするな。美馬坂くんは判らないけど」

彰は呟き、シーニユは「そうですか」と一つうなずいた。

「現在『パンドラ』の人工人格達は、それぞれのゾーン内で一日を過ごしています。ただ、都市内に入ることは可能です。仕事の質の向上の為に教育を受けたい、と申請すれば、都市に入る許可は出ますから。しかし、逆はできません。都市にいる仮想人格が『パンドラ』に入ることはできないのです」

彰はみるみる気持ちが沈んでいくのを感じながら、シーニユを見た。

「御堂さんのように、都市に仮想人格が存在する方で『パンドラ』に来られたり、ご当人がかつての実験に参加されていなくても、知人や家族が参加されていた、という方もおられます。万が一にも出逢ってしまったら大きな問題となりますので、仮想人格は『パンドラ』には入れないようにゲートが設定されているのです」

そうか、やはり無理なのか。

心臓が落ちてしまったみたいにどんよりと気持ちが暗くなる。

「ですから方法は二つです」

だがその彰の落ち込みを完全にスルーして、ごく真面目な顔でシーニユが口を開いた。

「まず、どうにかして御堂さんご自身が、仮想都市に潜入する」

いきなりストレートなことを言われて、彰は思わず「えっ」と声を上げた。

「できるの、そんなこと？」

急《せ》き込んで聞くと、シーニユはさらっとした顔で「判りません」と答えて彰は拍子抜けする。……いや、でも「方法は二つ」だと。

「えっと……じゃ、もしかして、こっちから都市にいる美馬坂くんに、連絡を取る方法があるってことと？　メールとか、トークみたいに」

口にしながら、それは可能性があるし実現性も高そうだと思う。同時に、それなら都市の皐月にも連絡が取れるのか、と思うと胸が奇妙な感じにざわめいた。

だがシーニユは無情にも「いいえ」と即座に首を横に振った。

「じゃ……無理じゃないか」

胸のざわめきが一瞬で消えて、彰はがくりと肩が落ちるのを感じた。自分は行けない、連絡も取れない、それじゃどうしようもない。

捨て鉢な気持ちになりかかった彰をじっと見つめて、シーニユは唇を開く。

「わたしが、行きます」

「……え？」

二拍遅れて、彰は顔を上げた。

今、なんて言った？

シーニユは全く表情を変えずに、彰を見つめ続けている。

「シーニユ……」

「わたしが仮想都市に、入ります」

彰はぱちり、と大きく瞬きをした。今、ものすごく耳慣れない単語を聞いた気がする。

頭が一瞬の内に目まぐるしく回転する。

「わたしが仮想都市に入り、美馬坂さんやあちらの御堂さん、皐月さんから話を聞き、それを御堂さんに伝えるかたちで、やりとりをします」

耳に感じた巨大な違和感、これは……そうだ。

彼女は彰の内心の驚きに気づいているのかどうなのか、全く無反応に話している。

初めてだ。


――シーニユが初めて、「私共」ではなく、「わたし」と言ったのだ。

三つ目の嘘

仮想都市に潜入するといっても、何か具体的な方法がシーニユにある訳ではなかった。彼女達が都市に行く際には、街のとある場所にある電子的な「門」を通る。だがそれをゲストである彰が通過できるとは思えない、と彼女は言ったし、彰も同じように思った。

「まずは状況から判断して、御堂さんが入れる方法を探すよりも、都市内で美馬坂さんや皐月さんを探して話を聞く方が先かと存じます。構わないでしょうか」

そう切り出されて、彰の脳内にちか、と何かが灯った。

そういえば……都市の中にいる皐月は、知っているのだろうか。外の自分の、死を。

その考えが脳裏をよぎった瞬間、喉がきゅっと締まって息が詰まる。

「御堂さん?」

たしなめるような声に彰はぱっと顔を上げた。背筋を勝手に、汗がひと筋つたう。

「いや……あの、とりあえず、まずは美馬坂くんを探してもらえないかな。できるだけ早く、妹さんに何か伝えてあげたいから。皐月のことは、彼の件が片付いた後でいいよ」

我ながら早口に、彰はそう言った。そうだ、今まで思いつきもしなかったけれど……もしも都市の皐月がそれを知らなかった場合、会いに行くことで教えてしまうことになる。

その時自分は、それをどんな言葉で、彼女に、そして都市の彰に伝えればいいのか。

どくどくと打つ心臓を必死になだめる彰を見つめて、シーニユは小さくうなずいた。

「ではすぐにでも申請して許可を取ります。御堂さんの次のご予約はいつですか」

「一週間後。十五時に予約してる」

「判りました。では広場の辺りでお待ちしています」

もう一度うなずくシーニユを見ながら、彰は気持ちを落ち着かせる為に先刻の彼女を思い返した。

今までずっと「私共」と複数形、群体のように自らを呼称していた彼女が、初めて「わたし」と単数形で自分を呼んだ。果たしてそれに、彼女は自分で気がついているのか。

視界の隅にちかちか、と赤いライトが点滅し、イヤホンからも『あと五分でログアウトします』という言葉が流れる中、彰は立ち上がった。

このままログアウトまで待っていても別に変わりはないのだけれど、何となく「普通の別れ」というものがしたくて彰は店の扉に向かった。

シーニユも立ち上がって後からついてくる。

扉の前で彰は振り返って、

「今日はありがとう」

と片手を差し出すと、シーニユは黙ったまましげしげとその手を見つめた。

彰はわずかに苦笑しながら、更に手を前に出す。

彼女は小さく息をして、すっと右手を上げ、彰の指にその指を殆ど触れずにのせる。

ぐい、と引っ張るように、その華奢な白い指を握り込んで一度大きく振って離すと、ぱたり、と彼女の右手が落ちた。

「本当に、ありがとう。マスターにも、お礼を言っておいて」

軽く頭を下げてもう一度言うと、変わらない表情のままシーニユが一つうなずく。

「それじゃ。……また、来週」

シーニユは数秒間じっと彰を見つめて、小さく「はい、また」と言った。

店の扉を開けて外に出ると、背後でぱたり、とそれが閉まる音がした。次の瞬間、眼前に『ログアウトします』と大きな黄色い文字が点滅して、視界が真っ暗になる。

けれど、装置が開いて外に出た後も、右手の中にうっすらと、感触と温かみが残っている、そんな気がした。


一週間が過ぎた、その日はクリスマス直前で、前回よりも更に広場がにぎわっていた。

あれから、都市の皐月に会うことを考えると、以前とは違う意味で彰はまた寝つけなくなっていた。布団の中でぐつぐつと考え、だが結論は出ずに、最後には「英一と会えば仮想人格がオリジナルの死を知っているかが判る、考えるのはその後でいい」と毎回思い、そう思ってしまう自分の弱さや利己心に、英一と満ちるに対して毎回罪悪感を覚えた。

憂鬱気味になる気持ちを首を振って吹き飛ばして、そういえば前回見損なっていた、と少し離れてツリーのてっぺんを見上げてみる。そこには金のラインでふちどられた、薄白く発光する大きなガラスの星がゆっくりくりときらめきながら回っていた。

これは本当に凄い、と感心していると、不意に耳元のリモコンから『メールが一通届いております』と声がした。驚いて聞くと、それはシーニユからのメールで、申し訳ないが広場には行けなくなったので、直接『Café Grenze』に来てほしい、と伝えられる。

いぶかしく思いながらも、彰はそちらに足を向けた。少しでも早く着きたくて、地図から最短ルートをナビさせて店に急ぐ。角を曲がって、壁の小さな出窓からうっすら灯りの気配を感じるのに、何だかほっとする。馴染みの場所だ、という感覚がした。

ところがその気分を裏切るかのように、扉の前には「Closed」と書かれた札が下げられている。

彰は一瞬躊躇したが、先日マスターに席を外してもらった時に、この札を彼が下げていったことを思い出した。今日は事前に場所を空けてもらったのだろう。

申し訳ないことをしているな、と思いながら、ぎい、と扉を開けると、いつもの席にいたシーニユが顔を上げる。

彰は中に一歩入ったところで、つんのめりながら立ち止まった。

何故ならいない筈だと思っていたマスターが彼女の向かいの席に座っていて、こちらを振り向いたからだ。

そしてすっと立ち上がると、すたすたと歩いてきて彰の真正面に立つ。

彰は狐《きつね》につままれたような気持ちで、自分より少し背が低いマスターを見おろして。

と、不意に相手がにこやかに笑った。

その顔に一瞬よぎった見覚えのある輝きに、はっとする。

上品に整えられた口髭の下の唇が開いた。

「――久しぶり、御堂くん」


マスター、――いや、英一だ――は奥の席に座って、シーニユと彰を手前の席に並んで座らせた。

「美馬坂……くん？」

ごくりと息を呑んで問うと、相手は軽やかに笑ってうなずく。

「そう。御堂くん、歳とったねえ」

七十代に見えるマスターの顔と声で、だが確かに聞き覚えのある英一の明るい口調でそう言われると、何だかものすごく奇妙な気分になる。

「なんで、マスターの……マスターは一体、今どうなってるの？」

「説明するね」

すっかり混乱している彰に軽く笑って、コーヒーにミルクと砂糖を入れてひと混ぜしてごくりと飲むと、英一は話し始めた。

シーニユが話していたように、英一の仮想人格はゲートを通ることができない。だが彼女の話を聞いて、直接彰と会話したい、と思った英一が提案したのがこの「猫かぶり作戦」なのだそうだ。ちなみに名付けたのは英一である。

人工人格は皆、「殻」の中におさまっている。殻の機構そのものはどれもほぼ同じなのだが、その中をどうデータが流れるか、という部分に個体差があるのだという。

「僕等が実験の時、その都度入ってた『殻』だね。あれと一緒。皆おんなじ殻なんだけど、違う人が接続することでその人に変わる」

マスター本人は、今はいわゆる「電源が落ちた」状態になってもらっているのだと英一は話した。そしてそこに英一がログインするかたちでここにいる、つまりはハードに別の起動ディスクを繋いで動かしているようなものなのだと。

「ゲートは通過する時にチェックがかかっちゃうから。でも、ほら、ゲームでもさ、バグ使った裏技ってあるじゃない？　バグって普通、それで進行が止まったりデータがおかしくなるから見つかって直されちゃうけど、そうじゃなかった場合、気づかれないままで放《ほ》っとかれてる。そういうのがあるんだよ、ここにも」

実際、研究の為に『パンドラ』のデータは都市へ流入している。無論、逆もしかりだ。そのデータのやりとりのルートに穴があって、そこを通ってきたのだと英一は言った。

「仮想人格そのものは持ってこられない。大き過ぎてね。無理に通しても多分バレちゃう。だから遠隔操作っていうか、そう、糸電話みたいな状態なの、これ」

人差し指で自らのこめかみの辺りを指して、英一はにやっと笑った。

「長年いるとね、いろんなことに精通してくるんだよね。あ、でもこの裏ルート、仮想人格でも知ってる人は多分いないよ。僕はさ、ほら、いろいろ調べたい人だから」

英一の言葉にかつての都市での彼の行動を思い出し、彰は苦笑する。ほんとに、間違いなくこれは英一だ。

英一は今は人工人格の教育からは離れていて、それを行っている場所からも離れた区画で暮らしているのだという。だがそこに、シーニユが会いに来たというのだ。

「人工人格がわざわざ訪ねてくるなんて、そんなこと初めてだったから。凄く驚いた」

そして、御堂彰さんを覚えているか、と尋ねられ、更に彼が今『パンドラ』を利用していて、貴方に聞きたいことがあると言っている、そう言われたのだそうだ。

それならその時の記録を見るから接続させて、と頼むと、彼女はなんと、拒否したのだという。御堂さんがなさった話を自分の言葉で貴方に説明します、そう言ったのだそうだ。

ひどく愉快そうに語る相手に、彰は思わずちらっと目線を隣に走らせた。

シーニユは前を向いたまま、全く無表情にコーヒーをすすっている。

彰の胸の内に温かさが広がって、口元がふうっとゆるんだ。

「聞いて、びっくりしてねえ。まさかそんなことになってるとは思わなかったから。……あ、でも、自分が死んだのは前から知ってたよ」

相変わらずの陽気な口調でさらっともの凄いことを言われて、彰はたった今のほのぼのとした気分を一瞬で奪われ、コーヒーを吹き出しそうになった。

「……え、え、そうなの⁉」

軽くむせかけながら聞くと、英一は眉を上げ、当然、といった顔でうなずいて。それにしても、あのシーニユ同様無表情だったマスターの表情筋がこんなに動くものだったのか、と彰は内心で変なことに感心する。

「うん。研究者の人が話してくれたからさ。そりゃもう、びっくりしたよ」

からから、と明るく笑ってから、英一はほんの一瞬だけ、顔を引き締めた。

「……うん、まあね、ショックはショックだったけど……でも冷静に考えてみたらさ、最終的には皆そうなるよね。この研究があと何年かかるか判らないし、僕等がいつまで存在させてもらえるかも判らないけど、この先何十年も経てばここにいる自分達より外にいる本体の方が先に死ぬんだな、僕は人よりそれが早く来ちゃっただけなんだな、って」

英一の言葉に、彰はぐさりと胸を刺される。

なら、やはり……この都市の中の皐月も、知っているのか。外の世界の自分の、死を。

それは恐ろしく無惨なことに感じられて、彰は痛ましさにぐっと胸が詰まった。

「ただ……うん。確かにね。ウチのことは、ずっと気にかかってた」

と、大きく息をついて呟くように英一が言ったのに、ぐい、と気持ちをその場に引き戻される。

「まあでも、何とか乗り切ったみたいだ、てこと、後から研究者の人が教えてくれて。凄く気の毒がってくれて、もともともらう筈だった分の報酬、実家に払ってくれたみたいで、それも有り難かったよ」

「何とか、って……どうやって？」

「さあ。さすがにそこまでは判らないけど。でもなんか、新館？　あれ建てた後ニュースになったみたいで、それ見てさ。ほんとに乗り切ったんだ、すごいな、て感心したよ」

あっけらかんと話す英一に、彰はまあそれもそうか、とも思う。一被験者の実家がどうやって借金を乗り越えたか、なんてここの研究所の人達に判る筈もないし調べる理由もない。最終の報酬を払ってくれただけでも十二分だろう。

「あ、でもね、満ちるが思ってるようなこととは違う。もう全然違うよ」

英一はテーブルに両肘《りょうひじ》をついて身を乗り出した。

「それはほんとに、どうにかして伝えてほしい。姉は確かに情のきついひとで、それを人にはわざと強調して見せるようなところもあって、だから凄く誤解されやすいんだけど、でも絶対に、そんなことをするようなひとじゃないんだ」

それまでの様子を一変させて勢いのある真剣な口調で話す英一に、彰は少し、圧倒された。それと同時に、ああ、これは間違いない、満ちるの思うようなことはやっぱりなかったんだ、と胸の底の方からじんわりと安堵が熱になって広がる。

「彼女は昔っから、責任感が強いひとだったから。何でもかんでも、自分で背負っちゃう。僕が卒業するまでは何としてでも自分が旅館を守る、だからあんたは安心して勉強してきなさい、てよく言って……まあでも結局、退学する羽目になっちゃったけどね」

姿勢を戻して、軽く肩をすくめると英一は笑った。

「その上、まさかの事故死だし……だから姉にはほんと、苦労と迷惑かけっ放し。感謝こそすれ、そんなこと夢にも考えたら駄目だって、何とか上手いこと、ここの僕のことは内緒で満ちるに伝えてほしいんだ。御堂くんには無茶な頼みで申し訳ないけど」

「あ、……あ、うん、勿論」

英一の言葉にふっと意識が揺れたのに、急に名前を呼ばれて彰はへどもどしながらもうなずいた。それから少し考えて、やや遠慮がちに口を開く。

「……美馬坂くん」

「ん?」

「あの……ごめん、悪いこと聞くけど、じゃこっちの君が亡くなった原因って、やっぱり交通事故なの?」

「そうだよ。ていうか、正確に言うとそう聞いたよ」

彰の疑問に、英一は間髪いれずにさくっとうなずく。

結局事故と借金返済に関係はあったのか、彰が眉根を寄せてしばらく考え込んでいると、相手はわずかに身を乗り出してきた。

「そういえば……皐月さんの話、聞いた」

彰ははっと顔を上げた。マスターの顔が、気の毒そうないろに染まっている。

「彼女も交通事故だったんだってね。……辛かったよね、御堂くん」

ぐうっと肺が圧迫されて小さくなっていく感覚を味わいながら、彰は浅い呼吸を重ねた。

「……皐月は……そっちの皐月も、やっぱり、知ってるんだよね」

切れ切れに声を出すと、英一は気の毒そうな顔のまま腕を組んで椅子の背にもたれた。

「どうだろう、判らないな……僕に伝えてきたんだから、他の仮想人格にも同じようにしてるんじゃないかとは思うんだけど。ごめん、今の仮想都市って前よりずっと、広くてさ。住んでるところ離れてて、実を言うと、僕もう何年もこっちの御堂くんや皐月さんには会ってないんだよ」

心の表面にパリパリと細かいヒビが入っていく思いがして、彰はものも言えなくなる。

「でも連絡は取れると思う。御堂くんさえ良ければ、この同じ方法で彼女と話ができるよ。どう？」

そして続けられた言葉に、もはや息さえも吐き出せなくなった。

皐月と……この方法で、話す？　彼女が、マスターに入って？

頭の中に突然に大きな竜巻がわき起こった。

何一つまともな、筋立った言葉が浮かんでこなくなり、彰はただぜいぜいと呼吸する。

「すみません」

と、突然、隣でシーニユが小さく片手を上げた。

「ん？」と英一はきょとんとした表情でシーニユを見る。

「少し、御堂さんと個人的な会話がしたいのですが」

いつもと同じ、落ち着き払った声音に、彰はゆっくり、首を巡らせた。

前を向いたまま、シーニユはわずかに瞳を動かしてちらっと彰を見返す。

「了解」

向かいで英一が片眉を上げて笑って、そう一言答えた。

シーニユは無言で立ち上がると、目だけで彰を見おろす。

彰はその目線にはじかれたように慌てて立ち上がった。

「外で話してきます」

英一に向かってそう言うと、シーニユは身を翻して店の入り口へと向かう。

焦りつつその後に続きながらちらっと後ろを振り返ると、腕を組んで椅子に腰掛けたまま、英一が軽く片手をこちらに振ってみせた。

シーニユは店を出ると、何も言わずに先に立って歩いて、店から数メートル程離れた建物の、観音開きの扉の前の石段に腰をおろした。

手で指し示すので、彰はその一つ下の段に斜めに向かい合うような位置で腰をおろす。

「あの人に意味があるか判りませんが、念の為シークレットモードにしますね」

彼女がそう言うと同時に、視界の片隅に「シークレットモード・ON」という黄色い小さな文字がちかっ、と一回だけ点滅する。

「シーニユ……どうして」

「今あの問いに回答されるのは困難なように拝見しました」

さらりと答えられ、逆に言葉に詰まる。

深く呼吸をしながら見上げると、ガス灯の炎が斜め上からシーニユの姿を影のように浮かび上がらせている。

その姿を見ていると、今度は自然に唇が開いた。

「シーニユ、調べてほしいんだけど」

彰は改めて、英一が亡くなった日付とその数日前分の交通事故のニュースについて尋ねてみる。今度は日本中なので前より時間がかかるかと思ったが、ほんの二、三秒でシーニユは「ありません」と簡潔に答えた。

「事故は勿論、あちこちで起きていますが。でも死亡事故の場合は殆ど名前が出ていますし、出ていないものでも年齢や性別が違います」

彰はまた口をつぐんで、膝の上に頬杖をついて考え込む。

「ただ、以前に申し上げた通り、こちらが持っているデータは、あくまで一度、研究所側が保存したものです。現実界に本当に出回っているニュースソースのすべてをリアルタイムに取得したものではないですから、そこからもれている、という可能性はゼロではありません」

「ああ、そうか……確かに、そうだね」

帰ったら自分でも一度ネットを調べてみなくては、と思いながらも、彰はおそらく事故のニュースを見つけるのは無理だろう、と心のどこかで確信していた。そもそも満ちるが全く見つけられなかったのだ。

「……戻ろうか」

立ち上がってぱん、と腰の辺りを手で払うと、彰は店の扉に目を向けた。あの中にいるのはマスターではなく英一なんだ、と思うとひどく奇妙な気持ちがする。

「シーニユ……どうして、マスターは協力してくれたの？」

人工人格のアイデンティティ、なんてものは当然彰には判らない。でも自分の体をそっくり他人の意識に明け渡すなんて、よほどの信頼関係がなければできる気がしない、そう思いながら問うと、シーニユが答えた。

「詳しい事情は何も話していません。ただ、御堂さんが必要とされているから、少しの間、体をお貸しいただけないかと、そうお願いしました」

そんな説明だけでよく、と彰が驚くと、シーニユが続けた。

「ここにいる人工人格の一番の目的は、お客様の望みをかなえることです。それにマスターは、貴重な常連さんのお願いなら喜んで、と言っていました」

そう言われて彰は、あれ、と思い、口を開いた。

「それは、君のことなんじゃ？」

その言葉にシーニユはほんのわずかに首を傾げる。

「その、常連って。それは俺じゃなくて、君のことなんじゃないかな」

説明し直すと、シーニユはゆっくり、二度瞬いた。

「そういう推量は出てきませんでした。正解とは思えませんが」

「だって俺、マスター本人とは三度しか会ってないんだよ。とても常連とは言えない」

補足しながら、彰は何となくくすんと笑ってしまった。

「……君があの店によく足が向くのは、マスターがいるからじゃないの？」

やはり様々な彼女の行動の裏には、彼女自身が気づいていない「気持ち」がある、と感じて彰はそう続けた。そしてシーニユは気づいていないが、そんな彼女を理解してくれる存在が、此処《ここ》にも確かにいるのだと。

あのものしずかで口数の少ない老人はきっと、シーニユがひとりで店にいることを温かく受け入れているのだろう、そう思うと何だか自分自身が受け入れられているようで、やはり口元に笑みが浮かぶ。

彰の言葉にシーニユは二秒程考えてから唇を開いた。

「楽、だからだと思います」

「ラク？」

と、あまりにも予想外の単語を聞いて、彰はオウム返ししてしまった。

「ラク、って、ええと、楽ちん、とかのラクだよね？」

もしかしたら同音異義語があるのかも、と自分でもバカバカしいとは思いつつ尋ねると、彼女はもう一度うなずく。

「負荷が低い、ということです。負荷が少ない状態はヒトも人工人格も問わず、『楽』だと認識するようにできているかと思います」

「そりゃそうだけど……何の、負荷？」

彰がまた聞き返すと、シーニユは口をつぐんだ。

「シーニユ？」

「ここの仕事は、いろいろと難しいので」

名を呼んだ彰にシーニユはそう短く言葉を切り上げて、それ以上は答えなかった。

——こころ、か。

彰の脳裏に、前回見た彼女の「笑顔」と小さな呟きが甦る。

きっと、「ふり」が彼女にとっては「負荷」なのだ。

人間のふり、笑顔のふり、会話を弾ませるふり。

だからそれをしなくていい、しないことを咎められない、自然体でいられるあの店、受け入れてくれるマスターが、彼女にとって「楽」なのだ。

——これが『好き』であるのかどうか、判別ができない、ということです。

あの店が好きなんだね、と初対面の日に言った時、彼女が答えた言葉を彰は思い出す。

……それを「楽」だと言うのは少し違う気がする。

ただ人間といなければいいなら、それこそ「ログチェック」でもして人のいない道を延々と歩いたり、図書館で本を読んだりして過ごせばいいだけだ。ただ「楽」を求めるのなら、それが一番、簡単なことなのに。

なのにわざわざ、あの店に行く。

自分を受け入れてくれる場所。「常連」だと言って、面倒な頼みを聞いてくれる、それだけの信用と愛情を持ってくれるひと。

そこにいて居心地が良い、と思うのは、「楽だから」とは違うよ、シーニユ。

もし本当にそんな風にしか君があの店とマスターを捉えてないなら、向こうもあんな風に君を受け入れたりはしないと思う。

君はあの場所とマスターが「好き」なんだ。

無言のままのシーニユを見やって、彰は口の中で呟く。

君が君のままでいられる、それをしずかに受け入れてくれる、そのすべてを、君は確かに「好き」なんだよ、シーニユ。

店に戻った彰は、英一にもう一度、満ちるに話をすることを約束した。皐月のことは自分からはあえて何も言わずにいると、相手もそれ以上何かを言ってはこなかった。

まだアクセス時間には余裕があったけれど、彰は「クリスマスの広場をもう一度楽しみたいから」と嘘をついてシーニユと英一を残して店を出た。あまりにも一度に様々な情報が頭に入ってきた為に、少し一人で落ち着いて整理したかったのだ。

うつむいて足元を見ながら歩きつつ、ふう、と大きく息をつくと、何だか急に空気がひんやりしてきて彰は立ち止まった。

目の前をちらりと何かが揺れる。

「え……?」

声を出すと、息がほんのりと白くなった。

引っ張られるように空を見上げると、星が何倍にも増えていて——いや、違う。

雪だ。

空には一切の雲がなく、満天の星が輝いているのに、そこからちらちらと雪が舞い落ちていた。

思わず手を出すと、雪は手の平に触れた瞬間に消える。

しげしげと辺りや自分の体を見直すと、その「雪」は人体や建物、地面を問わず、何かに触れると同時に消滅していた。冷たさもなく、積もるどころか後には水も残らない。

吐く息は白かったけれど、実際に肉体に感じているのは「寒さ」というレベルとは程遠く、秋の夜に近い、ひんやりとした、全く不快ではない感覚だ。

広げたままの手を見つめると、指先や手の平に落ちる雪が、触れた瞬間に弾ける泡のように次々とかき消える。

これが、仮想の街に降る雪か。

しばらく立ち止まってそれを眺めていると、冬、皐月の実家に里帰りする度、太平洋側で生まれ育った彰には信じられない程の量の雪が連日降ってくる眺めが思い出された。冷たく湿り気があって、ずっしりと重たい青白い塊《かたまり》。

彰は小さく白い息を吐いて、また歩き出した。

祖母が編んでくれたという緑に白いラインの入ったニット帽を深々とかぶって、もこもこのダウンに手首まですっぽり覆う手袋をつけ、スコップを持って、彰の目から見たら驚く程軽そうな動作でさくさくと雪をかく、皐月の姿。

真似して同じようにしてみたらやたらに重くてたたらを踏んだ、それが可笑しかったのか雪の上にすとんとお尻を落として、きらきらとした笑い声を立てる、その笑顔。

きゅうっと胸の芯が痛んで、彰は片手で服の胸元を握って、とぼとぼと下を向いて歩いた。舞い落ちる雪を、あまり見ないで済むように。

――御堂くんさえ良ければ、この同じ方法で彼女と話ができるよ。

先刻の英一の言葉が甦って、耳の奥がきいんと鳴る。

握った手の下で、心臓がどくどく言い出した。

……でも、どうして自分は、あの言葉にすぐ、うなずくことができなかったのか。

白い息を吐きながら、彰は足元を見つめて歩く。

最初にチラシを見て『パンドラ』があの仮想都市の延長だと気づいた、その瞬間に頭のどこかが、ぱっと弾けた。ああ、この場所へ行けばまた皐月に会える、と。

心も体も四角いコンクリートの中にいるようだったあの時の、体の奥からわき上がってきた光と、視界にみるみるいろが戻ってくる感覚は、今も忘れることができない。

それからずっと、その願いが自分の生きる要《かなめ》だった。

なのに何故、自分はあの申し出にその場でうなずけなかったのだろう。

それを思うと、口の中に苦い味がした。

だけど、でも……それはやっぱり、あまりにも違う気がする。

自分が思ってたのはそうじゃなかった。都市の皐月が『パンドラ』へ来るか、あるいは自分が都市に行って皐月に会うか。それ以外の方法なんて考えもしなかった。

マスターの体に入って話す皐月をイメージしようとすると、吐き気がしそうになった。

見た目が男性で、しかも老人だから、ということでもない。もしもシーニユの中に入るとしても、やっぱり想像すると本能的な拒否感がある。

考えながら、もう体が覚えてしまっている道をたどる。

それにしても、自分でも不思議だ。

もしも皐月が事故や病気で二目と見られない姿になったとしても、自分は全然、気にならないと思うのだ。本人にとっては辛いことだと思うけれど、健康上の問題があるならともかく、ただ単純に見た目の問題だけなら、かけらも気にならない。自分が大事だと思う皐月の本質は、外見ではなく中身の方なのだから。それなのに何故、マスターやシーニュに彼女が入って話す、ということにこんなにも抵抗感があるのか。

マスターの中身が英一だったのには本当に驚いた。正直違和感は最後まであったけれど、でもここまでの強い抵抗感はなかったのに。

もう一度皐月に逢いたい、それだけを自分はずっと願っていた。だったら迷いなく、英一のあの提案を受け入れられなければおかしいんじゃないのか？

強くそう自身に詰問してみると、肺の底が水がたまっているようにたぷん、と揺れた。

何故こんなにも迷っているのか、そこを突き詰めようとするとどうしてか奇妙な不安感で足元が揺らぐ。

考え込みながら最後の角を曲がると、視界が開けてクリスマスの広場が現れた。

彰は足を止め、しばし大きなツリーを見上げる。

絵に描いたようなクリスマス感満載の眺めに、初めて皐月の部屋を訪れたクリスマスパーティの夜のことが思い出されて、ぎゅうっと鼻の奥が詰まり目頭に涙がにじんだ。

……駄目だ、もう今は駄目だ。違うことを考えなくては。

このままでは溺《おぼ》れそうで、彰はきつく頭を振ってこみ上げるものを追い払うと、屋台の店員から湯気の上がるグリューワインのカップを受け取り、口に含む。

目を伏せてゆっくりと白い息を吐くと、彰は脳内のスイッチを切り替えた。

英一の死には、何かがある。

それが、先刻シーニユと話していた時に得た彰の結論だった。

研究所は英一の死の後に、わざわざ遺族に最終の報酬を支払っている。いくら当人の意思ではない、不慮の事故の為だとはいえ、実験に最後まで参加できなかったのに。

しかも突然の事故なのだから、家族に連絡はいってもバイト先になんか連絡が来る訳もなく、つまりは実験日には、英一は研究者からすれば「無断欠席者」と認知され、その場で終了扱いとなった筈だ。でも実際はそうじゃない。

ということは研究所側は何らかのかたちで英一の死をきちんと確認したということだ。

それが確認できないのに、途中で参加をやめた相手に高額の報酬を支払う筈がない。

それなのに、英一の事故の記録がどこにもない。

彰は大きく息をついて、更に考え込んだ。

考えられるのは三つだ。

一．英一の姉の言うＶＩＰ説が事実である。この場合、死因は事故。

二．事故死だ、と英一の家族が研究所に嘘をついている。この場合、死因は事故以外。

三．事故死だ、と研究所側が仮想人格の英一に嘘をついている。この場合も死因は事故ではない。

「……いや」

そこまで考えて、唇から小さく声がもれた。

もう一つ、ある。

彰は目を上げて、きらきらと色合いを変えて輝くツリーを見た。

——事故死だ、と、英一が彰に嘘をついている。

この場合、死因は事故死ではない。

（下巻に続く）

この作品は、書き下ろしです。

〈著者紹介〉

富良野 馨（ふらの・かおる）

京都市在住。「少女三景─無言の詩人─」で新書館の第2回ウィングス小説大賞優秀賞を受賞。2016年9月に『雨音は、過去からの手紙』（マイナビ出版）でデビュー。小説投稿サイト「NOVEL DAYS」で開催された、第1回講談社NOVEL DAYSリデビュー小説賞に応募した本作にてリデビューを果たす。

真《ま》夜《よ》中《なか》のすべての光《ひかり》　上

2020年4月20日　第1刷発行　　定価はカバーに表示してあります

著者……………………富《ふ》良《ら》野《の》 馨《かおる》

発行者……………………渡瀬昌彦

発行所……………………株式会社 講談社

〒112-8001 東京都文京区音羽2-12-21

編集03-5395-3510

販売03-5395-5817

業務03-5395-3615

本文データ制作…………講談社デジタル製作

印刷……………………豊国印刷株式会社

製本……………………株式会社国宝社

カバー印刷……………株式会社新藤慶昌堂

装丁フォーマット………ムシカゴグラフィクス

本文フォーマット………next door design

ISBN978-4-06-519488-1　N.D.C.913　324p　15cm

講談社タイガ

凪良ゆう

神さまのビオトープ

イラスト
東久世

うる波《は》は、事故死した夫「鹿野《かの》くん」の幽霊と一緒に暮らしている。彼の存在は秘密にしていたが、大学の後輩で恋人どうしの佐々《ささ》と千花《ちか》に知られてしまう。うる波が事実を打ち明けて程なく佐々は不審な死を遂げる。遺された千花が秘匿するある事情とは? 機械の親友を持つ少年、小さな子どもを一途に愛する青年など、密やかな愛情がこぼれ落ちる瞬間をとらえた四編の救済の物語。

講談社タイガ

相沢沙呼

小説の神様

イラスト
丹地陽子

僕は小説の主人公になり得ない人間だ。学生で作家デビューしたものの、発表した作品は酷評され売り上げも振るわない……。物語を紡ぐ意味を見失った僕の前に現れた、同い年の人気作家・小余綾《こゆるぎ》詩凪《しいな》。二人で小説を合作するうち、僕は彼女の秘密に気がつく。彼女の言う〝小説の神様〟とは？　そして合作の行方は？　書くことでしか進めない、不器用な僕たちの先の見えない青春！

講談社
タイガ

相沢沙呼

小説の神様

あなたを読む物語（上）

イラスト
丹地陽子

もう続きは書かないかもしれない。合作小説の続編に挑んでいた売れない高校生作家の一也《いちや》は、共作相手の小余綾《こゆるぎ》が漏らした言葉の真意を測りかねていた。彼女が求める続刊の意義とは……。

その頃、文芸部の後輩成瀬《なるせ》は、物語を綴るきっかけとなった友人と苦い再会を果たす。二人を結びつけた本の力は失われたのか。物語に価値はあるのか？　本を愛するあなたのための青春小説。

講談社タイガ

相沢沙呼

小説の神様
あなたを読む物語（下）

イラスト
丹地陽子

あなたのせいで、もう書けない。親友から小説の価値を否定されてしまった成瀬《なるせ》。書店を経営する両親や、学校の友人とも衝突を繰り返す彼女は、物語が人の心を動かすのは錯覚だと思い知る。

一方、続刊の意義を問う小余綾《こゆるぎ》とすれ違う一也《いちや》は、ある選択を迫られていた。小説はどうして、なんのために紡がれるのだろう。私たちはなぜ物語を求めるのか。あなたがいるから生まれた物語。

講談社
タイガ

恩田 陸

七月に流れる花

イラスト
入江明日香

六月という半端な時期に夏流《かなし》に転校してきたミチル。終業式の日、彼女は大きな鏡の中に、全身緑色をした不気味な「みどりおとこ」の影を見つける。逃げ出したミチルの手元には、呼ばれた子どもは必ず行かなければならない、夏の城——夏流城《かなしろ》での林間学校への招待状が残されていた。五人の少女との古城での共同生活。少女たちはなぜ城に招かれたのか？　長く奇妙な夏が始まった。

講談社タイガ

恩田 陸

八月は冷たい城

イラスト
入江明日香

夏流城《かなしろ》での林間学校に参加した四人の少年を迎えたのは、首を折られた四本のひまわりだった。初めて夏流城に来た光彦《てるひこ》は、茂みの奥に鎌を持って立つ誰かの影を目撃する。閉ざされた城の中で、互いに疑心暗鬼を募らせるような悪意を感じる事故が続く。光彦たちを連れてきた「みどりおとこ」が絡んでいるのか。四人は「夏のお城」から無事帰還できるのか。短く切ない夏が終わる。

講談社タイガ

瀬川貴次

百鬼一歌
月下の死美女

イラスト
Minoru

歌人の家に生まれ、和歌のことにしか興味が持てない貴公子・希家《まれいえ》は、武士が台頭してきた動乱の世でもお構いなし。詩作のためなら、と物騒な平安京《へいあんきょう》でも怯《ひる》まず吟行していた夜、花に囲まれた月下の死美女を発見する。そして連続する不可解な事件——御所での変死、都《みやこ》を揺るがす鵺《ぬえ》の呪い。怪異譚《かいいたん》を探し集める宮仕えの少女・陽羽《ひわ》と出会った希家は、凸凹《でこぼこ》コンビで幽玄な謎を解く。

講談社
タイガ

瀬川貴次

百鬼一歌

都大路の首なし武者

イラスト
Minoru

ある夏の夜、天才の誉れ高い歌人の希家《まれいえ》は、都大路《みやこおおじ》で馬に乗った首なし武者と遭遇し震え上がる。その話を聞いた怪異譚《かいいたん》好きの少女・陽羽《ひわ》は、目を輝かせて死霊《しりょう》の正体を探ろうと密《ひそ》かに調査に動き出す。亡霊に怖気《おじけ》づく希家は、謎めいた鎌倉からの客人の警護に陽羽を同行させるが、その夜道でまたもや首なし武者と鉢合わせし、奇襲を受ける。亡魂の真相と、そこに隠された切ない秘密とは!?

講談社
タイガ

久賀理世

ふりむけばそこにいる
奇譚蒐集家　小泉八雲

イラスト
市川けい

19世紀英国。父母を亡くし、一族から疎《うと》まれて北イングランドの神学校に送られたオーランドは、この世の怪を蒐集《しゅうしゅう》する奇妙な少年と出会う。生者を道連れに誘う幽霊列車、夜の寄宿舎を彷徨《さまよ》う砂男と聖母マリアの顕現《けんげん》、哀切に歌う人魚の木乃伊《ミイラ》の正体とは。怪異が、孤独な少年たちの友情を育んでゆく。のちに『怪談』を著したラフカディオ・ハーン——小泉八雲《こいずみやくも》の青春を綴《つづ》る奇譚《きたん》集。